JN093862

玉井 暲　末廣 幹
岩田 美喜　向井 秀忠
編著

コメディ・オヴ・マナーズの系譜

王政復古期から現代イギリス文学まで

音羽書房鶴見書店

目次

Ⅰ　まえがき …… 1

コメディ・オヴ・マナーズの系譜
——まえがき風のスケッチ—— …… 玉井　暲　2

Ⅱ　王政復古期 …… 21

ウィリアム・ウィッチャリーの『田舎女房』における
作法(マナーズ)に対する戦略のアンビヴァレンス …… 末廣　幹　22

誰が殺した、風習喜劇を? …… 佐々木和貴　49

Ⅲ　一八世紀 …… 73

読んでよい小説、観てよい芝居
——『パミラ』とマナーズの攻防 …… 久野　陽一　74

一八世紀喜劇における〈作法(マナーズ)〉と〈感傷主義(センティメンタリズム)〉 …… 岩田　美喜　98

Ⅳ　一九世紀 …… 121
変容する「紳士」像
——『高慢と偏見』に描かれる〈マナーズ〉 …… 向井　秀忠 122
規範と欲望の交渉
——喜劇的空間としての『クランフォード』 …… 市川千恵子 146
『まじめが肝心』におけるマナーズと欲望の協力／共犯 …… 玉井　暲 167
Ⅴ　二〇世紀・現代イギリス文学 …… 199
戦時下の作法、あるいは無法
——イーヴリン・ウォー『もっと多くの旗を出せ』 …… 小山　太一 200
可動式プライベート時代のコメディ・オヴ・マナーズ
——ノーエル・カワードからハロルド・ピンターへ—— …… 山田　雄三 222
『ブリジット・ジョーンズの日記』と風俗小説（ノヴェル・オヴ・マナーズ） …… 高桑　晴子 244
あとがき …… 267
執筆者紹介 …… 269
索引 …… 280

I

まえがき

コメディ・オヴ・マナーズの系譜
——まえがき風のスケッチ——

玉井　暲

一　王政復古期喜劇の登場

シェイクスピアに代表されるイギリス・ルネサンス演劇は、清教徒革命により創設された共和国の統治する時代に一時壊滅状態となったが、そのあと、一六六〇年に共和制が終焉を迎え王政復古となると、イギリス演劇は往年の活気を取り戻した。ただし、シェイクスピア演劇が宮廷・上流階層から下は中流階層・庶民をふくめて広範な層からなる観客を対象にしていたのとは異なり、その性格は異なるものであった。すなわち、この新たに復活した劇は、貴族階級や上流階層を対象とした、いわば狭い世界の、限られた層からなる観客のあいだで楽しむ演劇となって様変わりし、そのなかで展開する劇的世界もそうした観客層の関心や趣味を反映したものとなった。登場人物たちの活動の舞台は都会的な感性や道徳の支配するロンドンの社交界であり、そこに登場する人物たちの会話では、機知にあふれた知的なせりふが飛び交うことになった。これが、王政復古期喜劇、「コメディ・オヴ・マナーズ」(Comedy of manners［風習喜劇］) である。

王政復古期喜劇は、ジョージ・エサリッジ、ウィリアム・ウィッチャリー、ウィリアム・コングリーヴに代表されるとするのが、演劇史の通説である。彼らの劇的世界では、「マナーズ」が重視される。マナーズとは、ある特定の社会、ここでは上流階層のあいだに見られる風習や風俗や約束事であり、この舞台の住人はこの風習をふまえた振る舞いや会話が求められ、それらができないと軽蔑され、笑いものにされる。マナーズを逸脱する、あるいはマナーズを侵犯する光景が展開すると、そこに風刺性が頭を出してくる。これが、王政復古期の喜劇的世界を作っている。

風刺的傾向をもつ演劇なら、べつに、王政復古期喜劇にかぎらないであろう。ところが、こと、王政復古期喜劇にあっては、この風刺的状況を生み出すマナーズの逸脱や侵犯に対して、人間的欲望やエゴが大きく絡んでいることが注目すべき特徴である。たとえば、ウィッチャリー『田舎女房』(一六七五)の主人公ホーナーは、性病に罹ったため性的不能者であるとの噂を流し、人妻に接近しやすい状況を偽造して誘惑を実行したり、また、コングリーヴ『世の習い』(一七〇〇)のミラベルとフェイノールは、女性の結婚願望や愛情につけ入って、財産の譲渡を得ようと策略を凝らしたりする。「マナーズ」が洗練された「人工」、成熟した「文化」の生み出した産物だとすれば、「欲望」は、人間の「自然」や「本能」の孕む生々しい、強力なエネルギーのかたまりである。王政復古期喜劇では、欲望は、主に、(a)性的欲望・情事と、(b)金銭的・物質的欲望の二つからなっている。セックスとマネーの二つが、登場人物たちの主要な関心なのである。劇的世界のなかでは、性的欲望は、恋人たちのあいだの恋愛、プロポーズ、結婚だけでなく、人妻の誘惑、不義密通、愛人との戯れ、放蕩といった、一般の慣習的な倫理・道徳観から問題視されそうな展開として描かれる。他方、金銭的欲望は、財産、遺産等の獲得や、浪費や飲食等の堕落した欲望として描かれる。

こうして、王政復古期喜劇では、先行研究者の言葉を借りるならば、この「内的な欲望と外的な表層の見掛けとのあいだの対立」、つまり「『マナーズ』(すなわち、社会的な慣習)と反社会的な『自然』の欲望との葛藤」(Norman N. Holland 4; Kenneth Muir 9) が、この劇的世界の中心的な関心事なのである。マナーズと欲望からなる二つの要素がさまざまに絡み合い、葛藤を繰り返えすそのありようが、王政復古期の喜劇のきわめて独特な特質をかたちづくっている。

したがって、この喜劇の登場人物たちは、欲望充足に真剣である。ただし、そのやり方には、無法は許されない。欲望充足には「ルール」があるのである。批評家デイヴィッド・L・ハーストが、王政復古期喜劇だけでなく、その後のこの系譜に連なる作品をも視野にいれて、この種の喜劇の一般的特質をこのように語っている――「この登場人物たちは、たぶん、ゲームを演じているのであろうが、しかし、恐ろしく大まじめで、大ばくちを打っている。そしてさらに言うならば、彼らはそのルールを順守しなければならないのだ。これらのルールは、行動を規制する社会の、文字には書かれていない法であり、礼儀作法を規定するものであって、……それらは、いつも、コメディ・オヴ・マナーズの登場人物たちの行いの基本となっている」(David L. Hirst 3)。

王政復古期喜劇の登場人物たちは、欲望充足を果たすには、こうして「ルールを順守しなければならない」。みずからの社会に浸透しているマナーズを駆使して、さらには、マナーズを悪用せんまでに、マナーズの使い方に工夫をし、頭をひねって、欲望を満たそうとする。王政復古期喜劇は、もし風刺性がひとつの大きな特徴であるとするならば、それは、マナーズの逸脱や落度の光景によるよりは、むしろ、こうしたマナーズの巧みな利用による欲望充足が上首尾や成功にいたる展開にこそ、その注目すべき特質を指摘できよう。

二　コメディ・オヴ・マナーズという命名――チャールズ・ラムによる自立的劇的空間の弁護

王政復古期喜劇は「マナーズ」がその特質の一翼を担っているとは言え、これらの喜劇が、上演された当初においては「コメディ・オヴ・マナーズ」と呼ばれることはなかった。この命名は、一九世紀初頭の批評家、チャールズ・ラムによるものとされている。『オックスフォード英語辞典』(以下、*OED* と略記) は、ラムが『エリア随筆』（一八二三）のなかで使用した表現をその初例として挙げており、その定義によれば、「コメディ・オヴ・マナーズ」とは、「社会の様態と風習（マナーズ）が人を楽しませるように表現された、そのような性格の喜劇」とある。

ちなみに、「マナーズ」とは、*OED* の定義では、「とくにその道徳的側面に関しての、人の習慣的ふるまいや行い。道徳的品性、道徳観念」(4a) とある。また、「より抽象的な意味では、道徳的側面における行い、また考察の対象としての道徳性。一般的な習慣や感情のなかに埋め込まれたモラル・コード」(4b) とも、「あるひとつの国民のあいだに浸透している、生活の様態、ふるまいの習慣的規則、社会条件」(5c) とも定義されている。

したがって、「コメディ・オヴ・マナーズ」における「マナーズ」とは、ここでは、イギリスの主として上流階層の社会を支えている慣習、規則、ふるまい、行動様式、道徳律をさすものとして整理しておいてよいであろう。

さて、チャールズ・ラムの話題のエッセイとは、「前世紀の技巧的（アーティフィシアル）喜劇について」（一八二二）と題するものである。ラムは、このエッセイで「マナーズ」の意味をおおむねこのように把握し、王政復古期の喜劇を弁護した。弁護したとは、いったいどういう事情があったのか。じつは、その背景には、このジャンルの喜劇とそれを享受する観客層とのあいだの関係の変化状況が関わっている。「コメディ・オヴ・マナーズ」は、王政復古期に登場して以来、そのジャンルの性格にいくらかの変容を見せつつも、したたかに生き延びてきたと言えようが、如何せん、一九世紀にはいって、マナーズと欲望充足との絡み合いが、イギリス市民層からなる観客のあいだで問題視されるようになってきた。すなわち、批判的なまなざしが、道徳的観点にもとづいて出てきたのである。一七世紀末に、風習喜劇が上演された当初は、王政復古期の貴族的な観客は、マナーズと欲望充足との絡み合いを、知的でソフィスティケイトされた感覚にもとづいて、たとえ常識を逸脱した猥雑な展開があったとしても、そこに窺われる一種赤裸々な人間的真実を露呈した光景を風刺として受け容れ、すべて劇的世界という人工的世界のなかでの出来事として楽しむ姿勢があった。ところが、この劇的世界が、その後、一八世紀になって新たに勃興してきた市民層の抱く道徳観によって、批判的に見られる傾向が強くなってきた。それは、一八世紀末にもなると、劇作品の性格にも影響を与え、道徳的感情（センティメント）を配慮した傾向の劇、「センティメンタル・コメディ」（感傷喜劇）となって表れてくる。そうした時代的趨勢がラムに少なからず影響を与えたことは否定できないであろう。

ラムは、なるほど、コメディ・オヴ・マナーズの不人気を、この時代の趨勢のせいばかりにしてはいない。劇中の猥雑だが機知に富む会話の飛び交う世界と現実の世界とのいわば次元の相違を強調し、その間の混同を避けることを主張することにより、このジャンルの喜劇の意義と魅力を弁護している。つまり、観客の劇の見方、楽しみ方に注文を付けることで、風習喜劇を護ろうとする。ラムは、風習喜劇について、劇は劇として受け容れる姿勢を、そして、劇作品のなかで行われるふるまいや会話は、現実界から切り離され、自立した、新たに創造された人工的な世界のものとして見ることを説き進める。

ラムは、まず、このように嘆く。

> 技巧的（アーティフィシャル）な喜劇ないし風習喜劇（コメディ・オヴ・マナーズ）は、舞台からまったく跡を絶ってしまった。コングリーヴやファーカーは七年に一ぺんだけ顔を見せるが、野次（やじ）られてたちまち引っ込んでしまう。時代が彼らに我慢ができないのである。それは多少不謹慎な言葉があったり、対話に時折放縦なところがあるせいだろうか？　必ずしもそうとは思わない。劇中人物のすることが道徳の試練に耐えないのだろう。

……舞台の放蕩者が二時間だけ淫猥な悪戯を演じて、あとは何の結果も残さないのを、われわれは現世と来世に禍根を生じる現実の悪徳を見るのと同じ、厳しい目で見るのである。われわれは陰謀とか密通とか（現実には厳格な道徳上の問題にまで立ち到らないもの）を見物して、それをすべて真実と思い込む。劇中人物に現実の人間を置き換え、それによって彼を判断する。

(Charles Lamb, "On the Artificial Comedy of the Last Century," 139)

ラムは、コメディ・オヴ・マナーズの劇には、不謹慎な言葉があったり、放縦な対話があったり、登場人物が放蕩者として登場し、淫猥な悪戯を演じたり、また陰謀とか密通を犯したりすることもあろうが、それを現実の世界に窺われる悪徳を見るのと同じように厳しく見て判断してしまう、そうした劇作品に対する見方を批判しているのだ。かりに道徳性を問題にするというのなら、劇的世界の道徳を現実界の道徳と混同してはならない。したがって、ラムには、劇的世界はあくまでも人工的な世界なのである。

ほかの人はどうか知らぬが、私はコングリーヴの――いや、それにウィッチャリーを加えてもかまうまい――喜劇を耽読すると、いつも気分が良くなる。少なくとも、そのおかげで陽気になる。……あれらはほとんど妖精の国と同様、独立した世界なのである。(Lamb 140–41)

登場人物は、現実界とは異次元の「妖精の国」にいるのであるから、たとえば、コングリーヴ『世の習い』のフェイノールが愛人との恋愛遊戯に夢中になり、遺産獲得に姦計を凝らそうと、エサリッジ『当世伊達男』（一六七六）のドリマントが二人の愛人とは手を切って、才色兼備の資産家の娘と結婚しようとする名うて放蕩者ぶりを発揮しようと、彼らが「彼らの自身の領域にいる分には、私［ラム］の道徳観に障らない」(Lamb 141) のである。ラムによれば、コメディ・オヴ・マナーズの登場人物の住む世界とは、つぎのようなものである。

彼らはキリスト教国から出て、あの国へ入っていったのだ――あそこを何と呼んだものだろう?――寝取られ亭主の国か、――あるいは、快楽（プレジャー）が義務であり、風習（マナーズ）は自由勝手である、艶事のユートピアとでも呼ぼうか。それは全く思弁的な舞台であって、現実世界とは何ら関わりを持たない。(Lamb 141)

ラムは、このように、王政復古期のコメディ・オヴ・マナーズのなかで展開する世界を、ラムの時代の倫理・道徳観からは切り離して見るべきであって、現実界からは自由な人工的な世界として見ることを主張する。

三　トマス・マコーリーによる王政復古期喜劇に対する批判

チャールズ・ラムとは反対に、コメディ・オヴ・マナーズをその不道徳性のゆえに否定的な評価をした批評家に、ヴィクトリア朝時代の歴史家トマス・マコーリーがいる。ロマン派の批評家リー・ハントが『ウィッチャリー、コングリーヴ、ヴァンブラ、ファーカーの劇作品集』（一八四〇）を出版したとき、マコーリーは、それを書評するかたちで、エッセイ「王政復古期の喜劇作家たち」を発表した（『文学歴史評論集』（一八四三））。そのなかで、王政復古期喜劇の道徳の「いかがわしさ」を批判している。マコーリーにとって、たとえば、「結婚における夫婦間の貞節」は、「人間の幸福にとって最高に重要なもの」であるのだが、王政復古期喜劇では、このテーマをめぐって、「結婚した女性を誘惑する者の性格が好意的に表現されている」と主張し、そうした姦通の描写は先のエリザベス朝時代やジェイムズ一世時代の劇では見られなかったものだと述べる（Thomas Macaulay, "Comic Dramatists of the Restoration," 340–41）。

マコーリーは、次に、批判の的をラムに向ける。王政復古期喜劇は、隣人の人妻に言い寄り不義密通を迫るふるまいをつねに描いているが、その場合、「明らかに、侮辱を働いた人間を優雅で、気の利いていて、威勢のよい人物として描き、他方、その被害を被った側の人間を愚か者に仕立てようとする」傾向があるという。王政復古期劇は、こうした不道徳面を賛美する特質をもっているにもかかわらず、「チャールズ・ラム氏は、このような叙述の仕方を弁護しようとつとめている」と、批判するのである（Macaulay 341–42）。

マコーリーによれば、ラムは、王政復古期喜劇の劇的世界を次のように想定しているものと判断する。

> 彼ら［ウィッチャリーのホーナーやコングリーヴのケアレスたち］は、純粋な喜劇の領域に属しており、そこは冷酷な道徳が統治するところではない。彼らのなかに入ると、混沌とした人びとの集団に取り巻かれる。われわれは、彼らをわれわれの慣習によって判断すべきではないのだ。立派な制度も、彼らの所業によって侮辱されることはない、というのは、それらに彼らは関わってないからだ。家族の平安も侵犯されることはない、というのは、彼らには家族的絆がもともと存在しないのだから。彼らには、正義も不正もなく、感謝もその逆の情もなく、要求も義務もなく、父親としての、あるいは息子としての自覚もない。（Macaulay 342）

マコーリーは、ラムのもっている王政復古期喜劇に対する演劇観の根本をこのように要約し、批判する。もっとも、ラムの演劇批評家としての才能には高い評価を与えている――「われわれは、彼の才能を称賛する」(343)。しかし、マコーリーは、演劇世界を現実界の倫理・道徳観の及ばない世界と見るラムの見方は、容認することはできない。最終的には、次のような評価の結論を下す――「しかしはっきり言わねばならない、ラムの議論は、巧みではあるが、まったく詭弁的であると」(Macaulay 343)。

四　コメディ・オヴ・マナーズの宿命――人工的／芸術的世界と現実界の慣習との対立

ラムとマコーリーの議論は、コメディ・オヴ・マナーズのその後の展開や系譜を視野に入れて考えてみると、この喜劇が引き受けねばならない宿命というべきもの、つまりこのジャンルの劇が根本的に抱えていた問題性を想起させるものがある。二人の議論の対立は、劇中世界には猥雑で、卑猥な言動が見られるか否かといった、道徳性の存在／不在という単なる表層的な次元の問題に収まらないものがあるように思われるのだ。すなわち、ラムが主張しているのは、演劇の自立性なのであって、劇的空間とは現実世界のありのままの再現や反映だと信じるのがリアリズム観だとすれば、そのようなリアリズム観に反論していると見ることができよう。ラムによれば、劇中の人物を、現実世界に存在する人物と同じだと見なす必要はないし、またその言動を現実世界の道徳や価値基準にもとづいて判断する理由もない。

ところが、マコーリーは、劇中の登場人物と現実界の人間を同一視する。王政復古期喜劇に登場する人びとは、われわれの周囲にいる人びと同じであって、同じモラル・コードに従って存在していると主張する。

王政復古期喜劇のヒーローやヒロインは、また、自分自身のモラル・コードをもっている。それは、きわめて邪悪なものだが、しかし、チャールズ・ラム氏が考えているのとは異なり、劇作家の想像力の世界のなかにのみ存在するコードではない。そのコードは、逆に、実際、多くの人びとに受け容れられ、守られているコードなのだ。われわれは、彼らを見つけるには、ユートピアや妖精の国(フェアリー・ランド)に赴く必要はない。彼らは身近に存在しているのだ。(Macaulay 345)

ここで留意すべきは、なるほどラムの論理に立てば、王政復古期喜劇の世界は、人工的で自立した世界とみなしうることは確かであろうが、しかし、その王政復古期喜劇と言えども、その世界を成り立たせているのは、現実界にはまったく存在しない風習やコンヴェンションや道徳ではありえない。その劇的世界は、架空の世界ではなく、当時の現実の社会をありのままに追い求めた、いわば「リアル」な世界である。しかも、登場人物の採るふるまいや言葉は、欲望というきわめて現実的な衝動、あるいは人間的な自然とも密接に結びついている。このような観点を想起してみれば、マナーズを操って欲望を満たすふるまいに没頭する彼らの行動は、きわめてリアリズム的な本質にもとづいた人間存在を捉えた姿とも言えるのである。*OED* が、マナーズを、「とくにその道徳的側面に関しての、人の習慣的ふるまいや行い。道徳的品性、道徳観念」(4a) と記した定義をふまえれば、登場人物たちのマナーズは、不道徳的であれ倫理的であろうと、道徳性と深く結びついていることになる。

すなわち、コメディ・オヴ・マナーズは、みずからの舞台とした社会や時代のマナーズに強い関心を示し、それらのマナーズの巧みな操作によって人妻との密通や財産の獲得をねらう活動ぶりを捉えようとしたとき、その欲望充足を果たすやり方を熟視してみると、視点の比重のかけ方により、劇的世界は相異なる別々の光景を呈することができるのだ。

一方において、マナーズの操作による欲望充足の実現が鮮やかで巧みであればあるほど、その世界は、ゲームのような人生が繰り広げられるのを思わせるくらいに、人工的・技巧的な劇的空間が前景化してくるであろう。他方、この人工的世界と背中を接して、欲望充足への過剰とも思える執着ぶりが追い求められていくと、人間存在に関わる生々しい真実が風刺的ないしは暴露的なふるまいをさらし、ひとつのリアリズム的リアリティを喚起してこよう。そうなると、人間存在の見事とも哀れとも見えるその光景は、劇的世界の外の現実界に立って眺められると、そこに現実界の倫理・道徳的な関心にもとづいたまなざしが注がれてもおかしくないであろう。

こうして、コメディ・オヴ・マナーズは、基本的には劇的世界の自立性の原理にもとづいて構築された演劇ではあるものの、その時代や社会の倫理・道徳観をみずからの劇的世界のなかにいざなう動機を不可避的に孕んでいると言えよう。ラムとマコーレーの対立は、この、劇的自立性と現実界の道徳の介入・干渉とのあいだの根本的な対立性が顕在化したものと見ることができるのではあるまいか。

五　リアリズム的ファンタジー――風習喜劇の世界

王政復古期のコメディ・オヴ・マナーズにおける人工性とリアリズム性の対立あるいは絡み合いという特質について、笹山隆は、コングリーヴ『世の習い』の翻訳書に付した「解説」のなかで、きわめて興味深い発言をしている。「王政復古期の風習喜劇は、従って、ことばの撞着を犯して言えば、リアリズム的ファンタジーの世界だということになる」(224)――このように、笹山は言ってのけた。この洞察にみちた評言を、誤解を恐れず敷衍すれば、王政復古期の風習喜劇とは、リアリズム的世界が人工や技巧によって知的洗練を受け、ファンタジーと化した世界であると、あるいは、ファンタジーの人工的な世界が、その原理とあい反するリアリズム的リアリティを洗練させて内に取り込んで出来あがった世界である、とも言えようか。

笹山は、風習喜劇を「リアリズム的ファンタジー」と断じる根拠を解説する。

都会的教養人の主人公が、人生のゲームにおいて最終的に勝利者となるさまが、多少の揶揄はあっても概ね肯定的に眺められるところに、この種の劇の特徴がある。彼が俗事に長けた狡猾な才子であり、軽薄な遊蕩児であろうと構わない。肝腎なのは、ソフィスティケーションの度合いであって、それが高ければ高いだけ、より多くの観客の共感を獲得できる。逆に軽蔑と嫌悪をもって排撃されるのは、無粋と野暮なのである。（笹山 224）

コメディ・オヴ・マナーズの系譜とは、王政復古期に確立された、この「リアリズム的ファンタジー」という原型がいかに継承され、いかに変容したのか、その展開の軌跡と見てよいかもしれない。この原型の「継承」と「変容」については、王政復古期以降の劇作家や演劇批評家のあいだで、多様なかたちや反応を見せることになる。ラムは、まぎれもなく、この「リアリズム的ファンタジー」という原型にもとづいた見方を支持したのだ。一方、マコーレーは、この原型のなかの「リアリズム」の側面だけを注視し、現実界の慣例や道徳観を劇的世界のなかに持ち込んで、そこから「ファンタジー」の世界を断罪したと言えよう。

コメディ・オヴ・マナーズに対して、「ファンタジー」の側面を軽視して、「リアリズム」により大きな比重をかけて、その劇的世界を見るみかたは、その後よりいっそう強まっていく。それは、一八世紀のR・B・シェリダンの『悪口学校』（一七七七）やオリヴァー・ゴールドスミスの『負けるが勝ち』（一七七三）などの劇的世界にもその影響が窺え、さらに一九世紀末のオスカー・ワイルドの『まじめが肝心』(一八九五)に対する評価にも大きな影響を与えることとなる。さらに、二〇世紀に入っても、この二つの要素の絡み合いは、さまざまな変容を見せつつ継承されていると判断してよかろう。

すると、コメディ・オヴ・マナーズの系譜とは、リアリズム性とファンタジー性との絡み合いの歴史とも言えよう。この二つの側面や特質のうち、どちらを重視して劇的世界を構築するかによって、その劇作品の性格が決定されることになろう。ただし、ここで、ひとつ留意しておくべきは、コメディ・オヴ・マナーズにあっては、この二つの特質が個別的に存在するものではなく、これらのあい反する二つの側面がいわば分かちがたく混然一体となって劇的世界をつくりあげているという点であろう。

コメディ・オヴ・マナーズを貫くこのテーマは、二〇世紀の演劇世界にあっては、たとえばノーエル・カワードやハロルド・ピンターの劇では、どのような変容をとげつつ、継承されているのであろうか。

六　ノヴェル・オヴ・マナーズ

マナーズとは、ある社会・時代や人間における外面的側面と内面的側面の両面に関わる文化的制度である。したがって、劇的世界のなかで登場人物たちが行なうふるまいは、基本的には、倫理・道徳的な関心の視線をいざない、その内面的な精神性を問う性格をもっていたことは確かである。とはいえ、王政復古期喜劇をその系譜の源泉とするコメディ・オヴ・マナーズにあっては、その劇的世界は、いわば自立した人工的世界が際立って構築され、現実界とは一定の距離が窺われる空間であったゆえ、そこは、チャールズ・ラムの言葉によれば、「艶事のユートピア」であり、笹山隆の言を借りれば、「リアリズム的ファンタジー」の世界であった。

ところが、小説というジャンルになると、このマナーズに対する大きな関心は、マナーズが現実世界に浸透しているその内実をより詳細に追い求めるリアリズム的叙述を生むこととなった。従来の慣習にしたがって、そうした性格の小説を「ノヴェル・オヴ・マナーズ」(novel of manners) と呼ぶならば、この種の小説では、マナーズは、単にその外面的表層の描写にとどまらず、このマナーズに関わる登場人物自身の精神性や内面性や倫理・道徳性を表わすものとなり、またそうした登場人物の生活する社会や世界や共同体の特質を表象するものとなる。マナーズの果たすこの機能は、サミュエル・リチャードソンに代表される一八世紀小説において程度の差こそあれ窺えるものであったが、その後のジェイン・オースティンの小説において、いっそう鮮やかに顕在化していると言えよう。

「マナーズ」が、登場人物の精神的価値や倫理・道徳性に関わる要素だとなると、*OED* のそれについてのもうひとつの定義が有益になろう。「マナーズ」とは、「社会的関係における外的なふるまいであって、それは、丁寧さの度合いや、あるいは、容認されている礼儀正しさの基準を順守する度合いによって、良し、あるいは悪しとして評価される」(6a) とある。すなわち、マナーズは、登場人物の人間的価値あるいは人格を表す指標となる。オースティンにあっては、たとえば、『高慢と偏見』(一八一三) のヒロイン・エリザベスは、ダーシーのマナーズに関わるいくつかのふるまいをとおして、究極的には彼の「高慢」を理解し、彼の精神的美質を確認する。また『説得』(一八一八) のヒロイン・アンも、再会したかつての婚約破局の相手ウエントワース大佐について、その誠実な愛をこめたマナーズにもとづくふるまいや言葉に惹かれて、最終的には彼を受け容れる。このように、オースティンのヒーローたちはそのマナーズによってみずからの精神的卓越性を示すことに成功し、一方ヒロインたちもそうした相手の男性の表すマナーズの真の意味や価値を洞察力をもって十分に認識するにいたる。こうして、ヒロインたちは、英国の美しい伝統的なカントリーハウス・ペンバリーを所有する、年一万ポンドの収入のあるヒーローとの結婚を、また、英国海軍で二万五千ポンドの財産を蓄積した大佐との結婚を果たすことができたのだ。

このとき確認すべきは、結婚の条件として、男女のあいだの愛情の存在と人格的価値が重視されているほかに、結婚相手の所有する大きな資産や経済力の有無がヒロインにおける欲望充足の条件ともなっている事実を見逃してはならないであろう。すなわち、ジェイン・オースティンのヒロインの幸福実現にあっては、愛とお金は切りはなされてはいないのである。

ノヴェル・オヴ・マナーズの小説におけるマナーズと人格的卓越性と物質的富との密接な関係を考えるうえで、批評家トニー・タナーが興味深い発言をしている。「オースティンの適正なヒーローたちは、みんな地所をもっており、またヒロインたちも地所をもった男を必要としている」(Tony Tanner, *Jane Austen*, 17) と述べたあと、このように続ける。

> 同様に重要なことに、地所をもった階層のあいだで、良きマナーズと道徳観の必要を重視する新しい傾向が出てきた。……地所は、安定した秩序のある社会にとって、十分ではないが、必要な基盤であった。上品なふるまい(デコーラム)、道徳性、良きマナーズ——一言でいえば、「礼儀正しさ」——は、同じく必要不可欠であった。他方を欠いて一方だけでは、社会のありうる革命を防ぐには無力となったであろう。これこそ、ジェイン・オースティンが社会的なふるまいのあらゆる領域で、何が必要な適正なる行いなのかを、たえず制定し例示しようとした理由のひとつであり、また、なにゆえに、本当の礼儀正しさからのありうる逸脱やその無視についてきわめて綿密に精査したのか、その理由のひとつでもあったろう。(Tanner 17–18)

オースティンにおいては、こうして、「良きマナーズ」は、人間的価値と社会的価値を一つに結び合わせて体現し表象するものであった。「悪しきマナーズ」は究極的には排斥されることになる。

オースティンに代表されるノヴェル・オヴ・マナーズの小説は、コメディ・オヴ・マナーズの領域におけるのと同じく、マナーズは、性愛的欲望と物質的欲望が密接に絡み合って、さまざまな様相を呈している。風習喜劇／風習小説の原型的なテーマともいえる、この二つの要素の絡み合いは、一八世紀小説から、ヴィクトリア朝小説を経て、二〇世紀、およびその後の現代小説においてはいかに展開するのであろうか。エリザベス・ギャスケル、イーヴリン・ウォー、ヘレン・フィールディングの小説がそのさまざまな変容と継承のかたちを提示してくれよう。

七　マナーズの異化された光景

コメディ・オヴ・マナーズは、その成立には、現実の社会のなかに一般に認められたマナーズがまず存在することが大前提であろう。さらに、この安定したマナーズに対する強い関心の存在も不可欠であろう。劇的空間において、この日常化された「ファミリアーなる」マナーズが、大きくは性愛と物質欲という二種類の欲望のなかで翻弄されたとき、マナーズの保守する慣習的意味が覆され、反省的視線にさらされ、その根源的意味が問い直されて、非日常的な（「アンファミリアーなる」）光景が出現する。このようにして異化された（「ディファミリアライズされた」）光景こそ、コメディ・オヴ・マナーズの劇的空間と言えよう。そして、このようなマナーズの異化のメカニズムは、ノヴェル・オヴ・マナーズの小説とて変わりはない。

こうしてコメディ・オヴ・マナーズの喜劇は、現実の慣習化された世界に向けるリアリズム的関心を前提とし、その上で、そのリアリズムからの人工的（アーティフィシャル）世界への昇華をもって完成する。となれば、そのようなありようのテクストとは、「マナーズ」に対するメタ的意識からのまなざしの産物と言えなくもなかろう。

引用文献

Austen, Jane. *Pride and Prejudice*. Ed. Donald Gray. 4th Edition. Norton, 2016.

——. *Persuasion*. Ed. Gillian Beer, Penguin Books, 2003.

Congreve, William. *The Way of the World*. Ed. Brian Gibbons. "New Mermaids." Ernest Benn, 1984.

Danziger, Marlies K. *Oliver Goldsmith and Richard Brinsley Sheridan*. Frederick Ungar Publishing Co, 1978.

Etherege, George. *The Man of Mode*. Ed. John Barnard. "New Mermaids." Ernest Benn, 1979.

Fisk, Deborah Payne. Ed. *The Cambridge Companion to English Restoration Theatre*. Cambridge UP, 2009.

Goldsmith, Oliver. *She Stoops to Conquer*. Ed. Tom Davis. "New Mermaids." Ernest Benn, 1979.

Hirst, David L. *Comedy of Manners*. Methuen, 1979.

Holland, Norman N. *The First Modern Comedies: The Significance of Etherege, Wycherley and Congreve*. Harvard UP, 1967.

Lamb, Charles. "On the Artificial Comedy of the Last Century," *Essays of Elia*, in *Selected Prose*. Ed. Adam Phillips. Penguin Books, 2013.

Macaulay, Thomas. "Comic Dramatists of the Restoration," *Critical and Historical Essays*. Vol. III. of *The Works of Lord Macaulay*. Longmans, 1898.

Muir, Kenneth. *The Comedy of Manners*. Hutchinson University Library, 1970.

Oxford English Dictionary (*OED*). Second Edition. Oxford UP, 1989.

Rowell, George. *The Victorian Theatre 1792–1914*. 2nd Edition. Cambridge UP, 1978.

Sheridan, Richard Brinsley. *The School for Scandal*. "New Mermaids." Ernest Benn, 1979.

Tanner, Tony. *Jane Austen*. Reissued Edition. Palgrave Macmillan, 2007.
Todd, Janet. Ed. *Jane Austen in Context*. Cambridge UP, 2010.
Wiesenfarth, Joseph. *Gothic Manners and the Classic English Novel*. U of Wisconsin P, 1988.
Worth, Katharine. *Sheridan and Goldsmith*. Macmillan, 1992.
——. *Oscar Wilde*. Macmillan, 1983.
Wilde, Oscar. *The Importance of Being Earnest*. Ed. Michael Patrick Gillespie. Norton, 2006.
Wycherley, William. *The Country Wife*. Ed. James Ogden. "New Mermaids." Bloomsbury, 2014.

喜志哲雄監修、圓月勝博・佐々木和貴・末廣幹・南隆太編『イギリス王政復古演劇案内』松柏社、二〇〇九年。

笹山隆「解説」、笹山隆訳、コングリーヴ『世の習い』岩波文庫、二〇〇五年。

ジェイン・オースティン、中野康司訳『高慢と偏見』ちくま文庫、二〇一一年。

——、中野康司訳『説得』ちくま文庫、二〇一一年。

チャールズ・ラム、南條竹則訳『完訳　エリア随筆Ⅱ　正篇［下］』国書刊行会、二〇一四年。

中央大学人文科学研究所編『風習喜劇の変容——王政復古期からジェイン・オースティンまで』中央大学出版部、一九九六年。

II

王政復古期

ウィリアム・ウィッチャリーの『田舎女房』における作法（マナーズ）に対する戦略のアンビヴァレンス

末廣　幹

一　はじめに――リベルタンの人間化

一六六〇年以降ロンドンの劇場で上演された王政復古期の演劇に頻繁に登場するようになった人物の類型が「リベルタン」である。[1] 自らの欲望に突き動かされるままに性的な快楽を追求しようとする人物の萌芽は、ウィリアム・シェイクスピアのロマンス劇『あらし』（一六一一）のウィリアム・ダヴェナントとジョン・ドライデンによる改作『あらし、あるいは魔法の島』（一六六七）のヒッポリトーに認められるかもしれない。ヒッポリトーは「女を知らない男」で、ミランダの妹のドリンダと出逢うやいなや恋に落ちるのだが、ドリンダ以外にも女がいると知るとすべての女を物にしたいという欲望を抱くようになるからである。しかし、ヒッポリトーは、失楽園以前の原初の人間のような「天真爛漫さ（simplicity）」（三幕六場六五行）が強調された、かなり荒唐無稽な例であり、劇作家たちが、単なる「放蕩者」に留まらないリベルタン表象に取り組むようになるのは一六七〇年代後半以降である。

トマス・シャドウェルの悲劇『リベルタン』（一六七五）は、スペインの劇作家ティルソ・デ・モリーナによる『セビリャの色事師と石の招客』（一六三〇）を材源に、スペインのドン・ファン神話をイングランド化したきわめて実験的な芝居で、リベルタン表象の極北とも言うべき作品である。この悲劇で、ドン・ジョン（ドン・フアン）、ドン・アントーニオードン・ロペスらリベルタンは、スペイン国内を移動して廻りながら、若い女性に出逢えば誘惑したりレイプし、邪魔立てする男性は殺害し、彼らから金品を強奪するのだが、最終的には運が尽き、悪魔たちによって地獄へと落とされることになる。この芝居のプロットだけで判断するときわめて単調な作品のようにも思われるかもしれないのだが、リベルタンたちが徹底して快楽の追求と不快の回避という行動原理にのみ基づいて運動している点で、彼らは、一七世紀中盤のリベルタン思想の形成に多大な影響を及ぼしたトマス・ホッブズの唯物論の即物的な具現化でもある。さらにこの悲劇が実験的なのは、リベルタンたちの行動をドラマ化する上でのトーンが不確定であるために、「まじめなバーレスク」、もしくは「道徳的な教訓を語った擬似的悲劇」のいずれにも解釈できるところにある (**Fisk xxii**)。それに加えて、この芝居の初演時には、ウィリアム・ターナー、そして一六九二年の再演時にはヘンリー・パーセルと当代きっての作曲家が提供した歌が数多く盛り込まれていた。すなわち、シャドウェルはこの悲劇に「オペラ」的な演出も加味していたのだ。このように、『リベルタン』は、は、プロットの構成においてはきわめて単純であるのに、多面的な特徴を持っている。他方で、この悲劇は確かにきわめて実験的ではあったものの、リベルタンであるドン・ジョンはその即物的な行動のために、観客が共感や感情移入をまったく抱きようのない人物であり、登場人物の性格設定の点では重層的とは言いがたい。

シャドウェルのリベルタン表象とは対照的に、多くの劇作家は七〇年代後半以降に、リベルタンが喜劇の登場人物として包含する潜在的可能性に注目したことは興味深い。いわば、彼らは、シャドウェルがリベルタンを運動する物体であるかのように表象したのに対して、リベルタンを人間化しようとしたのである。たとえば、サー・ジョージ・エサリッジは、『リベルタン』初演の九ヶ月後に同じドーセット・ガーデン劇場で上演された『当世伊達男、あるいはサー・フォップリング・フラッター』（一六七六）において、当時宮廷で随一のリベルタンと言われた第二代ロチェスター伯爵ジョン・ウィルモットをモデルにしたドリマントを造型した。ドリマントは、機知に富んだ会話と洗練された立ち居振る舞いで女性たちを翻弄するものの、自分が立てた策略通りには女性たちが行動しないためにしばしば面目が丸潰れになり、最終的には自分自身のリベルタン的人生観を棚上げにするかのようにハリエットと結婚して田舎暮らしをすることを決意する。エサリッジは、リベルタン的な価値観の否定とは言わないまでもそれに対してアイロニカルな視点を提供することで、観客にとって複雑な反応をすることが可能なリベルタン表象を提示したのである。

ここでは、七〇年代に流行した「セックス・コメディ」というサブジャンルの最高傑作にして最大の問題作とみなされている、ウィリアム・ウィッチャリーによる喜劇『田舎女房』(一六七五)におけるリベルタンのホーナーが、自らの欲望を追求する上で、ロンドンの社交界の作法を逆手に取る戦略を立てていることに注目し、その戦略自体にアンビヴァレンスが見られることを論じたい。

二　タウンにおいて展開されるホーナーの陰謀

コメディ・オヴ・マナーズの理解において重要なのは、作法(マナーズ)、言い換えれば、どのように話し、行動することが適切であるかを決定づける社会的・文化的規範(コード)を成立せしめている社交空間が具体的にはいかなる社会であるのかを同定することだろう。王政復古期におけるコメディ・オヴ・マナーズでは、当時タウン(“this end of town”あるいは単に“town”)と呼ばれ、ウェストミンスターとロンドン・シティの間に拡がる空間こそがもっとも重要な社交空間となる。この空間は、もちろん現在ではウェスト・エンドとして我々に馴染みがあるが、そのように呼ばれるようになるのは一八世紀後半になってからである(『オックスフォード英語辞典』によれば、“Westend”という語がロンドンの特定の場所を表す固有名詞として用いられる初出例は一七七六年である）。王政復古期のタウンは、当時のロンドンにおいて、しだいにブルジョア的な価値観やイデオロギーが重視されるようになっていたシティと、リベルタンの快楽主義的なイデオロギーがいまだ容認されていた宮廷に対する〈第三の空間〉であったことにはとくに注目しておきたい（Canfield）。当時、タウンには、貴族やジェントリの邸宅（タウン・ハウス）ばかりでなく、劇場、一大ショッピング・センターであったニュー・エクスチェインジ、セント・ジェイムズ・パークやハイド・パークなどの社交や男女の逢い引きに人気のある場所が点在していた。

タウンを舞台にしたコメディ・オヴ・マナーズでは、ある朝主人公が住む邸宅に別の登場人物が訪ねて来る場面から始まるのがお決まりの展開となっている。このような場面は、「朝の会見の場」(levee) と呼ばれ、主人公の邸宅の私室は限定された空間であるにもかかわらず、観客には、この限定されたがタウンという都市空間に直結していることをヴァーチャルに実感させる巧みな場面設定である。『田舎女房』もご多分に漏れず、ある朝、主人公ホーナーが、自宅の私室を訪れたインチキ医者 (quack) と会話を交わしている場面から始まる。

ホーナー登場、インチキ医者が少し離れて後ろからついてくる。

ホーナー　インチキ医者というのは、産婆が売春婦に似ているのとちょうど同じように、女を取り持つポン引きに向いているよなあ。連中は、それぞれなりのやり方で、身体の役割の手助けしてくれるんだから——ところで、先生、僕が頼んだことはやってくれたかい？

インチキ医者　わたしがあなたの梅毒の治療を失敗したせいで、あなたは一生女性のお相手ができなくなり、宦官のようにひどい有様だとタウン中に触れ回っておきました。実際に、わたしが本当にそんなひどい治療をしたかのように物議を醸していますよ。

ホーナー　だが、馴染みの産婆、劇場のオレンジ売り、シティの旦那方やタウンに愛人を囲っていても身体をいじることしかできない爺さんたちにも確かに話をしてくれたんだろうね。あいつらは何をさておいても噂を触れ回ることに熱心なんだから。

インチキ医者　知り合いの宮殿の部屋係の女、お付きの侍女、衣装係の女、旧知の婆さん連中皆にも触れ回っておきました。いえねえ、ここだけの話だからと断って、ホワイト・ホール宮殿の噂好きの連中にこっそり囁いておいたので、きっとこの話はすぐにロンドン中に広まって、若い美人の女性にとってあなたは不快な存在になりますよ、ちょうど――

ホーナー　疱瘡と同じくらいに、か。（一幕一場一―一五行）

この喜劇では、開幕早々、ホーナーが、インチキ医者を通じて、自分が梅毒に罹った挙げ句にその治療に失敗して性的不能になったという噂をタウンに留まらず、シティやウェストミンスターにも広めさせていることが明らかになる。ホーナーとインチキ医者とのやりとりで注目すべきなのは、当時のロンドン、とりわけタウンが口コミ社会であったことである。岩田美喜による章で論じられている、リチャード・ブリンズリー・シェリダンの『悪口学校』（一七七七）もやはり「朝の会見の場」から始まるが、その場面で、「悪口学校」の中心人物レイディ・スニアウェルは、有名人の醜聞を売り物にした新聞への記事の手配師のスネイクと会話を交わしている。レイディ・スニアウェルは、スネイクを通じて、有名人（セレブ）たちについての根も葉もない噂を新聞記事にすることによって、今で言うところのフェイク・ニュースを流すことでセレブたちの運命を翻弄していることが明らかになる。実際に、レイディ・スニアウェルによるフェイク・ニュースの捏造は、特定の有名人に対するピンポイント攻撃となっており、それなりの効果を上げているようだ。このことは、イギリスにおける「諷刺文の黄金時代(カリカチュア)」と呼ばれている一七六〇年代から一八二〇年代に、王族を含む有名人の醜聞だけを売り物にした、現代のタブロイド紙の原型である「醜聞新聞(スキャンダル・シート)」が大いに人気を博していた事実を踏まえている。ところが、王政復古期の場合には、新聞は存在したものの、一六六五年に発刊された『オックスフォード・ガゼット』(一六六六年以降は『ロンドン・ガゼット』に改名)といった官報に限定されており、多種多様な新聞が発刊されるのは、出版物を統制していた一六六二年出版法が失効する一六九五年以降であった(Sutherland)。したがって、王政復古期には個人の噂や評判は口コミでしか流通しなかったのである。つまり、レイディ・スニアウェルとは異なって、『田舎女房』の陰謀の主体であるホーナーは、その噂の流通を完全に統轄できていない。実際に、この喜劇の大団円が可能になっているのは、ホーナーに関わる噂が流通していた頃に田舎で過ごしていたために、その噂を知らなかったピンチワイフが、最終的にサー・ジャスパー・フィジェットに知らされて、その噂を真実として受け入れるからなのである。ホーナーは、噂がどのように流通し、誰にどのように受容されるかについては完全に成り行き任せにせざるを得ないのだ。

インチキ医者は、自らを毀損するような噂を流通させようとしているホーナーに対して、「あたかも我々医術に関わる者が、医者としての腕を貶める広告を触れ回るようなものだ」(一幕一場三七―三八行)と疑問を呈するのだが、それに対してホーナーは、「評判というものは自ら広めようとしてもめったに得られない。女は、名声と同じように、自慢していてはけっして物にできない」(一幕一場四〇―四二行)と格言めいた発言をしている。つまり、ホーナーは、売春婦との性行為を通じて梅毒に感染し、その治療に失敗して性的不能になったという醜聞を自ら広めることで、シティの夫たちがリベルタンに対して抱く警戒を解き、人妻との漁色行為の機会を増やそうとしているのだ。しかし、その際に、ホーナーは、「イングランドの娼婦によってうつされた

性病 (an English-/French disaster) と性病の治療を専門にする外科医 (an English-French chirurgeon)」のせいだ」（一幕一場二二一—二二三行）と性病が「フランス病」(French malady) と呼ばれていたことに基づいて“English-French”という形容詞を繰り返すことで、噂のなかにフランス性を忍び込ませている。つとに知られているように、皇太子時代の国王チャールズ二世や王党派の多くの貴族たちが内乱期から共和政期にフランスに亡命しており、イングランドの帰国の際にフランス流の文化やファッションを持ち込んだことで、王政復古期の文学には、フランス及びフランス性に対する憧憬と嫌悪というアンビヴァレンスが見られる。とりわけ喜劇においては、ウィッチャリーの二作目の喜劇『ジェントルマンのダンス教師』（一六七二）に登場するパリス、別名ムッシュー・ドゥ・パリや『当世伊達男』のサー・フォップリング・フラッターのようなフランス帰りでフランスかぶれのめかし屋（フォップ）は、フランス性への耽溺が男性性の喪失を招きかねないことを揶揄するだけでなく、フランス性を嘲笑するために用いられている (Glynn)。ホーナーの場合は、性病の治療に失敗して性的不能になったという噂を自ら流通させることで、自らの身体性に関わるプライヴァシーをいわば衆目に晒すだけでなく、その醜聞においてフランス性をことさら強調することで情報の受容者のフランス性に対するアンビヴァレンスどころかフランス嫌悪（フランコフォビア）を引き出しているのである。ところが、そのような噂に反して、ホーナー自身はフランスかぶれでもなくフランス性は微塵も感じさせない男性主体である (Choudhury 25–26)。「ホーナー」という名にはもちろん、「寝取られ男の角」(a cuckold's horn) を生やさせる者」、つまり人妻と性的な関係を持つことでその夫を寝取られ男にする者という含意がある。しかし、ホーナーは、性的不能者という仮面を被ることで、その名の含意を否定するのだが、このような策略によって「ホーナー」というリベルタンとしてのアイデンティティを担保しているのだ。

三　タウンの作法（マナーズ）に対するホーナーの戦略

ホーナーが、性的不能になったという自らの身体に関わるプライヴァシーを世間に自ら晒すことが作法（マナーズ）に違反していることは言うまでもないが、彼は、個人的な交渉や会話においても、あえて作法（マナーズ）に抵触するような話題に踏み込んでいる。ホーナーの噂を聞きつけたサー・ジャスパー・フィジェットが、彼をからかうために妻や妹を伴って彼の屋敷へと押しかけてくると、ホーナーは、女性たちに対してあえて挑発的な言葉を投げかける。

フィジェット夫人　ねえ、あなた、あの男ったら、ひどいフランスかぶれで、身分や徳の高い女性が夫を愛しているというのを毛嫌いしているんですのよ。女が夫を愛しているからと言って、お金を愛しているかのように嫌っているんですから。さあ、行きましょう。

ホーナー　どうぞお好きなように、奥様。僕は、あなたがお目当てにされているようなものは持っていないんですから。卑猥な絵や、新しい体位集、『娘たちの学校』の第二巻なんてものをフランスから持ち帰ったりしてないんですから――

インチキ医者（ホーナーに傍白で）　お止めなさい、恥を知りなさい！　どういうつもりですか？　一生女性との付き合いを断つつもりなんですか！

ジャスパー　ハ、ハ、ハ！　確かにこいつは女性のことを完全に憎んでいるな。（一幕一場七九―八八行）

ここで、フィジェット夫人はまだ、ホーナーが性的不能者であるという情報を知らされていないのだが、彼が長期間フランスに滞在していたということだけで彼のことをフランスかぶれだとみなして嫌悪感を示している。それに対してホーナーは、卑猥な絵画や書物にことさら言及することで相手の嫌悪感をかえって煽っている。ここでホーナーが言及している書物は、王政復古期イングランドで密かに流行していたポルノグラフィである。「体位集」というのは、イタリアの画家ジュリオ・ロマーノが描いた性愛画に基づいて、銅版画家のマルカントニオ・ライモンディによって制作された一六枚の性交体位図に作家ピエトロ・アレティーノが体位を解説するソネットを付した『淫蕩ソネット集』(一五二六)のことであり、『アレティーノの体位集』として知られている。『娘たちの学校』はフランスで一六五五年に出版された猥褻な物語で、どちらの書物も王政復古期にはかなりの人気を博した (Weil)。実際に、サミュエル・ピープス(一六三三—一七〇三)は『娘たちの学校』を読んで自慰行為に及んだことを日記で告白している (Pepys, vol. 7 279 February 9 1668)。ここで重要なのは、一見すると、ホーナーが、まったくその場の空気を弁えずに、無神経に振る舞っているように見えるのだが、実際には、ホーナーはことさら性的な話題に触れることで、暗にフィジェット夫人の欲望に探りを入れていることだ。ホーナーは、女たちが帰った後で、自らの意図をインチキ医者に説明している。

ホーナー 身分の高い女性というのは、礼儀(シヴィル)を弁えているので、僕たちに対して愛情を抱いているのか、育ちがよいせいでそのように振る舞っているのか区別がつかず、男の側ではしばしば誤解してしまうことがある。だが、はっきりしているのは、僕を毛嫌いする女は、お遊びが好きだということさ。帰ってしまった連中だってきっとそうさ。次に、身分の高い女性というものは、こちらから声をかけたときには、身持ちよりも評判に傷が付くことを警戒するものだ。どうしても避けたいのは醜聞であって、男ではない。(一幕一場一四七—一五三行)

ホーナーによれば、タウンの社交界における身分の高い夫人たちが公的空間で社交を行う際には、礼儀作法（シヴィリティ）という外的束縛に囚われているために、彼女たちが性的欲望を抱いているかどうかは判読不可能になるという。それに対して、ホーナーは、公的空間では言及することがタブー視されている卑猥な絵画や書物のことをあえて話題にすることで、女たちの反応から彼女たちの欲望を読み取ろうとしているのだ。[2] そして、女たちが性的な事柄に対して示す嫌悪感を露わにすることは、実際には潜在的に性的な欲望を抱いているという証左になるのである。ホーナーは、このように公衆の面前では直接性的な事柄には言及しないという作法（マナーズ）にあえて違反することで女たちの判読不可能な欲望を炙り出そうとしているのだが、これはまさに社交界における作法（マナーズ）を逆手に取った戦略である。

次に、リベルタンたち同士が社交をする際に作法（マナーズ）をどのように意識しているかに注目したい。リベルタンであるホーナー、ハーコートとドリラントは、男性にとって、男性同士の付き合いと女性との交際とのどちらを優先すべきなのかディベートを繰り広げている。

ホーナー　恋愛や女遊びなんてもううんざりだ！　女なんて男同士がいい付き合いするのに邪魔になるだけだ。僕はもう女たちとは楽しめないが、その分君たちとはこれからも付き合いを楽しむことにするよ。男同士の付き合いと友情こそが長続きし、理にかなった、まさに男に相応しい楽しみだ。

ハーコート　そうは言うが、僕には、君たちが女々しいと呼ぶ女たちとの楽しみも少しは認めて欲しいね。女たちとの楽しみは男同士の友情を味わう助けになるんだから。

ホーナー　いや、邪魔にしかならないね。

ハーコート　いや、愛人というものは、本のようなものだ。熱中しすぎれば、ぼうっとしてしまって、友達付き合いもままならなくなる。分別をもって付き合えば、会話も上達するというものさ。

ドリラント　愛人というものは、タウンの郊外の隠れ家のようなものだよ。ずっと住むようなところじゃなくて、一晩だけ過ごして帰ってくるようなところだね。戻ってくれば、タウンの生活をより楽しめるというものさ。（一幕一場一八六―九八行）

ここで、ハーコートやドリラントは女たちとの異性愛的交渉を擁護しているのとは対照的に、性的不能になったと公言しているホーナーはあくまでも男性同士の絆を重視しているように見える。しかし、実のところホーナーは、男性の友人たちとの社交を、女たちとの交渉のための回路としかみなしていない。ホーナーは、自らが性的不能になったという噂をハーコートやドリラントに信じ込ませても、それが多くの女たちとの性的交渉の機会を増やすための戦略だとはいっさい明かしていない。他方で、ハーコートは、男性同士の友情を過度に重視するスパーキッシュが婚約者であるアリシアによってもてなさせようとするのにつけ込み、アリシアに求愛する機会として利用している。つまり、ホーナーもハーコートもそれぞれのやり方で男性同士の絆を利用しているにすぎないのである。男性のリベルタンにとって、異性愛間の関係よりもよりも男性同士の絆を重視することは会話上だけの作法（マナーズ）にすぎず、男性同士の絆は形骸化したものにすぎないのである。[3]

さらに、ホーナーは、女性の主体性を積極的に認めているように見える。ここでは、ホーナーとピンチワイフが女たちの機智（ウィット）をめぐって交わしているディベートに注目する。

ホーナー　だが、どうしてそんな女と結婚したいと思ったんだい？　もしその女が醜くて、育ちも悪く、頭が悪いのならば、きっと金持ちなんだな。

ピンチワイフ　妻は、あたかもこのタウンで二万ポンドも提供してくれるくらいの金持ちだと言ってもよい。妻がわずかでもわしの財産を使うことは絶対にないからな。ロンドンのあばずれたちならば自分たちの財産を使い果たしてしまうのだろうが。なるように任せておけばいい。どうせ同じだ。それから、妻は醜いから、わしだけのものになりそうだ。育ちが悪いから、会話は嫌いだ。頭が悪くて純粋無垢だから、二一歳の男と四〇うん歳の男の区別もつかない――

ホーナー　君は四九歳だろう、僕の知る限り。だが、頭が悪いのならば、四九歳の男に対しても二一歳の男から得られるのと同じだけのものを期待するだろう。だが、僕が思うに、機智は、美しさよりも必要だぜ。僕は、機智に恵まれた女は不器量だとは思わないし、機智を持たない美人のことが好きになれるとは思わないよ。

ピンチワイフ　わしの座右の銘はな、結婚する男は阿呆だが、阿呆と結婚しない男はもっと阿呆だというものだ。妻にとっての機智は、夫を寝取られ男にする以外、どんな役に立つというのだ。

ホーナー　いや、浮気を夫に知られないようにするのに役立つさ。（一幕一場三七六―九一行）

ここで、若い頃にはリベルタンであったホーナーは、四九歳になった現在では「妻をつねる（ピンチ・ワイフ）」というその名の通り、女性嫌悪的で妻に対して抑圧的な結婚観しか抱いていない。それとは、対照的に、ホーナーは、機知に恵まれた女性、すなわち頭の良い女を擁護しているように見える。しかし、それは賢い女こそは夫を出し抜いて浮気をできるからであり、自分の陰謀において搾取できる存在だとみなしているからなのだ。

これまで論じてきたように、ホーナーは、タウンという社交界の作法（マナーズ）をじゅうぶんに理解した上で、意識的に作法（マナーズ）を踏み外す言動をすることで自らの陰謀を成功させようとしている。その意味で彼は、タウンという社交界内部に潜み、作法（マナーズ）を自らの目的のために利用し攪乱する〈内なる他者〉である。しかし、ホーナーのような〈内なる他者〉の跳梁跋扈を許容してしまうのは、タウンという〈第三の空間〉の作法（マナーズ）が、シティの市民道徳やウェストミンスターの宮廷社会的礼儀作法と比べて、きわめて曖昧で不安定だからであると言うこともできるだろう。実際に、タウンは、田舎から上京してきた者のような〈外なる他者〉に対しては認識し、差別することができても、ホーナーのように〈内なる他者〉として作法（マナーズ）を装っている者を識別することができないからである。

四　社交空間における劇場性の効果

『田舎女房』は、ほとんどの場面がホーナーかピンチワイフの邸宅の私室で展開されているが、それだけに登場人物が屋外の社交空間へと赴くことがきわめて重要な意味を持っている。とくに注目すべきなのが、舞台上では演じられないものの、登場人物たちが劇場へと観劇に行くことと、第三幕第二場においてニュー・エクスチェインジで行われる場面である。

ハロルド・ラヴは、王政復古期において観劇が、余興としてだけでなく、儀礼（リチュアル）としての意味を帯びていたことに注目しながら、この喜劇の分析を行っている。ラヴが重視しているのは、当時の劇場にはあらゆる観客層が訪れていたものの、それぞれの社会階層ごとに観客席が差異化されていたことである。このような観客の棲み分けはあくまでも元々は慣習行動にすぎなかったのだろうが、しだいに自らの階層にしたがって特定の観客席に位置することは作法（マナーズ）としての意味を持つようになっていたのである。登場人物たちが観劇を行うのは、物語が始まる前日と第二幕と第三幕の間の二回ある。物語が始まる前日に、ホーナーは、性的不能になったという噂が流布してはじめての外出先として劇場――おそらくは一幕一場二三三行で言及されているドライデンの『サー・マーティン・マーオールあるいは装われた無垢』（一六六八年初演）が上演されていたリンカーン・イン・フィールズ劇場――を訪れた際に、彼が、劇を観るよりも観客に観られる舞台脇のサイド・ボックス席を選んだのは、ラヴによれば、この観劇行為が、リベルタンから自他共に認められた性的不能者へと移行する「通過儀礼」であったからだと言う (Love 407)。同じ日にピンチワイフとマージェリーの夫婦もまた同じ劇場で観劇をしているのだが、莫大な財産のあるジェントリであるピンチワイフが妻を連れて観劇を行うのならば、舞台正面のボックス席が相応しいにもかかわらず、彼は、劇場にいる観客、とりわけボックス席の観客に妻を観られたくないために、ボックス席の上階の中桟敷（ミドル・ギャラリー）に陣取っている（一幕一場四二七行）。しかし、当時の劇場の観客層についての貴重な記録であるエドマンド・ステイシーが書いたとされる『郷紳必携』（一六九九）によれば、中桟敷（ミドル・ギャラリー）とは、「女中や下男を連れた市民の妻や娘、職人や徒弟、ときどきは希望のなくなった妾や年老いた詩人」(Stacy 39) が座る席であった。実際に、マージェリーは、次のように義理の妹のアリシアに愚痴っている。

> 私たちは醜悪な人たちの間に座ったの。あの人ったら、ジェントリの人たちには近寄らせてくれなかったわ。ジェントリの観客は私たちの席の下の階で観ていたから、私はその人たちの姿を拝めなかったわ。あの人が言うには、そこには下品な女しか座っていなくて、男の人がちょっかいを出しに来るんですって。
>
> （二幕一場一四―一八行）

ここには、いくつかのレヴェルのアイロニーを見ることができる。[4] まず、観劇の作法（マナーズ）にしたがって、ピンチワイフ夫妻がボックス席に座っていたならば、サイド・ボックス席にいるホーナーからは彼らの姿は見えないので、ホーナーがマージェリーに好感を抱くこともなかった。つまり、ピンチワイフは、妻マージェリーがボックス席にいるジェントルマン階級の観客たちの好奇の視線に晒されるのを避けるために中桟敷(ミドル・ギャラリー)に座ったのだが、その結果リベルタンのホーナーに見られることになったのだ。さらに、ラヴが示唆するように、中桟敷(ミドル・ギャラリー)にいるシティの市民の妻とは、王政復古期喜劇では、リベルタンたちと浮気をして夫を寝取られ男にする人物の類型であり、このことはマージェリーがその後ホーナーと性的な関係を持つことを予示しているとも考えられるのだ (Love 412)。

第三幕第二場では、ほとんどの登場人物が、現在で言うところのショッピング・モールであるニュー・エクスチェインジへと移動する。『当世伊達男』のちょうど中盤に相当する第三幕第三場では舞台がセント・ジェイムズ・パークの北側のマルへと移行するように、王政復古期の喜劇では、「パークの場面」において物語の転換を迎えることが多い (Roberts) のだが、『田舎女房』のニュー・エクスチェインジの場面はこの「パークの場面」に相当する (Neill 16)。ニュー・エクスチェインジを訪問するに当たって、ピンチワイフは、妻マージェリーがほかの男性たちの好奇の視線に晒されないように男装させるのだが、この行為は、王政復古期の劇場における上演においては矛盾を孕んでいたはずだ。というのも、当時女優たちが劇中で男装する際には、半ズボンを履くことが多かったのだが、こうした半ズボンの役(ブリーチズ・パート)は、女優たちの脚線美(とりわけ足よりも太股の美)を観客に見せつけることで男性たちを性的に魅了することを意図していたからである。初演時にマージェリー役に抜擢されていたのは、国王一座の女優エリザベス・ボウテルであり、彼女は、ウィッチャリーの四作目の喜劇『裏表のない男』(一六七六)でもフィデリアを演じているように、半ズボンの役(ブリーチズ・パート)を得意としていたからである (Grantley)。したがって、マージェリーが男装によってその女性的な魅力を封印するというよりも、観客のみならず、舞台上の男性たちに対する彼女のセックス・アピールがかえって強調されていたのである。

第三幕第二場は、ホーナーの陰謀には直接関係していないのだが、この場が全体として購買者＝消費者と商品の関係というモティーフを導入していることに注目すべきである。たとえば、マージェリーはクラスプという本屋から本を何冊か買おうとする。

『コヴェント・ガーデン戯れ歌集』をちょうだい。それから、戯曲を一冊か二冊。あら、ここに『タルゴの策略』と『軽んじられた女』があるわ。これを買うわ。（三幕二場一四三―四五行）

『コヴェント・ガーデン戯れ歌集』（一六七二）は主に恋歌を集めた詩歌集であるが、多くは猥歌である。マージェリーはおそらく、タウンの社交空間であるコヴェント・ガーデンを冠した標題に惹かれただけで内容は知らずに買おうとしているのである。サー・トマス・セントサーフの『タルゴの策略、あるいはコーヒーハウス』（一六六八）もサー・ロバート・ステイプルトンによる『軽んじられた女』（一六六三）もいずれも興行的には失敗作で、『田舎女房』の初演当時には流行遅れの作品であった。つまり、これらの書名に言及することで、この場面は、マージェリーが、無知無教養のために、売れない在庫を処分しようとしている本屋にカモにされていることを諷刺しているのである。しかし、これらの商品は消費者であるマージェリーの境遇をアイロニカルに決定づけているのだ。というのも、『軽んじられた女』は嫉妬を主題としており、『タルゴの策略』では、ヒロインが嫉妬深い兄によって剣で脅かされて屋敷に監禁される――マージェリーが第四幕第一場や四場でピンチワイフによって遭わされる境遇に酷似している――からだ。

第三幕第二場には、商品によって消費者の主体が決定づけられるという例がもうひとつ見られる。ホーナーは、ピンチワイフによってマージェリーの弟として紹介された男装姿のマージェリーに魅了され、ピンチワイフの隙に乗じてマージェリーを連れ去り彼女に贈り物をする。

男装姿のピンチワイフ夫人が走りながら、登場する。帽子にいっぱいのオレンジや乾燥した果物を腕で抱えて登場する。ホーナーがその後についてくる。

ピンチワイフ夫人　ねえ、あなた、こんなにいろいろ貰ったのよ！　見て！

ピンチワイフ　（額をこすりながら、傍白で）わしの額に生えているものがお前の目には見えないのか。

ホーナーの贈り物には重層的な意味がある。まず、オレンジや、イチジク、ナツメヤシやスモモなどを材料としたドライ・フルーツはレヴァント貿易によって輸入された贅沢な嗜好品である。そして、オレンジは、シェイクスピアの『から騒ぎ』（一五九八）において、クローディオが結婚式の場でふしだらな女だと誤解したヒアローを「腐ったオレンジ」（四幕一場三〇行）と呼んでいるように、「売春婦」という含意があり、〈欺瞞〉の象徴でもある (McEachern 296)。つまり、ここでもオレンジという商品が、消費者であるマージェリーがこの後夫を欺いてホーナーと性的関係を持つことに成功することが予示されているのである。王政復古期の劇場という文脈では、劇場にいるオレンジ売りが、オレンジという贈り物を通じて男女の逢い引きを仲介していたので、オレンジは、ホーナーからマージェリーへの求愛と逢い引きへの誘いになっている。この意味を瞬時に読み取ったからこそ、ピンチワイフは、寝取られ男が額に生やすとされた角の予兆を感じているのである。ここで確認した商品が消費者の主体性にまで影響を及ぼすというパターンはこの場面以降マージェリー以外の登場人物にまで波及していく。

五　ホーナーの陰謀に見られるアンビヴァレンス

ホーナーがニュー・エクスチェインジに行くのは陰謀を自ら推進するためではなく、たまたま友人たちとの話の流れでそうなっただけにすぎない。ホーナーは、陰謀に関しては、自らの屋敷に女たちが訪れて来るのを待つだけであって、一貫して「果報は寝て待て」の姿勢を貫いている。つまり、ホーナーは、王政復古期のコメディ・オヴ・マナーズの登場人物では珍しいほど、自ら屋敷の外へ出て行動しないリベルタンなのである。他方で、ホーナーとは対照的に、ジェントルマン階級の女性たちは、ホーナーが性的不能であるという情報が虚偽であることを知ると積極的な行動に打って出る。

レイディ・フィジェット　（ホーナーに傍白で）でも、可愛そうなあなた、どうしてそんなに寛大に振舞えるのかしら？　わたしたち淑女のために、男でなくなったなんていう噂をたてさせるなんて本当に信義を重んじる人 (man of honour) なのね。男でなくなったなんて。あなたと会話を交わしてもわたしたち女は何ら傷つくことがないのに、あなたは男にとって最悪の恥辱に塗れるなんて。でも、あなたは、完璧に、完璧に、フランスに行く前と同じように男性なのね？　完璧に、完璧に？

（二幕一場五三六―四二行）

この喜劇では、自らの陰謀のためにホーナーは「名誉」(honour) をかなぐり捨てているにもかかわらず、ホーナーに対して執拗なほど繰り返し「名誉」という言葉が使われ、“Horner”と“honour”という地口によって観客の笑いを誘いつつ、ホーナーが置かれている状況のアイロニーが強調されているのだが、この場面でもそのような特徴が見られる。さらに、レイディ・フィジェットはこの台詞で「男」(man)という言葉を五回繰り返しているが、そこで用いられる“conversation”という言葉は、単に「会話」だけではなく、また「性交渉」という意味でも解釈できるので、彼女が、ホーナーが男性機能を変わらずに保っていることを知って、すぐさま欲望を抱くようになったことが明らかになる。

ホーナーの陰謀は、その性質上、獲物となる女性が屋敷を訪れてくるのをじっと待つしかないために、女性との関係において彼が主導権を握ることはなく、彼は、つねに主導権を握った女性に翻弄されざるを得ない。ホーナーが人妻と初めて性的な関係を持つことに成功する第四幕第三場の「陶器の場面」では、ホーナーの脆弱な立場が露呈する。

フィジェット夫人が陶器を手にして登場。後からホーナーが付いてくる。

フィジェット夫人　この素敵な陶器を探すのは本当に一仕事だったわ。

ホーナー　本当に、この人の頑張りに僕は及びもつきませんでしたよ。やれるだけのことはやったんですがね。

スクイーミッシュ夫人　ねえ、ホーナーさん、わたしも陶器が欲しいわ。ほかの人には陶器を贈っても、わたしにはないなんてことないわよねえ。さあ、一緒に部屋へ参りましょう。

ホーナー　いえ誓って申し上げますが、私にはもうひとつも残っていないのです。

（四幕三場一八二―一八八行）

この「陶器の場面」は、王政復古期喜劇においてもっとも猥褻な場面として悪名高いのだが、ここでは、レイディ・フィジェットもレイディ・スクイーミッシュも、ホーナーの指示や示唆もないままに、「陶器」がホーナーとのセックスを意味することを了解しており、ホーナーは、陶器をねだるという建前の女たちに続けざまにセックスを迫られ、防戦一方に追い込まれている。ホーナーは、ニュー・エクスチェインジを訪れたときには、男装したマージェリーに、オレンジなどの贅沢品を贈っており、そのときには、商品の購買者＝消費者であった。しかし、女たちに陶器を提供するという口実を通じて、ホーナーは、商品の提供者、もしくは「商品」そのものへと変貌してしまう。

これに関連して、ジェイン・フワン・ディジェンハートは、一七世紀初頭から中国趣味（シノワズリ）が大流行するようになる世紀末期にかけての陶器をめぐる言説の多義性に注目しながら、『田舎女房』の「陶器の場面」に関して以下のような興味深い解釈を提示している。

> 明らかに、ここで「陶器（チャイナ）」という言葉はホーナーが持つセックスのための精力を表しており、この精力によって、ホーナーはここにいる女性たちの夫を寝取られ男にしているのであり、それゆえに、精力としての陶器は、策略や放蕩、密通の快楽と関係づけられる。ある意味で、レイディ・フィジェットとスクイーミッシュは、ホーナーの「陶器」に高い価値を認めているのだが、時が経てば蘇る能力は、その価値を高めるどころか、むしろ安っぽくしているかもしれないので、一七世紀初頭において陶器を神秘の具現とみなしていた言説とは対比をなすことになる。確かに、一六七五年までには、陶器は、安っぽい複製品という見方に関連した否定的な連想も帯び始めていた。(Degenhardt 166)

ディジェンハート自身は、陶器についての複数の言説を提示しながら、陶器は、王政復古期においては、「高尚な趣味（テイスト）と審美眼の絶対的な規範」としての機能を帯び続けていたという立場で議論を展開している。しかし、ここでは、このような陶器をめぐる複数の言説が、女性たちがホーナーへと投影するアンビヴァレントな位置づけと対応していることに注目したい。ホーナーは、性的不能者であるという噂のおかげで、女性たちにとっては、作法（マナーズ）に違反することなく浮気を楽しむことができる望ましい相手であると同時に、都合の良い「商品」でもあるのだ。

実際に、第五幕四場で、ホーナーが、三人の女性全員と関係を持ったことが露呈した瞬間、ホーナーは、「商品」へと転落する。レイディ・フィジェット、デインティとスクイーミッシュはホーナーとの関係をめぐって仲間割れするが、フィジェットが口火を切って三人は和解することになる。

レイディ・フィジェット　それでは、どうしようもないわね。さあ、共犯者のみんな、争うのは止めて、私たちの名誉を大事にすることにしましょう。この人から贈り物や宝石を貰えるわけではないんだけど、私たちは、もっとも価値があり使い勝手の良い名誉という宝石を持っているんだから。この名誉という宝石は、たとえ偽物でも、世間ではまったく疑われることなく輝いているんだから。

ホーナー　本物であると世間が認めて、本物であるかのように振る舞っていれば偽物でも構わないんですよ。人の美しさと同じように、名誉も、他人の意見しだいでしかないんですから。

レイディ・フィジェット　さあ、ハリー・コモン、私たち三人には誠実に振る舞って貰いたいわ。誓ってちょうだい。とは言っても、あなたの誓いの言葉を求めているわけじゃないの。あなたは新しい女に誓いを立てるたびにこれまでの誓いを破るんだから。（五幕四場一六六―七三行）

三人は、レイディ・フィジェットの提案に従って、ホーナーとの性的な関係を楽しむためのいわば同盟関係を築く。ここで注目すべきなのは、フィジェットがホーナーに対して用いている「ハリー・コモン」という名称である。ハリーはホーナーのファースト・ネームで、「コモン」にはホーナーを複数の女性で共有するという含意がある。しかし、「コモン」には、ベン・ジョンソンの喜劇『錬金術師』（一六一〇）に登場する娼婦ドル・コモンと同様に「売春婦」という意味もある。そのことを踏まえると、ホーナーは、女たちに翻弄される男娼同然の立場、「商品」へと転落したことが明らかになるだろう。

このように作法（マナーズ）を転覆しかねない噂として流通させることで、自らの欲望を達成し、タウンという社交界に寄生しようとするホーナーの戦略は成功を収めるものの、彼自身は女性たちとの関係の上で主導権を掌握することはあり得なくなり、彼の戦略はアンビヴァレンスを孕むことになる。

六　むすび――彼らはいつまで「寝取られ男のダンス」を踊り続けるのか

今さら言うまでもないことだが、この喜劇の大団円にはさまざまな問題点がある。ホーナーは、すべての登場人物の面前で、インチキ医者によって性的不能であることを宣言されるのだが、ホーナーと性交渉を持ったばかりのマージェリーは頑固なまでに真実を語ろうとする。しかし、ドリラントに何かを囁かれて周囲に同調せざるを得なくなる。そして、アリシアと彼女の侍女ルーシーは夫たちへの教訓で締めくくろうとする。

アリシア　兄さん、義姉（ねえ）さんはまだ汚れを知らないままよ。でもあまりに行きすぎた妄想に囚われないように用心することね。心配性で臆病な博打打ちが、ついていないサイコロの目が来るんじゃないかと気に病みすぎて、かえってその目を出してしまうだってあるんだから。女と運は、それを信じている者にだけいつでも味方するものよ。

ルーシー　そして、女は野鳥みたいなもの、籠に閉じ込められると、そのせいでかえって凶暴になったり飢えるようになって飼い主にはずっと危険な存在になるんですよ。

アリシア　ハーコートさん、これこそ世の夫全員にとっての教訓ね。

ハーコート　そうだね、すでに多くのことを学んでいるので、夫になるのが待ち遠しいよ。

ドリラント　夫について多くの例で学んだので、僕は絶対に夫にはならないぞ。

スパーキッシュ　分不相応な結婚で身を貶めたくはないので、僕は夫にはならないぞ。

ホーナー　残念ながら、僕は夫にはなれない。

ピンチワイフ　だが、俺は不本意ながら、家畜の伝染病にかかっているような田舎女房の夫でなければならない。

ピンチワイフ夫人　（傍白）そして、私はずっと田舎女房のままなのね。シティの奥様たちのように、老け込んだ夫はお払い箱にして、好きなようには生きてはいけないのね。（五幕四場三八七―四〇四行）

アリシアとルーシーは、夫が嫉妬に狂って妻を家に監禁したりせずに、妻のことを信じていれば、妻は夫に反抗して浮気をしたりすることはないというもっともらしい教訓を提示することで、事態を収拾しようとしている。しかし、マージェリーが最後に傍白で述べているように、彼女が短いロンドンの滞在において到達した真実とは、ロンドンの女性たちは、夫たちによる扱いの如何を問わず、かならず浮気をする、ということである。このことは、女性たちにとって暗黙の作法（マナーズ）と言っても過言ではない。ホーナーの偽装は終幕においても剥ぎ取られることはなく、彼は性的不能を嗤われたり辱められたりといった一種の懲罰を受けることもなく最後まで舞台上に留まったままであるが、このことが示唆しているのは、彼はこれからも性的不能者という公然の秘密のために、女性たちの相手をし続けるということである。ホーナーは、自らが始めた陰謀のために、行動する自由を放棄し、受動的なリベルタンという位置に留まりづけることになるのである。シャドウェルは、ドン・ファン神話に基づいて、リベルタンたちに地獄落ちという懲罰を用意したが、ウィッチャリーが、最終的にホーナーを変化できないリベルタンとして規定していることは、ある意味でシャドウェル以上に残酷な選択であるかもしれない。

そして、最後に男たち全員で「寝取られ男のダンス」を踊ることになる。シェイクスピアのロマンティック・コメディのような祝祭喜劇の場合には、登場人物ほぼ全員を巻き込んだ結婚の祝宴への招待によって幕を閉じていたのだが、この喜劇では、この「寝取られ男のダンス」が「登場人物全員を巻き込んだ祝宴」のアイロニカルな残存物なのである。それでは、彼らはいつまで寝取られ男のダンスを踊らなければならないのだろうか。佐々木和貴担当の章で余すところなく論じられているように、イギリス演劇史においては、セックス・コメディ的な要素は一六九〇年代後半までには流行遅れとなり姿を消していくことになる。しかし、ロンドンの女性たちがかならず浮気をするということが、この喜劇が最終的に提示している暗黙の規範である以上、寝取られ男のダンスは永久に踊り続けなければならないのだ。夫たちは例外なく寝取られ男になる潜在的可能性を持っているのだから。

注

本研究は JSPS 科研費 JP19K00427、JP19H01238 の助成を受けたものです。

1 かつての研究では「放蕩者」(rake) と呼ばれることが多かったが、近年ではリベルタン思想の影響を重視して「リベルタン」という呼称が定着している。Cavaillé, Novak, Payne, Webster 参照。

2 この喜劇を、記号の重層的な意味作用の読解という観点から分析した重要な論考としては、Neill を参照。

3 イヴ・コソフスキー・セジウィックによれば、ホーナーの目的は、女を楽しむよりもほかの男を寝取られ男にすることによって、ほかの男性との相互の絆よりも一方的に相手を操る関係になることであり、それこそが、『田舎女房』に見られるホモソーシャルの欲望の特徴であるという (Sedgwick 49–66) が、筆者はその立場を取らない。

4 同様のアイロニーはスパーキッシュにも認められる。彼は、一日目の午後の観劇の際に、実際には才人気取りの愚かな人物なのだが、平土間席(ピット)の最前列の「才人の列」(一幕一場三一〇行) に陣取るのだが、平土間席(ピット)には娼婦は立ち入ることができたものの、ジェントルマン階級の女性が座ることは作法(マナーズ)に反していたので、婚約者のアリシアは友人のハーコートに預けて、彼らはボックス席に席を求めた。このことが、スパーキッシュが、ハーコートにアリシアを奪われる契機にもなっている。

引用文献

Canfield, J. Douglas. *Tricksters & Estates: On the Ideology of Restoration Comedy*. UP of Kentucky, 1997.

Cavaillé, Jean-Pierre. "Libertine and Libertinism: Polemic Uses of the Terms in Sixteenth- and Seventeenth Century English and Scottish Literature." *Journal for Early Modern Cultural Studies*, vol. 12, no. 2, Spring 2012, pp. 12–36.

Choudhury, Mita. *Interculturalism and Resistance in the London Theater, 1660–1800: Identity, Performance, Empire*. Bucknell UP, 2000.

Degenhardt, Jane Hwang. "Cracking the Mysteries of 'China': China(Ware) in the Early Modern Imagination." *Studies in*

Philology, vol. 110, no. 1, 2013, pp. 132–67.

Fisk, Deborah Payne. “Introduction” *Four Restoration Libertine Plays*, edited by Fisk, Oxford UP, 2005, Oxford World Classics, i–xiii.

Glynn, Dominic. ‘“Franglais Fops” and Mocking the French in English Restoration Theater.’ *ANQ* vol. 31, no.1, 2018, pp. 18–21.

Grantley, Darryll . *Historical Dictionary of British Theatre: Early Period*. Scarecrow P, 2013.

Love, Harold. “The Theatrical Geography of *The Country Wife*”. *Southern Review* (Adelaide), vol. 16, 1983, pp. 404–15.

McEachern, Claire. Notes. William Shakespeare, *Much Ado about Nothing*, rev.ed., edited by McEachern. Bloomsbury, 2015.

Neill, Michael. “Horned Beasts and China Oranges: Reading the Signs in The Country Wife.” *Eighteenth-Century Life* n.s. vol. 12, 1988, pp. 3–17.

Novak, Maximillian E. “Libertinism and Sexuality.” *A Companion to Restoration Drama*, edited by Susan J. Owen, Blackwell, 2001, pp. 53–68.

Pepys, Samuel. *The Diary of Samuel Pepys*, 11 vols. edited by Robert Latham and William Matthews. U of California P, 2000.

Roberts, David. “Caesar’s Gift: Playing the Park in the Late Seventeenth Century,” *ELH*, vol. 71, no. 1, March 2004 pp. 115–39.

Sedgwick, Eve Kosofsky. *Between Men: English Literature and Male Homosocial Desire*. Columbia UP, 1985.

Shakespeare, William. *Much Ado about Nothing*, rev.ed., edited by Claire McEachern. Bloomsbury, 2015. Arden Shakespeare Third Series.

[Stacy, Edmund.] *The Country Gentleman’s Vade Mecum, or his Companion for the Town*. London, 1699. *Early English Books Online*. Web. 31 March 2019. <http://eebo.chadwyck.com/search/fulltext?source=configpr.cfg&ACTION=ByID&ID=D00000126977220000&FILE=../session/1565937946_29243&DISPLAY=AUTHOR&RESULTCLICK=default>.

Sutherland, James. *The Restoration Newspaper and its Development*. Cambridge UP, 1986.

Webster, Jeremy W. *Performing Libertinism in Charles II’s Court: Politics, Drama, Sexuality*. Palgrave Macmillan, 2005.

Weil, Rachel. “Sometimes a Sceptre Is Only a Sceptre: Politics and Pornography in Restoration England.” *The Invention of Pornography: Obscenity and the Origins of Modernity, 1500–1800*, edited by Lynn Hunt. MIT P, 1993, pp. 123–53.

Wycherley, William. *The Country Wife*. The Country Wife *and Other Plays*, edited by Peter Dixon. Oxford UP, 1996, Oxford World Classics. pp. 191–282.

誰が殺した、風習喜劇を？

佐々木　和貴

一　はじめに

王政復古期演劇のなかには、のちにチャールズ・ラムによって「風習喜劇」と命名される喜劇群が存在する。その共通の特徴は、大づかみに言えば、人工的な世界での機知に富んだ台詞の応酬（喜志 78–89）と、性的・物質的快楽の追求を肯定するリベルタン思想（末廣 8–11）だろう。だが近年の詳細な通時的研究によって、ひとくちに風習喜劇と言っても、当然のことながら、時代とともに変化が生じていることが明らかになってきた (Hughes; Hume, *Development*)。前章の末廣論文で扱われたこのジャンルの嚆矢とされるウィリアム・ウィッチャリーの『田舎女房』（一六七五）、あるいはジョージ・エサリッジの『当世伊達男』（一六七六）と、たとえば一世代若いウィリアム・コングリーヴの代表作『愛には愛を』（一六九五）を比較してみても、そのことは明らかだろう。[1]

『愛には愛を』は、主人公ヴァレンタインが、浪費で父親の不興を買い、借金取りが押しかけてきて、自室で軟禁状態になっている場面から始まる。さらに召使いジェレミーとのやり取りからは、彼が女遊びで私生児をもうけた過去が判明する。

ジェレミー　……それから父上の執事と、乳母があなたのお子さんたちの一人を連れてトウィッケナムから来ていますよ。

ヴァレンタイン　あの馬鹿、ぼくの罪を突きつけるのに、よりにもよってこのタイミング以外になかったのか？　ほらこれをやって［金を与える］、もう煩わせるなと命じておけ。考え無しのあばずれの大女め、ぼくの境遇はよく判っているのだから、もしすこしでも先がよめたら、二週間前に餓鬼を絞め殺していただろうに。(1.4. 5–9)

つまりヴァレンタインは、風習喜劇におなじみのいわゆるレイク・ヒーローとして登場するのだ。ところが劇が始まってからの彼は、たとえば『田舎女房』の主人公ホーナーのように人妻たちとの火遊びを楽しむどころか、恋人アンジェリカだけを純情に追い求める。女遊びは友人のスキャンダルに任せて、むしろ禁欲的な態度に終始するのだ。その上、最後の場面では、アンジェリカへの愛ゆえに物質的欲望も捨てて、自らの破滅につながる財産権放棄の書類に進んで署名しようとさえする。

ヴァレンタイン　ぼくは唯一の望みを絶たれてしまったし、望みを失った人間は全てとおさらばするだろう。ぼくの歓びに役立つのでなければ財産は無価値だし、ぼくの唯一の歓びは、この女性を喜ばせることだった。空しい試みをたくさんして、やっとぼくの破滅だけが、彼女に歓びをもたらせると気がついたんだ。だからそれにサインしよう……書類をください。

アンジェリカ　［傍白］なんて思いやりのあるヴァレンタイン！　(5.12.43–49)

そしてまたアンジェリカも、彼女がヴァレンタインに求めていたものは、実はこうした誠実な愛であることを明かす。

［ヴァレンタインに］もしあなたに世界を丸ごと差し上げられるとしても、それでわたしがこんなにも思いやりのある、誠実な情熱に値することにはならないでしょう。さあ、わたしの手を取って。心は常にあなたのものでしたけれど、あなたの美徳をこうしてぎりぎりまで一生懸命試してみたの。(5.12.57–61)

これをたとえば、『当世伊達男』の結末場面と比較すれば、その差異はさらに歴然とするだろう。主人公ドリマントが「ぼくは友情やワインに抱く全ての歓びを断念し、他の女たちに抱く全ての興味もあなたのために犠牲にするつもりだ」と宣言するのを遮って、ヒロインのハリエットは「ちょっと待って！　あなたには愛の信者になって欲しいけど、あなたを愛の狂信者にするつもりはないのよ。」(5.2.131–4) とたしなめる。さらに「あなたと一緒なら田舎で暮らせるし、ロンドンに思いを馳せることなど決してない」と断言するドリマントに対し、「あなたが何とおっしゃろうと、ハイド・パークから向こうはすべて、あなたにとっては砂漠だし、どんな色事もあなたをその先まで引き寄せることはできないとわかっているわ」(5.2.136–9) とからかうのだ。ドリマントの誓いはハリエットを得るための方便であり、彼女もそれは承知の上で会話が進むのである。ところが『愛には愛を』では、ヴァレンタインはアンジェリカを得るためにリベルタンの証したる欲望すら放棄する。まさに風習喜劇の枠を超えた「狂信的な」愛を要求されるといってよいだろう (Corman 86)。またこうした趣向は、当時の人気役者兼劇作家コリー・シバーの『愛の最後の策略』（一六九六）にも見受けられる。この芝居も、風習喜劇の約束事をなぞりながら、最後に貞淑な妻アマンダが、娼婦に変装するという「愛の最後の策略」でリベルタンの夫ラヴレスを心から改心させる、という筋書きなのである。つまり社会慣習の裏をかいて、己の欲望を充足することが許されていた七〇年代のリベルタンたちに代わって、九〇年代半ばには、これまでの自己の在り方を否定する、つまり改心するリベルタンたちが主役の芝居が登場するのだ。そこに、このジャンルの連続性と同時に、大きな断絶が見て取れることは言うまでもないだろう。王政復古演劇研究の第一人者ロバート・ヒュームがいみじくも断言したように、「一六九五年は一六七五年ではない」(Hume, *Development* 108) のである。そこで本稿では、この断絶をひきおこしたものは何か、そしてその後、風習喜劇はどのように変質するのか、つまりマザー・グース風に言えば「誰が殺した、風習喜劇を?」という問いに答えるべく、いくつかの可能性を探ってみたい。これはまた同時に、風習喜劇というジャンルの系譜を、いわば側面から照射する試みともなるだろう。

二　名誉革命、ウィリアム三世による改革、そして風儀改善協会

さて話は一六八八年の名誉革命に遡る。オランダ総督オレンジ公ウィリアム（のちのウィリアム三世）は、イギリスに上陸する二週間前の一〇月二〇日に、自らの侵攻の意図を明らかにすべく『神に庇護されたるオレンジ公ウィリアム・ヘンリー陛下の第一宣言』（以下『宣言』と略）を発布し、冒頭で

……法に反する宗教の導入が試みられたとき、それにもっとも直接の関わりをもつ者たちが、確立された法や、自由や、慣習を守り、維持しようと試みるのは、不可避の義務である。(1)

と述べて、その目的がフランスに倣ってカトリックおよび絶対王政の導入を推進しようとするジェイムズ二世

に対し、イギリス国教会と古来からの国制を守ることにあると明言する。オランダ軍に対するイギリス国民の恐怖心を鎮めるためには、これが不可欠の手続きであったことはいうまでもないだろう。なお上陸は、反カトリックという侵攻の名目にあわせ、火薬陰謀事件のガイ・フォークス・デイ（一一月五日）を選んで決行された。そして当然のことながら、この『宣言』ではまだウィリアムは、自らの王位継承については触れていない。

ところがジェイムズ二世は味方の離反もあり、さしたる抵抗もせずに即座に逃亡してしまった。したがってオレンジ公陣営としては、『宣言』とは異なるかたちで、早急に侵攻の目的を再び明らかにし、それを真の狙いであるウィリアムの王位継承へと繋げていくことが喫緊の課題であっただろう。そこで近年注目されているのが、名誉革命前後の歴史を活写した『同時代史』の著者として名高い、ウィリアム付きの牧師ギルバート・バーネットの存在と、彼が一二月二三日におこなった「セント・ジェイムズ宮殿チャペルでの説教」である(Claydon 28–32, 46–52)。ウィリアムがロンドン入りしてわずか五日後のこの説教でバーネットは、自らも英訳に加わった『宣言』には一切触れず、ウィリアムの侵攻が切り拓いたイギリスの輝かしい未来を、「今や我々は、宗教および欧州の平和と関わる全体的な局面で、望みえた高貴な変革の最も栄光ある始まりを目の当たりにしている」(20) と絶賛する。つまりこれまでのようなフランス追従をやめ、プロテスタントの信仰を旗印としてヨーロッパの平和を守り、ルイ一四世に対峙するという、ウィリアムが目指す外交のあらたな方針が、ここで示唆されているのだ。さらにバーネットはウィリアム侵攻以前のイギリスの風儀についても、以下のように描写する。

過剰な放蕩と泥酔、あらゆるたぐいの騒擾が行なわれただけでなく、あたかもこうした忌まわしいことが、誠実な人にふさわしい特質であるかのごとく称えられるようになった。有徳の人も、時代の気違い沙汰に加われないと、恥じ入っているように見えた。……こうした忌まわしいことと、われらにかくも長びいているその致命的な結果を顧みるならば、同様の悪弊に戻らないために、我らは同様の罪のぶり返しを避けねばならない。(23–24)

バーネットはここでも、フランスの影響下にあったイギリス社会の倫理的乱れを正し、こうした時代に逆戻りしないための風儀の改善を、内政の基本方針として提示する。そして翌八九年にウィリアムが即位し、この「ウィリアムによる改革 (Williamite reformation)」(Claydon 51) が侵攻を正当化する新たな大義となったとき、先代の文化的な記憶とも呼ぶべき風習喜劇に対する風当たりが強くなるのは、たやすく予想のつくところではなかろうか。

さてこうした逆風の最も顕著な例としては、例えば「風儀改善協会 (The Society for the Reformation of Manners)」の活動が挙げられるだろう。この協会はウィリアムによる道徳改革の開始を受けて、九〇年代初頭にロンドンで設立されたものだ。ただし活動家たちは政府に指名されたわけではなく、ウィリアムによる改革に賛同した、いわばボランティアの市民たちだった (Claydon 111–21; Hunt 101–24)。協会の具体的な活動を垣間見るために、一六九四年二月に発行された『国家の風儀改善のための提案』なるパンフレットにあたってみよう。序文には、刊行の趣旨が以下のように謳われている。

しかし、この公の刊行物における我々の意図は、まずは、いたるところを汚染し、あらゆる場所、土地や街を隅々までくまなく蝕んでいる、もっとも明白な悪弊の原因あるいは（とりわけ）根本たる源の幾つかを示すことにあります。(1)

だがむしろ注目すべきは、このパンフレット末尾に付け加えられた補遺「悪事の名簿（A Black Roll）」の方だ。これは前年、売春、泥酔、涜神などの罪で協会に告訴された数百名の実名を掲載したリストなのである（Craig 42–43）。その攻撃対象が「ウィリアムによる改革」と軌を一にしていることは明らかだろう。そして、協会のこうしたいささか狂信的な活動の矛先は、当然、この手の悪徳の源として以前からたびたび非難の的となってきた劇場にも向かうことになった（Gollapudi 86–88）。たとえば、対話形式による当時の芝居評判記『両舞台の比較』（一七〇二）の中でも協会の活動は以下のように揶揄されている。

サレン　不敬、不道徳、猥褻、中傷をめぐって、芝居小屋とタレコミ屋の間で裁判があるぜ、どれだけ多くのけしからんことが舞台上で述べられ、語られたかは知らないがね。

クリティック　それを喋ったのは誰で、どんな言葉を喋ったんだい？

サレン　ベタートン、ブレースガードル、ベン・ジョンソンらさ……だってさ、あいつらタレコミ屋はずる賢いごろつきで、告発のネタを探してあらゆる集まりに潜んでいるから、教区の牧師と一緒でも、安全っていうわけにはいかないな。（76–77）

つまりこの頃、協会の活動家は実際に秘かに観客に混じって、不敬なあるいはみだらな台詞を監視し、時にはそれを根拠に役者たちを告訴していたのである。たとえば、人気喜劇役者トマス・ドゲットらがリンカーンズ・イン・フィールズ劇場の舞台で、数度にわたって神の名をみだりに、あるいは冗談半分に使った罪で、一七〇〇年に王座裁判所に告発されたという記録も実際に残っており（Krutch 170–71）、役者や劇場関係者は、協会のこうした活動に、おそらくかなり悩まされていたものと思われる。

三　ジェレミー・コリアー登場

さらに、こうした演劇の不道徳性に対する批判の風潮に拍車をかけたのが、一六九八年に英国国教会牧師ジェレミー・コリアーが出版したパンフレット『英国の舞台の不道徳と冒瀆管見』（以下『管見』と略）である。風儀改善協会が舞台上の台詞を監視したのに対して、コリアーはコングリーヴ、ジョン・ドライデン、ジョン・ヴァンブラといった同時代の作家たちの喜劇テクストを精査し、その道徳観の欠落を非難した。そしてこの『管見』の刊行をきっかけとして、いわゆる「コリアー論争」（一六九八—一七二六）が勃発することになる。[2] もちろん、演劇に対する批判・非難は、以前からたびたびなされてきた。だが『管見』が同時代にこのような特別なインパクトを与えたのは、もちろん、それがまず名誉革命以後の「ウィリアムによる改革」の流れと合致していたからであろう。たとえば、前出のコリー・シバーが、自伝『コリー・シバーの生涯に対する弁明』の中で、以下のような興味深い情報を伝えている。

> コリアー氏の本は、全体的に、非常に称賛に値する著作と考えられたので、ウィリアム王は、出版後すぐに、コリアー氏の起訴取り下げを認めた。彼はこの頃、大逆罪で処刑される直前の二人の犯罪者に罪の許しを与えたことで、法的責任を問われていたのである。(151)

コリアーがジェイムズ二世を支持して臣従を拒んだ宣誓拒否者であったことも考え合わせると、この特赦はウィリアム三世が『管見』をいかに高く評価したかを明瞭に示しているだろう。またスチュアート朝の歴代の王たちとは異なり、演劇に対するパトロン意識が希薄だったことも、彼がコリアーの演劇批判を是とした一因となったかもしれない。『ロンドン・ステージ』を見ても、妻メアリーの死（一六九四）以降、彼の芝居見物の記載は見当たらないのだ。

さらにまた、同時代の詳細な日記であるナーシサス・ラトレルの『国事に関する簡略な歴史陳述』にも、以下のような記載がある。

> 九月一五日　木曜日、カンタベリー大主教はコリアー氏に対し、彼が芝居の不敬さを非難する書物を著したことについて、感謝を伝えた。(4: 454)

当時、国教会最上席のカンタベリー大主教を勤めていたのは、バーネットと並んでウィリアム三世の信頼が厚かったトマス・テニソンだが、彼もわざわざコリアーにパンフレット執筆の謝辞を伝えているのだ。これまた、かなり異例なことだったからこそ、ラトレルが書き留めたのだろう。

だがもちろん、こうした時代の追い風だけでは、『管見』のインパクトを説明することは難しい。たとえばほぼ同じ頃、詩人で医者のリチャード・ブラックモアも、ウィリアム三世を称える英雄詩『アーサー王子』（一六九五）序文で、以下のように同時代の芝居を痛烈に攻撃している。

> 我が王国を蝕んでいる一般的な風儀の腐敗、不信心な心の持ち方は、芝居から派生したところが大であるように見える、あるいは、すくなくとも、それによって大いに助長されてきた。そして権力をお持ちの方々が、いまだ、芝居の放縦さを規制したり、作家たちに、より礼節を守らせていないのは、非常に残念なことだ。(6)

そして、同様な主旨の言説が当時珍しいものではなかったとすれば、コリアーのパンフレットが、その中でも突出した影響力を持ったのはなぜなのだろうか。その理由が推測できると思われる『管見』冒頭の一節を抜き出してみよう。

芝居の務めは徳を勧め、悪徳を退けることであり、人の栄華の不確かさ、運命の突然の変転、そして暴力や不正の悲惨な末路を示すことだ。そしてうぬぼれや好みの奇癖を暴き、愚行や虚偽を軽蔑させ、悪しきものすべてに汚名を与え、軽視させることにある。(1)

コリアーはこれまでの演劇批判文書のように、芝居という娯楽あるいは劇場という空間をいかがわしく邪悪なものとして一律に断罪し、その制限や廃止を提唱しているわけではない。むしろ果たすべき道徳的役割を示した上で、芝居をどのように改良するべきかを論点に据えているのだ。つまりコリアーは、演劇という分野で「ウィリアムによる改革」を実践しようとしたといってもよいかもしれない。

その上で、コリアーは同時代の芝居のテクストを精査し、不道徳であると思われる箇所や登場人物を具体的に引用しながら、自らの主張を補強していく。そして、いかなる芝居であれ、その全ての部分が「徳を勧め、悪徳を退けること」を意図して書かれているわけではない以上、劇作家たちが、その批判にいちいち反証を挙げることは著しく困難だ。これは、きわめて巧妙な戦略といえるだろう。

ちなみに、こうした検閲は、本来であれば宮廷祝典局長の担当であったはずだが、一六七七年からこの職を勤めたトマス・キリグルーの息子チャールズ・キリグルーの仕事ぶりはお世辞にも勤勉とはいえないものだったようだ。記録を見てもジョン・ドライデンの『スペイン人修道士』(一六八六)のあと、それからおよそ一五年後のチャールズ・ギルドンの『愛国者』（一七〇二）まで、上演禁止になった芝居はない（Kinservik 39）。つまりコリアーは、ほとんど形骸化していた当時の検閲制度をいわば実質的に補完する形で（あるいは不在の隙を突く形でというべきか）、芝居に介入してきたのである。

さらに『管見』には、もう一つ重要な戦略がある。たとえば第五章では、コリアーはジョン・ヴァンブラの代表的風習喜劇『ぶり返し』（一六九六）を俎上に挙げ、ヒロインの人妻アマンダを悪の道へ誘い込もうとする従姉妹の未亡人ベリンシアを、以下のように非難する。

> ラパン氏は、女性登場人物のうち二人を余りに淫らで軽薄に描いたことで、アリオストーとタッソーを非難する。ラパン氏曰く、「彼らは慎みをその女性登場人物から奪っている。」ライマー氏も同意見だ。彼の言葉は以下の通りである。「社会慣習の中で、慎み以上に、女性にふさわしく、とりわけその特徴となるものはないことを、自然の女神は知っている。喜劇の中で、恥知らずの女にふさわしいのは、足蹴にされて、悪を暴露されることだけだ。」
>
> さて、ベリンシアは確かに喜劇に登場するが、足蹴にされたり、悪を暴露されることはない。彼女は著しく目立ち、良い扱いを受け、最良の仲間と付き合い、非難も浴びず、不利益も被らずに退場するのだ。
> (220)

ここで注目すべきは、不道徳な登場人物を糾弾するだけではなく、コリアーがその理論的な裏付けとして、同時代フランスで大きな影響力を持った新アリストテレス主義批評家ルネ・ラパンを引きながら議論を進めていることだ。（ちなみにラパンの名は、『管見』に実に一〇回も登場する。）またそれを補強する形で、ラパンの英訳者で当時の花形批評家トマス・ライマーも登場する。[3] 要するにコリアーは、アリストテレスの『詩学』を根拠に「礼節」、「モラル」、「蓋然性」といった諸規範に照らして作品を裁断するフランス経由の最新文芸理論を、『管見』に援用していると読者に誇示しているのだ。もちろん、どれほど正確に理解していたかは定かではないが、ともかく、コリアーは、時にあたかも文芸批評家のように語っているのである。もちろん演劇関係者たちも、コリアーが彼らと共通の批評言語で語っていることに、すぐに気がついたに違いない。そしてだからこそ、『管見』は狂信家の類型的な論難として黙殺されず、そこに演劇の在り方をめぐる大きな論争が巻き起こったのではないだろうか (Cannan 108)。

四　コリアーに抗して

さてコリアーの『管見』が三月に出版されるや、演劇関係者たちから次々と反論が発表される。具体的には、チャールズ・ギルドンが四月三〇日に、ジョン・デニスが六月六日に、批判のやり玉に挙げられたジョン・ヴァンブラが六月八日に反論し、七月一二日にはついにウィリアム・コングリーヴも、この論争に参戦することになった (Anthony 60–112)。

ここでは風習喜劇の完成者として自他共に認めるコングリーヴの『コリアー氏の誤った不正確な引用の修正』(一六九八) を取り上げてみよう。彼ほど才気溢れる劇作家が満を持して放った反論であれば、コリアーを一刀両断にしているかと思いきや、実際に読んでみると、その主張は意外にも歯切れが悪い。冒頭からコングリーヴは、まず自らの非を認めてしまうのだ。

> 私は私自身のいかなる過ちも正当化するつもりはない。多くの過ちに気がついているからだ。だからもしコリアー氏が何らかの偶然で、その一つか二つに出くわしたとしたら、私はそれらを惜しみなく、彼の手に引き渡しましょう。(3)

その上でコングリーヴは、この反論の趣旨はコリアーの悪意ある引用箇所を正すことにあると宣言する。

> 私の意図は、それゆえ、コリアーによって移し替えられてひどく痛んでいるそれら一語一句を、元々の場所にもどすこと以外にほとんどありません。私はそれを彼の糞の山から移し、自然の野原に移植するつもりです。そして、彼の薄汚い手を通り抜ける際に移った汚れを洗い流したら、語句自体に自らの無垢を守らせてやってください。(3–4)

さらに、喜劇に身分の高い人々や聖職者を登場させて、その悪徳をあざけっているというコリアーの倫理的な非難に対しては、アリストテレスを論拠に反論を展開する。

> 喜劇とは（アリストテレスが言うように）もっとも劣った種類の人々を模倣する。……［だが］彼が最も劣った種類の人々といっているのは、身分に関してではなく、振る舞いに関してのことだ。(7–8)

つまり自分の喜劇は、ことさら高い身分の人や聖職者を侮る意図はなく、人間の振る舞いの愚かしさを笑っているだけだと申し開きするのだ。だがこのような議論の展開は、実はコリアーの思う壺である。その結果コングリーヴは、検察官コリアーに対して無罪を証明する被告役という、いわば守りの議論を終始強いられることになってしまったのである。一方、コリアーは同年一〇月一〇日にすぐさま『『英国の舞台の不道徳と冒瀆管見』を弁護する』を出版し、コングリーヴに再反論する。論争を拡大して人々の耳目を集めることが狙いのコリアーにとって、コングリーヴはいわば餌に食い付いた魚であり、むしろ与しやすい相手だったといえるだろう。

一方、おそらく唯一コリアーに有効な反論『舞台の有用性』（一六九八年）を発表したのは、批評家ジョン・デニスだった（圓月 106–07; 佐々木）。デニスは、コングリーヴとは異なり、まず演劇の有用性を弁護するという自分の土俵を作り、必要に応じてコリアーに冷静に反駁している。たとえば第一部第二章「舞台はとりわけ英国人の幸せに有用であること」は、以下のように結ばれる。

すなわち英国人は、幸せであるためには、彼らの理性にとって心地よいようなやり方でその情熱を高めるものが、他の国民よりも一層必要である。だから結果として、英国人は、より演劇を必要とするのだ。(151)

つまりデニスは、ウィリアム三世の反仏対外政策を背景に、「英国人」の国民精神を奮い立たせる娯楽として芝居が有用であると主張し、演劇をナショナリズムに接続するのである。「ウィリアムによる改革」と合致した形で芝居をどのように改革するかを、コリアーとは別の形で巧みに提示したといってよいだろう。

だがデニスを除けば、「コリアー論争」では、演劇関係者たちは守りの戦に終始している感がある。たとえば、同様にコリアーの厳しい批判のやり玉に挙げられたドライデンは、翻訳詩集『古代・近代寓話』（一七〇〇）

の序文で、以下のようにいわば反省の弁を述べる。

> コリアー氏については、［他の批判者と比べて］言うことは少ないだろう。なぜなら、多くの点で彼の非難は正当だったからだ。だから事実通りだと根拠を示されうるなら、猥雑で、罰当たりで、不道徳な私の考えや表現のすべてについて、罪を認め、それらを撤回する。もし彼が私の敵だとしたら、彼に勝ち誇らせよう。もし友であるならば（私は彼にそうではないような、いかなる個人的な理由も与えなかったのだから）、彼は私の悔い改めを喜んでくれるだろう。(46)

そして風習喜劇というジャンルを先導してきたドライデンですら、コリアーの批判の妥当性を認めているこうした状況下において、次の世代の劇作家たちは、『管見』の主張を一旦受け入れ、喜劇における倫理的・道徳的要素を意識せざるを得なかっただろう。言いかえるならば、一八世紀という新しい時代に喜劇を書こうとするならば、劇作家たちは、「ウィリアムによる改革」と合致したコリアーの『管見』を、したがうべきある種の「検閲」として、内面化せざるを得なかったのではあるまいか (Kinservik 44)。

五　新たなる喜劇を求めて

もちろん、ジャンルの変容は一朝一夕に起こるものではなく、風習喜劇の寿命もそう簡単には尽きない。『ロンドン・ステージ』を見ても、コリアー論争が継続していた一七世紀末から一八世紀初頭にかけて、実はロンドンの劇場のレパートリーにさほど大きな変化はないのだ。つまり『管見』の出版は、観客の好みにほとんど影響を与えていないのである。たとえばコリアーが厳しく批判したヴァンブラの『ぶり返し』も、一七〇〇年からの一〇年間で計二五回も上演されており、人気は全く衰えていない様子だ (Schneider 865)。その点で言えば、「死すべき運命にある Restoration Comedy が、Collier によってその死を幾分早められた程度というのが、実情に近い」(海保 522) と考え、上演史における『管見』の影響を過大視しないというのが、おそらく妥当な見方だろう。あるいは「コリアーの［演劇批判の］失敗こそが、のちの検閲法を不可避なものにした」(Hume, "Jeremy Collier" 511) とすら、言えるかもしれない。

だが、観客と次の世代の劇作家たちとでは、『管見』の受けとめ方は、全く異なっていたようだ。たとえば、奇しくもコリアーのパンフレット出版と同じ年にデビューしたジョージ・ファーカーは、喜劇『双子のライヴァル』(一七〇二) の序文を以下のように始める。

> コリアー氏が『管見』で作者たちに浴びせた、最も厳しくかつ妥当な非難は、芝居のなかで放蕩が成功し支持をうけたことであった。そして実際この紳士は、芝居に大いに貢献してくれたことになる。もし彼が芝居の命を奪うためでなく、その不品行を罰するためだけに舞台を非難したのであればだが。しかし、時には敵の助言も利用する手がある。つまり、彼の意図をくじく唯一の方法は、かれの悪口雑言に改良を加え、そのために彼が芝居を抑圧することを考えた諷刺の力で、芝居を栄えさせることだ。(499)

デビュー以来立て続けにヒットを飛ばし、今や当代屈指の人気作家となったファーカーは、ここでコリアーの非難を正面から受け止め、それを逆手に取るような新しいタイプの喜劇を書くと宣言しているのだ。しかし、序文の続きを読むと、その自信や思惑とは異なり、その興行成績はどうやら芳しくなかったようである。

それゆえ私はこの作品で、英国喜劇が厳格な詩的正義に対応しうることを示そうと努力したが、実際のところ英国の観客の大半は、新しいものは全て不満に思うのだ。……伊達男、カモ、寝取られ男、洒落者のいない芝居は、ビーフ&プディングのない日曜の晩餐のように味気ない娯楽だという趣味の客もいる。そしてそれが、この芝居がかかっている間、桟敷席があれほど客の入りが悪かった理由のひとつだろう。(499)

この『双子のライヴァル』という芝居は、簡単な粗筋だけ述べると、高潔なウドビー兄が大陸にグランド・ツアーに出ている間に、父が死んだのを幸い、双子のウドビー弟が、兄の財産と恋人を手に入れようと画策するが、最終的にはその悪行が暴かれるというものだ。そしてファーカーは、コリアーの批判に応えるべく、そこにいろいろな仕掛けを施している。たとえば、主役のウドビー弟は傴僂で、しかもそれを演じたのは、丁度このころ、みずからの改作『リチャード三世』で主役を演じていたコリー・シバーだった。つまりファーカーは、シェイクスピア劇の流れを汲む鬱屈した悪党を主役に据えたのだ。一方兄のウドビーは、弟と対照的にブランク・バースで語りながら颯爽と登場し、ロマンスのヒーローのように恋人を救出する。その結果、そこに出現するのは、道徳と欲望の追求がせめぎあう風習喜劇とは全く肌合いの異なる、勧善懲悪のメロドラマ的な劇世界だ。だが風習喜劇のストック・キャラクターやウィットに富んだやり取りを見慣れていた観客は、おそらくこの芝居の仕掛けに戸惑ったことだろう。つまりこの芝居が不入りだったのは、次の世代の喜劇がいまだ萌芽的な状態にあり、受け手にもそして作り手にすら、その明瞭な形が見えていなかったからではないだろうか。

コリアーの批判を受けて、新しい喜劇の方向性を定めるべく苦闘していたのは、もちろん、ファーカーだけではない。ほぼ同じ頃、劇作家としてデビューしたリチャード・スティールもまた、『管見』を意識せざるを得なかった世代である。スティールといえば、『スペクテーター』の刊行などで著名な文人政治家だが、元々は、喜劇作家として出発したことは意外に知られていない。本稿で扱うピエール・コルネイユの『嘘つき男』の翻案『嘘つきの恋人、または淑女たちの友情』（一七〇三）はその二作目だが、後年スティールは、『自身とその著作のためのスティール氏の弁明』（一七一四）というパンフレットで、この喜劇がコリアーの影響下に書かれたと証言している。

コリアー氏は、これ［『嘘つきの恋人』］が出版された頃、舞台の不道徳を非難していた。私はコリアー氏の著作を大いに称賛する者だったので、それを念頭に置いて、彼が要求する厳格さで喜劇を書いた。この芝居で私は、洒落者の主人公に酒を飲んで人を殺させ、翌朝監獄にいることに気がついたとき、彼にこのような場合に当然抱くべき悔恨の情を与えた。(311–12)

ここで述べられているのは、第五幕の状況である。自らの欲望を追求するために巧妙な嘘をつき続ける主人公ブックウィットと、それに振り回される周りの人たちをめぐる軽妙な喜劇が、突如コルネイユの原作を離れてしまう。つまりスティールは『管見』を意識して、ここに主人公の悔恨の場を挟み込んでしまうのだ。さらに、息子に会いに来たブックウィット父が悲しみの余り気絶するという見せ場まで設定して、この愁嘆場を盛り上げる。

ブックウィット父　……おまえがゆりかごで眠っていたとき、私はお前のために起きていてあげた。そし

て、それはこのためだったのか。おお息子よ。お前は父の心を砕いてしまった。［気絶する］(5.3.188–92)

もちろん、ブックウィット父はすぐ意識が戻るし、殺したと思っていた友人も実は生きていて主人公と和解し、芝居は二組の対照的な性格の男女の結婚という王政復古喜劇におなじみのハッピー・エンドとなる。しかしそうなると、今度は、この愁嘆場だけが浮いてしまうことは否めないだろう。スティールもさすがにこの挿入場面の唐突さは気になったらしく、序文でもそれが「おそらく、喜劇の規則を侵害しているが、私はそれらが道徳の規範に対しては妥当だと確信している」(115) と弁明している。だが案の定、スティールのこの仕掛けは観客には評価されず、上演は一週間で打ち切られてしまった。当時の詳細な上演記録を残している演劇史家ジョン・ジェネストの評価も、以下のように散々である。

『嘘つきの恋人』は一七〇三年一二月二日ドルリー・レーン劇場で初演された。スティールは、コルネイユに主要な点では、かなり忠実にしたがっている。ただ一点改変を施したがそれは改良にはほど遠いものだった。……この喜劇は不人気だった。悪い芝居ではないが、スティールの他の喜劇と比べると非常に落ちる。(4: 649)

もちろんスティールは、コリアーの示唆にしたがい、「嘘」という悪徳に染まった主人公を笑うことで、観客にそれを退けさせる「道徳的な」風習喜劇を書こうとしたはずだ。問題は、その際に挿入した悔悛の場を、あまりにも深刻に書き込んでしまったことだろう。主人公の愚行を嘲って笑うべきなのか、苦境に同情して泣くべきなのか、観客はスティールの意図を測りかねて、おそらく戸惑ったのではないだろうか (Gollapudi 203–

06)。つまり『嘘つきの恋人』もまた『双子のライヴァル』同様に、『管見』のインパクトをうけて喜劇を書き始めた作家たちの、いわば試行錯誤のあとだったと言えるだろう。そして彼らのこうした試みが、「新しい」喜劇として結実するには、まだしばらく時間が必要だった。ちなみに、模範的な若者を主人公にしたスティールの『気配りの恋人たち』が、観客を「笑いつつ泣かせて」大ヒットし、感傷喜劇という新たなジャンルが確立するのは、それからおよそ二〇年後、一七二二年のことである。

六　結び

さて、これまで論じてきたように、名誉革命に端を発するウィリアム三世の改革、風儀改善協会の活動、さらに「コリアー論争」の勃発は、新たな世代の劇作家たちが、すでに変質しつつあった風習喜劇というジャンルをそのまま継承することを、著しく困難にした。そして、王室の庇護を失い、これまでに経験したことのない逆風の中で、コリアーの提言を規範として内面化した彼らは、道徳性を意識した新しい様式の喜劇を模索することで、時代の要請に応えようとしたのである。その意味では、「風習喜劇を殺したのは、誰?」という冒頭の問いに対して、同様にマザーグースに倣って答えるとすれば、「経帷子を縫った」のはコリアーだったとしても、「弔いの鐘を鳴らした」のは他ならぬ劇作家たち自身だったということになるだろう。

しかし、風習喜劇という様式を、特定の時代に限定せず、むしろ、ストック・キャラクターとウィットに富んだ会話を使いながら、ある時代、ある社会の欲望とマナーの葛藤を描き、リアリズムとファンタジーのあわいで世相を鋭く風刺するものと捉えるならば、それは喜劇というジャンルの「常数」のひとつとして、王政復古期以前にも存在したし、またその後も繰り返し出現するだろう。風習喜劇を「殺した」のが、時代とそれに応えた作家たちであるならば、それを「甦らせる」のもまた時代と作家たちなのである。だが、一八世紀におけるこのジャンルの再生を扱うことはすでに本稿の守備範囲を超えており、詳しくは次節の岩田論文に譲りたい。

注

＊ 本論はJSPS科研費20H01242の助成を受けている。

1 ちなみに、今でこそコングリーヴといえば『世の習い』（一七〇〇）だが、一八世紀の上演回数は『愛には愛を』の四八五回が突出している。一方、『世の習い』は二九七回に過ぎない (Corman, 153)。つまり、当時コングリーヴといえば、『愛には愛を』の作家だったのだ。

2 コリアー論争の概略を知るには、Sister Rose Anthony の労作 *Jeremy Collier Stage Controversy 1698–1726* が、今なお基本文献である。

3 ライマーは、現在では『悲劇管見』（一六九二）における「オセロー論」での「世の善良な妻たちは、自分たちのリネン類はよくよく注意するように」云々が、シェイクスピア批評史の些細なエピソードとして記憶されているだけの存在だろう。しかし、フランスの最新の文学理論を時を移さず翻訳する一方で、実際にそれを英国戯曲に援用してみせたという点で、実は同時代に大きな影響を与えた批評家だった。

引用文献

Anthony, Sister Rose. *Jeremy Collier Stage Controversy 1698–1726*. Benjamin Blom, 1966.

Avery, Emmett L. et al., eds. *The London Stage, 1660–1800: A Calendar of Plays, Entertainments &Afterpieces, Together with Casts, Box-receipts and Contemporary Comment, Compiled from the Playbills, Newspapers and Theatrical Diaries of the Period*. 5 Parts. Southern Illinois UP, 1961–1968.

Blackmore, Sir Richard. *Prince Arthur; an heroick poem in ten books*. Printed for, and Sold by A. & J. Churchil, 1695.

Burnet, Gilbert. *History of His Own Time*. J.M.Dent, 1979.

——. *A sermon preached in the Chappel of St.James's before His Highness the Prince of Orange, the 23d of December, 1688*. Printed for Richard Chiswell, 1689.

Cannan, Paul D. *The Emergence of Dramatic Criticism in England: From Jonson to Pope*. Palgrave Macmillan, 2006.

Cibber, Colley. *An Apology for the Life of Colley Cibber*, edited by B. R. S. Fone, Dover Publications, 1968.

——. *Love's Last Shift. Restoration Drama: An Anthology*, edited by David Womersley, Blackwell, 2000.

Claydon, Tony. *William III and the Godly Revolution*. Cambridge University Press, 1996.

Collier, Jeremy. *A short view of the immorality, and profaneness of the English stage* with prefatory notes by Yuji Kaneko. Routledge/Thoemmes Press, 1996.

——. *A defence of The short view of the Profaneness and immorality of the English Stage*. Printed for S. Keble, R. Sare and H. Hindmarsh,1698.

A Comparison between the Two Stages: A Late Restoration Book of the Theatre, edited by Staring B. Wells, Princeton University Press, 1942.

Congreve, William. *Amendments of Mr. Collier's false and imperfect citations* with prefatory notes by Yuji Kaneko. Routledge/Thoemmes Press, 1996.

——. *Love for Love*, edited by D. F. McKenzie, Oxford UP, 2011. Vol. I of *The Works of William Congreve*. 3 vols. 2011.

Craig, A. G. *The Movement for the Reformation of Manners 1688–1715*. 1980. University of Edinburgh, PhD. dissertation. https://era.ed.ac.uk/handle/1842/6840.

Dennis, John. *The Usefulness of the Stage* (1698), edited by Edward Niles Hooker, The Johns Hopkins University, 1939. Vol. I of *The Critical Works of John Dennis*. 2 vols. 1939–43.

Dryden, John. *Fables, Ancient and Modern*, edited by Vinton A. Dearing, U of California Press, 2000. Vol. VII of *The Works of John Dryden*. 20 vols.1956–2000.

Etherege, Sir George. *The Man of Mode: or, Sir Fopling Flutter*, edited by John Barnard, A&C Black, 1979.

Farquhar, George. *The Twin-Rivals*. edited by Shirley Strum Kenny, Clarendon Press, 1988. Vol. I of *The Works of George Farquhar*. 2 vols.

Genest, John. *Some Account of the English Stage from the Restoration in 1660 to 1830*. 10 vols. Printed by H. E. Carrington, 1832.

Gollapudi, Aparna. "Why Did Steele's *The Lying Lover* Fail? Or The Danger of Sentimentalism in the Comic Reform Scene." *Comparative Literature*, vol. 45, 2011, pp. 185–212.

Hughes, Derek. *English Drama 1660–1700*. Clarendon Press, 1996.

Hume, Robert D. *The Development of English Drama in the Late Seventeenth Century*. Clarendon Press, 1976.

——. "Jeremy Collier and the Future of the London Theatre in 1698." *Studies in Philology*, vol. 96, 1999, pp. 480–511.

Hunt, Margaret R. *The Middling Sort: Commerce, Gender, and the Family in England 1680–1780*. U of California Press, 1996.

Kinservik, Matthew J. "Theatrical Regulation during the Restoration Period." *A Companion to Restoration Drama*, edited by Susan J. Owen, Blackwell, 2001, pp. 36–52.

Krutch, Joseph Wood. *Comedy and Conscience after the Restoration*. Columbia University Press, 1924.

Luttrell, Narcissus. *A Brief Historical Relation of State Affairs: From September 1678 to April 1714*, 6 vols. Oxford University Press, 1857.

Proposals for a national reformation of manners humbly offered to the consideration of our magistrates & Clergy. Printed for John Dunton, 1694.

Rapin, René. *Reflections on Aristotle's Treatise of Poesy*, translated by Thomas Rymer. *The Continental Model: Selected French Critical Essays of the Seventeenth Century*, edited by Scott Elledge and Donald Schier, Cornell University Press, 1970.

Rymer, Thomas. *A Short View of Tragedy. The Critical Works of Thomas Rymer*, edited by Curt A. Zimansky, Yale University Press, 1956.

Schneider, Ben Ross., Jr., comp. *Index to the London Stage 1660–1800*. Southern Illinois University Press, 1979.

Steele, Sir Richard. *The Lying Lover: or The Ladies Friendship. The Plays of Richard Steele*, edited by Shirley S. Kenny, The

Clarendon Press, 1971.

——. *Mr. Steele's Apology for Himself and his Writings; Occasioned by his Expulsion from the House of Commons. Tracts and Pamphlets by Richard Steele*, edited by Rae Blanchard, Octagon Books, 1976.

Vanbrugh, Sir John. *The Relapse. Restoration Drama: An Anthology*, edited by David Womersley, Blackwell, 2000.

Wycherley, William. *The Country Wife*, edited by James Ogden, A&C Black, 1991.

William III, *The First Declaration of His Highness William Henry, by the Grace of God Prince of Orang. &c., of the Reasons Inducing Him to Appear in Arms in the Kingdom of England for Preserving of the Protestant Religion and for Restoring the Laws*. Printed for B. Harrris [sic], 1689.

圓月勝博「王政復古演劇批評」『イギリス王政復古演劇案内』松柏社、二〇〇九年、九二—一〇八頁。

海保眞男「スウィフトとジェレミー・コリア(一)—(三)」『英語青年』一三八巻（一九九三年一—三月号）、五二〇—二二、五七六—七八、六二四—二六頁。

喜志哲雄「王政復古演劇の台詞術」『イギリス王政復古演劇案内』松柏社、二〇〇九年、七八—八九頁。

コルネイユ、ピエール『嘘つき男』岩瀬孝訳『コルネイユ名作集』白水社、一九七五年。

佐々木和貴「王政復古から一八世紀演劇へ——ジョン・デニス小論」『一七世紀英文学研究XV——一七世紀英文学と科学』金星堂、二〇一〇年、二三七—四七頁。

末廣幹「序論——王政復古演劇の再評価」『イギリス王政復古演劇案内』松柏社、二〇〇九年、二—一八頁。

III

一八世紀

読んでよい小説、観てよい芝居
――『パミラ』とマナーズの攻防

久野　陽一

一　『パミラ』ブームとマナーズ

一八世紀前半のロンドンで印刷業者としてそれなりの成功をおさめていたサミュエル・リチャードソンが匿名で出版した小説『パミラ、あるいは美徳の報い』は、一七四〇年一一月に出版されると時代を代表する大ベストセラーとなった。それは単純に小説が好評価を得て売れたというだけではない。出版直後からこの小説に対する毀誉褒貶が飛び交い、パンフレット類、無許可のパロディ、翻案、偽の続編などが次々と登場し、一種の「メディア・イベント」として出版界にブームを起こすことになる。これは文学史的に見ても、単体での小説の解釈や評価といった範囲を超えて、一つの時代を作り出す、あるいは時代の大衆＝読者の嗜好の変化を象徴する現象であった。[1]

『パミラ』の粗筋は簡単に要約できる。それは、ある地主の家の十代のメイドである少女パミラ・アンドリューズが、その家の若い主人B氏に気に入られ、度重なる性的な迫害や嫌がらせを受けながらも、美徳すなわち貞操を守り抜き、最後には階級の違いを乗り越えてその主人と正式に結婚する、という物語である。小説のサブタイトルになっている「美徳の報い」とは、この美徳を守ることによってヒロインが得ることになる地位と財産のことである。その時代の社会的な風習や慣習、道徳、礼儀などが「マナーズ」だとすると、それは人の行動を判断するときに周囲で暗黙に承知されているルールでもある。『パミラ』では、階級間や男女間に生じる承知された立ち振る舞いのルールに対する違反とその解消が問題となる。『パミラ』についての評価・受容をめぐって様々な議論が起こり、それがブームにつながっていったのは、この小説が時代のマナーズに対して大きなインパクトを持っていたからに他ならない。『パミラ』ブームというメディア・イベントは、新旧マナーズの争いの側面も持っていたのである。

ここではその一端を原作小説から考察した上で、ブームに便乗した演劇アダプテーションの代表作を取り上げて、『パミラ』の新しい価値観がどのように大衆に提示されたのかを見ていきたい。

二　小説の中のマナーズ

『パミラ』の背後にはどのようなマナーズ、風習的考えが流れているのだろうか。この小説の叙述は、基本的にパミラが書く手紙と日誌（ジャーナル）からなっている。ベッドフォードシャーにある屋敷でそれまで自分が仕えた主人であり、母親的な保護者でもあったB夫人が死去し、悲しみに沈むパミラの手紙からこの小説は始まる。息子のB氏は、母親の死後すぐにパミラに関心を示し始める。かたくなに抵抗しながらも新しい主人からの誘惑に耐えかねた彼女は、暇をもらって実家に帰ることを決意する。しかし、両親の元に帰ることができると信じて馬車に乗ったパミラを、B氏はそのままリンカンシャーにある自分の別宅に運ばせて軟禁状態にしてしまう。そこから小説の叙述は、それまでのパミラによる手紙ではなく、日誌の形をとって続く。パミラはこうした状況で、数少ない味方の一人としてウィリアムズ牧師に密かに助けを求める。彼が実際にどのようにパミラを救おうとしたのか、その報告の手紙をパミラは自分の日誌の中にそのまま引用する。この報告から、パミラの置かれた状況を周囲の人々がどのように捉えているか読み取ることができる。

ウィリアムズ牧師は、自分一人の力ではパミラを助け出せないと考え、B氏と交流のある近隣の上流の人たちに援助を求めた。まず最初に声をかけた夫人に断られた彼は続いてダーンフォード夫人の元を訪れ、パミラの「悲しい物語」を「哀れを誘うやり方」で話して聞かせ、パミラ自身が書いた「さらに哀れを誘う手紙」を見せる。彼には彼女が「同情のお気持ちを持たれたよう」に見えたが、この件について夫人が意見を求めたところ、夫のサー・サイモン・ダーンフォードはパミラとB氏の関係について次のように述べる。

> この方［サー・サイモン］は、どうやら美徳の持ち主というお方ではなさそうで、奥様に対し私のいる前でこう言われました。「いったいそれがどうしたというんだね。ご近所の旦那さんが、自分の母上のメイドに気があるってだけの話じゃないか。何不自由なく暮らせるようにちゃんと面倒を見るのなら、その娘がさしてひどい目に遭わされることもあるまい。どこかの家柄のある娘を傷つけるわけでもないのだし」[2]
>
> (Richardson, *Pamela* 134)

こう言ってさらにサー・サイモンは「他の人ならともかく、特にお前さんがね、親しくしてもらっているパトロンに、こんなことであれこれ口出しするのはどうかと思うね」(134) とウィリアムズを諭す。夫の断固とした態度に、夫人はそのまま黙ってしまう。パミラは上のサー・サイモンの言葉の直後に、「お父さま、お母さま、貧しい人間の操なんて、本当にこんなものなのね」(134) というコメントをテクスト中に挿入している。このサー・サイモンのセリフは、主人とメイドの関係についての当時の特に上流階級の常識的見解を代弁したものだ。このままの状況で進むとしてもパミラはよくて手当付きのB氏の愛人になるというのが、ここでの承知できる物語の展開である。

このように上流階級の援助を断られたウィリアムズは、続いて教区牧師の元に向かって援助を仰ぐ。

教区牧師のピーターズ様にもそれとなくお伝えしましたが、残念ながら彼は、それはお前の自分勝手な考えだ、お前の恋心からパミラさんの気を惹こうとしてそんなことをしているんじゃあるまいな、といった剣幕。神様に対する私たちの務めはこれこれしかじかで、自分に下心など決してないと抗弁いたしますと、「それは結構だが、君も若い、世間 (World) を知らない」と冷たくおっしゃいました。「確かに嘆かわしいことかもしれないが、そのことについて自分と君とで改革するには、もっと十分な備えを持たなければなるまいよ。そんなことは当世、世間で流行のありふれた一件 (common and fashionable a Case) なんだ、教区牧師の一人か二人の力ではどうにもならん」［中略］

私は、あなたの件が他とは異なる旨、申し上げました。他の女性たちは、自分から同意して身を貶めているけれども、あなたのために力を尽くすことは、ごく稀なほど純粋な方を救うことになるのです、と。そうして例のお手紙をピーターズ様にもお見せしました。

彼はこう言われました。「確かによく書けている。パミラさんのことは実に遺憾だ、君のよき考えは、十分尊重されなければならない。しかし、ウィリアムズ君、じゃあ、どうしようというのかね」そこで私は、「奥様、姪御様といっしょに、あなたの家にともかくかくまっておあげになってはいかがです。パミラさんが親元に帰れるようになるまで」と申し上げますと、「なんだって、領主としての権力と財を持つ人物に敵対しようというのかね！　そんなのはダメだ、絶対に無理だ！」とおっしゃり、自分が何をしようとしているのか、よく考えるようにと言われました。「それに、あの方がちゃんと名誉ある振舞いをすると約束していることが分かっているのだから、おとなしくしていれば、条件もよくなるだろう。あの方は、まあ今回のことは別として、欲張りに過ぎるわけでもないし、根っからの悪意を持っているというわけでもない。若い紳士とは、だいたいそんなものさ」(134–35)

先ほどの上流階級に対して、こちらは聖職者からの見解である。これを見ると、この小説でヒロインがいる「世間」の常識というものがどのようなものだったのか、またその中でパミラが置かれた難しい状況、特にB氏との階級差が何を意味するのかが分かる。「名誉ある振る舞い」という言葉もこの文脈で捉えると、結婚することではなく、せいぜい愛人として養うことだと推測できる。これはサー・サイモンの考えとほぼ同じであり、ピーターズはそれを身分のある「若い紳士」のやりそうなこと、「当世、世間で流行のありふれた一件」と承知している。

サー・サイモンとピーターズの意見は、どちらも当時のマナーズ、すなわち、当時の風習的な考え方、特に上流階級の行動の流儀を反映している。こうした「世間」のマナーズに対して、この小説の「貧しい」ヒロインは美徳を武器に戦いを挑み、最後には正妻の座という勝利を手に入れる。このときの「美徳」(virtue) は、「貞操」という意味の他に、戦いにおける勇気などの「徳目」あるいは「高潔さ」という意味も響いている。まさに、地位も財産もない少女の体を張った戦いと名誉の勝利の物語なのだ。

またここで、ウィリアムズが援助を求めるにあたって、パミラの手紙を読ませていることにも注目するべきである。「ごく稀なほど純粋な方」とされているパミラの「哀れを誘う手紙」に「同情」あるいは「共感(シンパシー)」を感じることができるか否かはその人物の感受性をはかる目安であり、一種の性格描写である。パミラの手紙を見せられてダーンフォード夫人は「同情」の気持ちを感じたのに対して、ピーターズは「冷淡に」対応した。

この二つの反応で、それぞれの人物の感受性の度合いが分かる仕組みである。ダーンフォード夫人の方はまだしもそれを持ち合わせていそうだ。ただし、夫の権力の前でそれを押さえる女性像でもある。

悲しい哀れな物語を読んでそれに同情することができるかどうか、これは一八世紀後半に流行するセンチメンタル小説を受容するための典型的な条件の一つである。この点でも『パミラ』は先駆者ということもできる。実際、B氏はパミラの手紙を読むことを通じて、ヒロインにとってふさわしいヒーローに変身する。パミラの手紙、そして軟禁された後も書き続けられる日誌、こうした彼女のライティングの持つ力、そこにすべてがかかっており、B氏はその力によってセンチメンタルな同情のできる人物に改心して、美徳の持ち主であるヒロインと結ばれるに値するヒーローの資格を持つに至る。この小説には、手紙の宛先である彼女の両親、ウィリアムズ、さらに引用に登場した人たちなど、何人もパミラの書いた物の小説内読者がいる。しかし、結局のところ最初は誘惑者であったB氏が最良の小説内読者だという結末になるのだ。

こうしたB氏の「改心」あるいは「改良」の仕方は次の場面に端的に表れている。彼はパミラを連れて、彼女が投身自殺を考えた池の脇まで歩く。そして、彼女の「手を取って」日誌のそのくだりを読む。

「これは本当に哀れな話だね」と彼。「なんとも無茶苦茶な試みだし、かりに君が［屋敷から］逃げ出せたとしても、すごく危険な目に遭っていたことだろう。道はひどいし、誰もいないのだからな。それに、君がどこへ行こうとも君を捕まえるよう手を打ってあったのだ」とおっしゃいました。

「身を滅ぼされるくらいならどんな危険なことでもする、ということをお分かりいただけましたでしょうか。私の書きましたことに、嘘いつわりがないとご判断いただければと思います。操を守るということ、それは私にとって命よりも大事なのです」と申し上げると、「まったく途方もないことを考える娘だ」

とおっしゃって続きを読んでおられます。

神様のおかげで逃れることができた、あの出来事についてのところへ来ると、彼は非常に真剣に読んでいらっしゃいました。［池に］身を投げようと考えた箇所になると、「ゆっくり歩いて」とおっしゃり、非常に心を動かされたようで、私から顔をそむけてしまいました。これは良い兆しだわ、と思い、身の上話のこの悲しい部分を彼に読ませてしまったことも、あまり後悔しなくなりました。

彼は、私の思いと、私自身の罪から逃れたことへの感謝のくだりを読み終えると、紙をポケットにしまい、私の腰を抱いておっしゃいました。「なんてことだろう！　君のこの悲しい話、そして君の美しい考えに、僕はすっかり心を打たれた。もし君が本当に身投げをしていたら、僕は心から嘆き悲しんでいたに違いない。君はこれまであまりにも乱暴な扱いを受けてきてしまったようだ。あの命にかかわる重大な瞬間に、君がしっかりと思い留まったのは、まさに神の思し召しだ」(240–41)

ここでパミラが察知した「良い兆し」はB氏が感受性を持った読者になる可能性である。レイプ未遂の陰謀など、それまでに何度も「身を滅ぼされる」ような目に遭ってきたにもかかわらず、自分の書いた「悲しい物語」を読んで「心を動かされた」様子を見て確信を持って、B氏が「手を取って」も、「腰を抱いて」も、かつてのようにはパミラは騒がない。このエピソードの後、二人の関係はそれまでとは大きく異なるものとなる。まず、B氏はパミラが屋敷を出ていく許可を与える。実際に馬車に乗って出ていって最初の宿屋へ着いたところで渡された手紙の内容は、改心した彼の様子をよく表していた。これを読んで彼女は初めて「泥棒のように忍び寄ってくる」ものとして「愛」を自覚したと感じる (248)。次の宿屋でも再びB氏からの手紙が届く。「私のパミラ、君への愛情を押さえようともがいてみたが、無駄だった。君が行ってしまってからは、どうしてもあの君の書き物を読んで心を慰めるしかなかった」(250) と始まるその手紙を読んで、パミラは喜びに心を躍らせ、B邸に戻る決心をする。そして、帰宅後は正式な結婚の準備に入る。

ただし、B氏の改心の後の物語の展開がスムーズなものかというと、必ずしもそうではない。当初からパミラはB氏が自分と「偽の結婚」(sham-marriage) をしようとたくらんでいるのではないかという疑念を感じていた。すでにB氏がパミラとウィリアムズを偽装結婚させようとする陰謀があったが (143–43)、池の脇でのエピソードを述べた直後にも、彼女の心に「偽の結婚」のことが浮かんだ (241)。結婚の準備が進められていく段階でもこの疑惑が繰り返し言及される（たとえば、259, 260, 276, 280）。それでも最終的に結婚式は行われ、日誌の中でパミラは「純潔と美徳が大いに報われた」(346) と宣言し、その日の記述の末尾には「パミラ・B」(350) と署名する。しかし、興味深いことに小説の物語は、B氏との結婚によってパミラの美徳が報われたところで終わらない。B邸にB氏の姉のデイヴァーズ夫人と甥のジャッキーが来訪してパミラを試すことになる。このデイヴァーズ夫人から、かつてB氏がサリー・ゴッドフリーという女性と関係を持って子どもをもうけたという情報がもたらされ、パミラは繰り返し頭を悩ます（たとえば、437, 441, 448, 456）。

『パミラ』の背景には、サー・サイモンやピーターズ牧師の言葉から読み取れるような、当時の「世間」が想定するマナーズが流れているが、偽の結婚の疑惑や隠し子の存在は、さらにそこに文学的なコンテクストとして、一八世紀前半から広く読まれてきた『パミラ』以前のポピュラー・フィクションにあるような物語展開の可能性が秘められていることを想起させる。改心する前のB氏のパミラへのアプローチは、時に色欲小説 (amatory fiction) と呼ばれることもある、上流階級の性的な価値観を反映した奔放なセックスが盛り込まれた小説群で描かれるような物語を目指しているかに見えなくもない。[3] 近代の求愛小説の成立を論じたキャサリン・グリーンは『パミラ』について、性的な追求に専心する側面が強いため、求愛小説の一般的パターンとは区別されなければならないと述べている (Green 142)。だとすると、色欲小説的な性的追求の物語に対して、『パミラ』はセンチメンタルな「同情」の仕組みを対峙させようとしていると言えるだろう。B氏が改心する契機にはそれがあった。またパミラも、サリー・ゴッドフリーのその後の「心を動かされる物語」(484) を聞き、同情して涙を流す。そこでは「第二のサリー・ゴッドフリー」(486) になるかもしれなかったパミラ自身がセンチメンタルな読者になっている。では、上流階級のマナーズを反映して色欲小説に近づく可能性を秘めた物語に、センチメンタル小説の感受性の仕組みが持ち込まれたのはなぜなのか。それを考えるための補助線として、もう一つの文学的なコンテクストを導入したい。

三　読んでもよい小説

よく知られているように『パミラ』のルーツは、リチャードソンが作成中だった手紙の書き方を教えるための模範書簡集にある。その中に『パミラ』の冒頭と同じシチュエーションの手紙があり、これをリチャードソンは膨らませて小説にしたとされる。彼はこの書簡集の執筆を一時中断して一気に『パミラ』を書き上げたのである。書簡集の方は小説の後、一七四一年一月に出版となった。[4] この書簡集は、フルタイトルを『きわめて重要な時に特に親しい人へ送る書簡集、日用的な書簡を書く上で遵守すべき不可欠な文体と形式だけでなく、世間一般的な事例において、いかに適切に分別を持って考え行動すべきかに関しても指導する』という。この模範書簡集の特徴は、普通のマニュアルにありそうな手紙の書式等についての解説が省略されており、タイトルの後半にある「いかに適切に分別を持って考え行動するか」の方に重点がおかれていることである。つまり、この模範書簡集は、手紙のマニュアルというよりも、行動のマニュアルとして特定の状況における道徳的規範を示すための書物、すなわち一種のコンダクトブックだと見なすことができるのだ（Hornbeak 参照）。コンダクトブックとは道徳の手引き書であり、家族関係を根本にした、親子、夫婦、主従の相互義務を説き、中世・ルネサンスの時代から、特に聖書とともに一般の人たちが生活上の指針や道徳的規範を学ぶために用いられた。象徴的に書かれた聖書に比較して、コンダクトブックの内容の特徴は、生活全般について、例えば結婚や家族の営みなどについても非常に具体的かつ詳細に書かれているところである。言ってみれば、その時代に推奨されるべき道徳的なマナーズのマニュアル本のようなものであろう。『パミラ』には、コンダクトブックの代表作にして最大のロングセラーが登場する。結婚後のパミラは、父親を世話してくれた農家にお礼として本を贈ることをお願いする。

> 農夫のジョーンズが親切にしてくれるとおっしゃっていましたが、お別れになるときには、三ギニーほど、価値のある書物（good books）を贈り物として渡してくださいませんか。家庭用の聖書とか祈祷書とか『もろびとの務め』とか、そういうお父さんがふさわしいとお考えのものをね。だって、ずいぶん教会からは離れたところに住んでいますし、冬には道も通れなくなってしまいますからね。（476）

ここで「価値のある書物」として、聖書、祈祷書と並んでタイトルが挙げられている『もろびとの務め』は、リチャード・アレストリーが書いたとされるもので、一九世紀までリプリントされ続けたコンダクトブックの代表作の一つである。様々なエディションで大量に残っており、贈り物の定番でもあったらしい。イングランド国教会が認めた本としてかなり広く読まれていた（あるいは所有されていた）と想像できる。

『パミラ』の出発点には、こうした当時の読者になじみのあったコンダクトブック的な発想による状況が設定されていた。その元になったとされる父親と娘の手紙のやりとりは、一組の比較的短いもので、要約すると以下の通りになる。メイドをしている娘をその屋敷の主人が誘惑したという話が、父親の耳に入った。そこで、父親から娘に、すぐにそんなお屋敷は出て、帰ってきなさいという手紙が一通目。それに答えて、今日にもこの屋敷を出ますと娘は返信する (Richardson, *Early Works* 463–64)。ここでは娘はさっさと屋敷を後にして両親の元に帰ってくる。これがこの場合の正しい行動の取り方なのである。しかし、これでは物語はこれ以上続かない。それに対して、小説『パミラ』では同じ状況で娘は家に帰らない、B氏のたくらみによって帰ることができない。リチャードソンはこの状況を道徳的に速やかに解決するのではなく、問題を引き延ばして小説にしたのだ。この焦らしがリチャードソンの小説の特徴でもあるが、それではコンダクトブックの道徳的な教えに反することになる。特に親に対する「義務」あるいは「務め」(duty) に違反する。リチャードソンはコンダクトブックの枠組みの中で、そこからの逸脱をもくろんでいたのだろうか。

初期近代コンダクトブックのアンソロジーの編者によると、『もろびとの務め』のようなコンダクトブックは「マナーズ」の改革、一七世紀後半の王政復古期におけるより広い改革運動につながっている。特に一六九〇年に礼儀作法改革協会 (the Society for the Reformation of Manners) が設立され、個人の行動に対する公的なコントロールが中産階級の公共圏を形成するにいたって、より広まったとされる (St Clair and Maassen 1: xvii)。それは、特に貴族階級の没落と商人階級の勃興という社会階級の流動がもたらしたものであり、そこから読みとれるのは、礼儀作法の習得によって、社会階級の上昇を奨励するという戦略であった。不安定な社会的流動性に対する反応として数多くのコンダクトブックが登場したとすると、それは一方で伝統的な社会階級の境界線が浸食されることに対する保守的な不安感を反映していた (1: x)。コンダクトブックは変動の時代における保守的なマナーズの代弁者であったのである。

旧来の「世間」に対抗して、パミラのラディカルな地位の上昇を容認するためには、こうした近代のマナーズをめぐって普及したコンダクトブック文化を背景として考える必要がある。コンダクトブックが説く女性像は、スザンヌ・ハルの初期近代のコンダクトブックに関する研究書のタイトルにあるように、「貞節」(chaste)であり、親や夫に「服従」(obedient)し、「口答えしない」(silent)女性である。それに対してパミラは、確かに貞操は守り通したが、「服従」と「口答えしない」ことについて微妙にこの価値観からずれる。次の引用は、リチャードソンの印刷所で印刷されて出版されたコンダクトブックの中から、夫と妻の三つの義務を述べた箇所からのものである。

まず夫の妻に対する義務から始めよう。これは三つからなっている。すなわち、愛と誠実と扶養である。［中略］では、続いて妻の義務に話を進めよう。妻の義務とは、愛と誠実と服従である。［後略］

(Delany, *Fifteen Sermons upon Social Duties* 32, 47)

これと同様の物言いが小説『パミラ』に登場する。B氏は小説の終わり近くになって、家庭生活について、夫とは、そして妻とはどうあるべきか、パミラに長々と語って聞かせる。彼女はそれを「厳粛なるお話」(awful Lecture)と呼んで、その内容を四八か条の規則としてまとめる。そこで面白いのは、たとえば以下の通り、規則のそれぞれにパミラがコメントをつけているところである。

二四　もし妻が夫に対して思っていることを通したいのならば、優しく愛想よくそうしなければならない。——つまり、こちらから折れろっておっしゃりたいのね。
二五　でも卑屈にへいこらして、正しい判断や愛情の表れというよりは鈍感さ (insensibility) のためそうしているのだと見えるようなことがあってはならない。
二六　〈命令〉とか〈服従〉という言葉は彼の語彙から抹消される。——これはたいへんいいわね！

(Richardson, *Pamela* 450)

この四八か条は、デイヴァーズ夫人が改心して結婚したB氏について、自分の弟は「ピューリタン」どころか「説教師になってしまったわ！」、パミラは「道楽者 (Rake) を良き夫にしただけでなく、説教師にしてしまったのよ！」(424) と嘆いた彼の変化を反映している。この従来のコンダクトブックを模したような部分に対して、パミラは時には批判的であったり皮肉に読み取れるコメントを添える。近代初期のコンダクトブックについて、当時の印刷出版業組合が国の管理下に入って、聖書や暦などの出版を独占しており、自己検閲が働いていたため、「読者が文字通り無批判に受容していたと考えるべきではない」との指摘もあるように (St Clair and Maassen 1: xxii–iii)、パミラはここで、コンダクトブック的な言説をそのまま真面目に受け入れるのではなく、ひょっとすると当時の庶民がしていたかもしれないような仕方で絶妙に茶化して楽しんでいるのである。これは必ずしもコンダクトブック的な規範を否定しているのではない。

リチャードソンは『パミラ』の序文の冒頭で「編者」として、「気持ちよく楽しみつつ、若者男女の心を教え育むこと」(Richardson, *Pamela* 3)、すなわち、楽しみかつ学ぶことがこの小説の目的だと述べている。『パミラ』は、コンダクトブック的な道徳の模範となる行動が色欲小説的な誘惑によって阻止された人物が、いかに行動しうるかという問いに対して、センチメンタル小説的な「同情」の仕組みを取り込んで、道徳的に（さらには風習的に）容認しうる物語にすることを目論んだ小説である。それは同時に、ヒロインの階級の上昇という社会的流動に対する新しい価値観、新しいマナーズの提示でもある。リチャードソンは、当時の主に上流階級の好みを反映したポピュラー・フィクションをコンダクトブックの装いで改編して、センチメンタルな同情の対象となる内面の価値を肯定して、中産階級が読んでも差し支えないものとして「小説」を誕生させたと言ってもよいかもしれない。「小説」と呼びうる散文の文学作品は『パミラ』以前にすでにいくらでもあった。しかし、それまでは決して褒められたものではなかった小説を中産階級の読者も堂々と大っぴらに人前で読んでよいものにしたのが『パミラ』である。ウィリアム・B・ワーナーの研究書のタイトルにあるような「認可された娯楽」として容認された小説読書を誕生させたという意味で『パミラ』は最初の小説なのである。これは新しい文学形式の登場というよりも、新しい価値観の誕生なので、古い価値観との間での衝突があった。実際にそれは『パミラ』論争として現れる。

四　『喜劇パミラ』

コンダクトブックと色欲小説を融合したリチャードソンの戦略が必ずしも完璧に成功したわけではないことは、出版直後から起こった様々な議論からも明らかである。色欲小説の立場からはヒロインの誠実さ、彼女の計算ずくの貞操の偽善性、コンダクトブック的な立場からは、レイプ未遂事件など、エロチックに読むことも可能なエピソードや表現についての疑義が出され、批判的な言説が発表された。これらの衝突が『パミラ』のブームを牽引していった。その中から、たとえばヘンリー・フィールディング『シャミラ』やイライザ・ヘイウッド『アンチ＝パミラ』など、現在でも読むことのできる作品が現れた。[5] そしてさらに、『パミラ』はこのブームに乗って舞台化された。フィールディングとヘイウッドは演劇を文学活動の出発点としているが、『パミラ』を舞台に上げたのは別の人物であった。

原作者リチャードソンにとって演劇へのアダプテーションはとりわけ気に入らなかったに違いない。若い徒弟人たちに向けた一種のコンダクトブック『徒弟人必携』を、自らも徒弟人から印刷業の親方にまで出世したリチャードソンは『パミラ』以前に匿名で出版しているが、その中で徒弟人の心得として、パブやタヴァーンに入り浸ることと並んで、劇場に通うことも慎むべきだと主張して反演劇論を展開しているからである。演劇には「適当な統制の下」であれば「説教台を補佐する」教育的な側面があることは認めつつ、同時代の演劇が極めて堕落しているため、「勤勉な人々」にとって有害なものだとされる (Richardson, *Early Works* 19–23)。ダリル・P・ドミンゴは、リチャードソンの激しい攻撃は「一八世紀初頭の反演劇論争の復活であると同時に、一七世紀のピューリタンが表象の欺瞞を批判する言葉遣いを思い起こさせる」としながら、彼の関心はローカルなもので、非認可の劇場がロンドン中心部に進出してきたことによって生じた社会にとって有害な状況に反対したのだと指摘している (Domingo 208)。『国の認可を得ることなく建てられた劇場の経営者および出資者による嘆願と要求に関する適切な考察』というリチャードソンが匿名で出したパンフレットが残されている。これは、起草者の名前からバーナード法案と呼ばれる、一七三五年に議会に提出された非認可劇場の数を制限することを目指す法案を支持するために書かれた。この法案は最終的に不成立となったが、二年後の演劇検閲法を予感させる。[6] このパンフレットでもリチャードソンは同時代の演劇の不道徳性を批判しており、なかでも繰り返し名前が挙げられている非認可劇場の代表格の一つがグッドマンズ・フィールズ劇場である。皮肉なことに『パミラ』の演劇アダプテーションの最も成功したヴァージョンが上演されたのは、他ならぬこの劇場であった。

一七四一年一一月にグッドマンズ・フィールズ劇場で初演された『喜劇パミラ』は、同劇場の支配人でもあったヘンリー・ギファードの手によって翻案された喜劇である。演劇検閲法によって三年間活動を停止していたグッドマンズ・フィールズは、一七四〇年の秋に再開していたが、一七四一年秋のこの劇場では、新しい時代の演劇の始まりを告げる歴史的な出来事があった。一八世紀のイギリス演劇を代表する演劇人、デイヴィッド・ギャリックの登場である。ギャリックは、コリー・シバーの翻案による『リチャード三世』の主役として、一七四一年一〇月のグッドマンズ・フィールズでロンドンの舞台にデビューして、またたく間にセンセーションを巻き起こした。そこにはギャリックの演技もさることながら、ギファードによるちょっとした策略もからんでいた。ギャリックは『リチャード三世』の配役表で名前が伏せられ、ただ「紳士」(a Gentleman) とされていた。これがますます大衆の関心を高めた。その後に上演されたいくつかの芝居でも彼の名前は伏せられたままで、『喜劇パミラ』の配役表でも彼の名前は「紳士」と記されている。[7] これはリチャードソンが『パミラ』の「編者」として匿名性を維持しようとしたことと比較できるかもしれない。いずれにしても『パミラ』のブームとギャリックの登場が時代的に重なることは興味深い。当時の諷刺詩に、巷で流行の話題と言えば「ヴォクソール、ギャリック、パミラ」という一節がある。[8]『パミラ』もギャリックも流行のプレジャー・ガーデンと並ぶ大衆の関心事だったのだ。

『喜劇パミラ』は五幕で構成され、前半の二幕がベッドフォードシャー、残り三幕がリンカンシャーのそれぞれのB邸で展開する。基本的に原作の主要なプロットから喜劇的な場面が抜き出され、最後はパミラとB氏が結婚するというハッピー・エンディングになっている。B氏はベルヴィルという名前にされ当時四七歳のギファードが演じ、パミラ役には当時三四歳の彼の妻が当てられているが(ちなみに原作のパミラは十代、B氏は二十代)、この芝居の面白さはヒロインとヒーローよりも他の登場人物の配役にある。まず、リンカンシャーでパミラをいじめる女中頭ジュークスを男優が演じている。原作では大柄で無口なためパミラを恐怖させたスイス人コルブランドは、ギファード版ではフランス人として登場する。彼はパミラにちょっかいを出してもダメだと分かると、ジュークスに言い寄って非常に愉快な場面を作り出す。そして結婚の約束を交わすが、実はこれは金目当ての重婚で、最後には妻子の待つフランスに逃亡して終わり、本筋のヒーローとヒロインの結婚と喜劇的に対比される。彼のフランス語訛りのきつい英語を使ったセリフは、スクリプトで読んでも滑稽さが伝わってくる。そして、ギャリックは、原作ではジャッキーにあたるデイヴァーズ夫人の甥、ジャック・スマッターという役名を演じている。原作でデイヴァーズ夫人とその甥がB邸を訪れるのは終盤になってからだが、喜劇版では早くも第二幕のベッドフォードシャーの場面から登場する。ギファードがそこに大きな喜劇的可能性を感じていたことが分かる。

『喜劇パミラ』では、原作小説と比較して、ヒロインとヒーローの階級差が主題としてより前面に押し出される。そのためリチャードソンが批判したような不道徳な当世風の流行や上流階級のマナーズが全体に行き渡っている。芝居は冒頭、ベッドフォードシャーのベルヴィル邸で召使いたちが、荷物をまとめて屋敷から出て行こうとしているパミラについて話している場面から始まる。彼らはパミラが出て行く理由を、主人の求めに対して彼女が「不遜な」態度で「不作法な対応」をしたためだと語る (Giffard 9)。召使いたちの間では彼女が行動の規則、すなわちマナーズに違反したと考えていることになる。それに対してパミラは自分の美徳をもって対抗するが、執事のロングマンのセリフによると、彼女は「美徳が強すぎて、ご主人様のようなハンサムでお金持ちの方の狡猾で巧みな罠には耐えられない」(10)。それに対してベルヴィルは、パミラの「美徳とか名誉とかいう見当違いの考えのために自分の快楽と大きな喜びを犠牲にしないと心に決めたのだ」(11) と独白し、上流階級の流儀を宣言する。ギャリック演じるスマッターは、若くて魅力的なパミラをどうにかしても「上品な趣味 (polite Taste) の時代のおかげで、どんな結果になっても今の流行 (Fashion) なら許してもらえる」

(26) と、さらに当世風の洒落者らしく振る舞う。最初に登場する場面でスマッターは、パミラに対して軽薄に「パミー (Pammy)」と呼びかけ、「君が一ヶ月でもロンドンに来てくれたら、ちょっと上流のお勉強をさせてあげるから、その垢抜けない淑女ぶりっこを見たこともないくらい最高に素敵なイイ女に大変身させてあげるよ」(27) とうそぶく。ただし原作と同じくスマッターは口だけで、実際に策略を講じてリンカンシャーの、芝居では「快楽の館 (Pleasure Hall)」(31) と呼ばれる別邸にパミラを連れ込むのはベルヴィルの方である。

原作の小説『パミラ』と『喜劇パミラ』の一番の大きな相違は、B氏とベルヴィルの改心の仕方である。小説では書簡体による一人称の叙述によってヒロインの内面が描かれる。B氏はパミラの書き物を読んで彼女の内面を知って感受性を動かされて改心した。舞台版ではそのようにして改心は起こらない。そもそも『喜劇パミラ』において手紙が舞台上に登場する機会は少ない。第二幕の冒頭、パミラが最初に登場する場面で、彼女は「涙を拭いながら」(17) 帰宅する前の最後の両親への手紙をしたためている。第五幕の終わりで、すでに逃亡したコルブランドが自分の罪を告白したフランス語訛りの手紙をスマッターが読み上げる。スクリプトから判断する限り、手紙が関わるのはせいぜいこれくらいである。ベルヴィルの変化は書き物を読んだ反応ではなく、何度も独白する場面によって自立的に提示される。原作ではB氏の内面はなかなか計り知れないが、舞台版ではベルヴィルが独白するため、彼が比較的早くからパミラを「真面目に」愛し始めていることが匂わされる。第二幕においてベルヴィルは、原作にもあったウィリアムズ牧師との偽装結婚をパミラに持ちかけるが、その直後の独白では、「どんどん自分がパミラを深く愛していることに気づく。そして顔を背ければ背けるほど、この迷宮に絡め取られていくのだ」(22) と語る。

原作小説ではB氏がパミラを誘惑するに当たって猥褻だと解釈されかねない場面が複数あるが、二度のレイプ未遂のエピソードは舞台版では第四幕の一回だけに省略されている。ベルヴィルは、ジュークスとコルブランドを見張りに立てることによって、叫び声が聞こえても誰も近づけないよう手はずを整えて、パミラの寝室を襲う。しかし、「ほらほら、抵抗しても無駄だ」(46)と、ベルヴィルがパミラを「押さえ込んで」(47)まさに危機一髪の瞬間、この策略を盗み聞きした執事のアーノルドから知ったウィリアムズ牧師が助けに入る。初演時はウィリアムズ役をギファードの息子が演じているので、この場面は父母の争いで息子が母親の助けに入るという構図になるのだが、この場面でパミラが退場した後のウィリアムズとの会話の中で、ベルヴィルは自分が改心したことを語る。まず自分は一時的な「熱情」(Passion)の狂気に駆られてパミラを襲ったことを認め、ウィリアムズの働きかけのおかげで正気に戻ったと言う。「君は素晴らしい男だ。どれほど私にとって君の誠実な助けがありがたかったか分かるかい？　君は私を［罪の］死の手から救ってくれただけではない――いや、私は美徳に無神経だった――でも、こうして回復したからには、懺悔しなければなるまい」(51)。そして、ベルヴィルはパミラとの正式な結婚を決心する。「私が貞淑なパミラに対して行ってきたすべての過ちを償うには、もはや一つの方法しか残されていない。［結婚して］彼女を永遠に私のものとするのだ」(52)。

これで第四幕が終わり、第五幕ではすでにパミラは結婚し、上流階級の立派な衣装を着て登場する。ここで重要なのは、ベルヴィルの改心がパミラ不在の舞台上で、ウィリアムズを相手に語られたことである。『喜劇パミラ』において、ベルヴィルからパミラへの「真面目な」求婚は舞台上では描かれない。それはこの芝居がコートシップの物語ではなく、マナーズをめぐる喜劇であるからだろう。だからデイヴァーズとスマッターが登場してパミラをいじめる場面が芝居の中で一番面白い。また、この『喜劇パミラ』は感受性の物語でもない。この芝居では感受性の働きは強調されず、パミラの貞淑さ、誠実さ、そして美徳が繰り返し口にされても、それを証明する彼女の内面は十分に表現されているとは言いがたい。それよりも重視されるのは、階級であり、上流階級のマナーズなのである。パミラに向かっての求婚ではなく、ウィリアムズを前にして男同士で改心と結婚を語るベルヴィルは、感受性ではなく、上流階級的な名誉ある行動を取っているのだ。デイヴァーズ夫人が第五幕で再登場した際に、パミラが弟と正式に結婚したことを知って非常に取り乱してしまい、気付け薬を飲む場面があるが、そのとき彼女は血統と家系について語る。彼女がパミラについて「私たちの血統を汚したのよ」と攻撃すると、ベルヴィルは「脅したって無駄ですよ――美徳と純粋さが高貴な血に輝きを与えてくれるのです」(59) と、階級差の問題に美徳を持ち出して冷静に対応する。ただし、この美徳はヒロインの内面とは結びつかない。それに対して進歩的なのはジュークスで、第三幕でウィリアムズが保守的に階級差を指摘すると、自分の主人ベルヴィルの快楽追求を肯定した上でこう述べる。「フンッ！　家柄や血統なんてくだらない。熱に浮かされりゃ血に何の違いもないし。家柄についてもね、私たちみんなアダムとイヴの古〜い立派な家系から来てるんじゃないのさ」(33)。これは階級が低いゆえの過激な意見で笑いを取るためのセリフだろう。いずれにしても、原作小説が感受性を重視することによって新時代のマナーズの方向を示したことと比較すると、『喜劇パミラ』は階級や家柄などに由来する旧来型のマナーズの中に留まっている物語である。

五　観てもよい芝居とは？

『喜劇パミラ』は、もともとハッピー・エンディングで喜劇的だとも言える小説『パミラ』に、笑いの要素をふんだんに振りかけてできあがっている。それは、原作を笑いものにしながらも「リチャードソンの小説が持っている否定できない演劇的可能性」を証明したのと同時に、一七三七年の演劇検閲法以後の演劇文化を「再活性化」させた (Domingo 206)。『喜劇パミラ』はグッドマンズ・フィールズ劇場で一七四一年から四二年のシーズンに一八回上演されるヒット作となった。リチャードソンが舞台版の『パミラ』を観たという記録はなく、コメントも残されていない。『喜劇パミラ』のスクリプトは一七四一年一一月に出版されたが、その翌月、リチャードソンは『パミラ』の続編『上流階級のパミラ』を出版する。その中でパミラがロンドンの劇場に行ったエピソードを語っているので、最後にパミラの視点から演劇を見ておきたい。

現在では『パミラ』というときには副題『美徳の報い』の方のみを指し、第二部と呼ばれることもある『上流階級のパミラ』は含まれない。この続編は必ずしもリチャードソン自身が望んで執筆したものではない。『パミラ』ブームの出版合戦の中で、物語を三人称で語り直した『パミラの生涯』やジョン・ケリーによる偽の続編『パミラの上流生活』など、原作小説の後日談を語る作品も現れた。『上流階級のパミラ』は、特に出来のよかったケリーによる偽の続編を念頭に置いて、正統なパミラの物語を原作者の手で保障するために書かれた。そして、この続編が出版されたころ、約一年に及ぶ『パミラ』ブームも終わりに近づいていた。『上流階級のパミラ』は、ブームの中で生まれ、それを終わらせたものなのである（拙論を参照）。

この原作者による正統な続編において、すでに地位の上昇を果たして今や「B夫人」となったパミラは、道徳の模範として揺るがない。そんなパミラは、すっかり彼女の信奉者になってしまったデイヴァーズ夫人に宛てた書簡で、ロンドンでB氏と一緒に「何度か劇場に行った」ときの出来事を報告する。パミラの演劇観はリチャードソンが以前に匿名のパンフレットで述べていたものとほぼ同じで、基本的な考え方は「演劇は、適切な規制があれば、有益な娯楽となりえます」というもので、「道徳的な目的を壊して、非難されるべき悪徳を模倣させようとする」ことを否定し、重要なのは「苦痛 (Distress) は適切な動機から起こり、［芝居を通じて］つねに教え (Instruction) が見えるようにされていること、そして悪徳は罰せられ、美徳は報われること」だと述べている (Richardson, *Pamela in Her Exalted Condition* 341)。そして彼女は実際に観てきた芝居として、アンブローズ・フィリップスの悲劇『嘆きの母』について、引用も交えて長々と書きつづる。彼女によると、この芝居は「とても美しいところがたくさんあるとは思います。でも、芝居の半分で、激しく凶暴に荒れ狂って熱情が吐露され、最後は残酷で、血まみれで、荒涼として終わる」ところが気に入らない(342)。続いてパミラは喜劇を例にとって、リチャード・スティールの『優しき夫』について語る。彼女は、それが『スペクテイター』誌の著者として尊敬しているスティールの作品であり、さらに盟友アディソンが助言を与えたとされる作品なので「間違った場面などあるはずはない」と期待していたが、

このお芝居には機知や諷刺がたくさんあるように私には思えました。しかし、言わせていただければ、私はこのお芝居の道徳についてはひどく失望いたしました。いくつかの場面ではありそうもないことが起こったり、とても慎みのないセリフがあちらこちらにありまして、まさか、あのお方たちの作品でそのようなことがあるとは思いもよりませんでした。(355)

パミラは、あくまでも道徳と教示の目的にかなった芝居をよしとし、舞台上での激しいパッションを嫌い、どこまでもプロットや演技に蓋然性を求め、「慎みのないセリフ」は排除されるべきだと述べる。このような彼女(あるいはその作者)が認可できるような芝居はどのようなものになるのだろうか。少なくとも、ヒットした『喜劇パミラ』ではなさそうだ。

注

1 Warner の特に第五章、および Keymer and Sabor を参照。

2 『パミラ』からの引用は原田範行訳を使用し、一部字句を変更した。

3 色欲小説については Richetti, Beasley 等を参照。

4 このあたりの『パミラ』執筆の事情については Eaves and Kimpel の伝記の第五章を参照。

5 筆者はすでに、資料としては少し古くはなるが、これら二作品に加えて以下の『パミラ』関連作品をまとめて論じたことがある。[Anon.] *The Life of Pamela* (1741); [Anon.] *Memoirs of the Life of Lady H—: The Celebrated Pamela* (1741); [Anon.] *Pamela Censured: In a Letter to the Editor* (1741); John Cleland, *Fanny Hill: or Memoirs of a Woman of Pleasure* (1749); Carlo Goldoni, *Pamela, a Comedy* (English trans. 1756); John Kelly, *Pamela's Conduct in High Life* (1741); Charles Povey, *The Virgin in Eden: or, the State of Innocency* (1741). 詳しくは拙論を参照。

6 詳しくは Liesenfeld 第二章を参照。

7 ギャリックの名前が配役表に記されるのは同年十一月末、『喜劇パミラ』と前後して上演されたトマス・オトウェイ『孤児』において。ギャリックのロンドンでのデビューから名前が明らかにされるまでの出来事については McIntyre 38–43 を参照。

8 Joseph Warton, *Fashion: An Epistolary Satire to a Friend* (1742) より。 Keymer and Sabor 115; Domingo 206.

引用文献

Beasley, Jerry C. *Novels of the 1740s*. U of Georgia P, 1982.

Delany, Patrick. *Fifteen Sermons upon Social Duties*. Printed for J. Rivington, 1744.

Domingo, Darryl P. "Theatre and Drama." Ed. Peter Sabor and Betty A. Schellenberg. *Samuel Richardson in Context*. Cambridge UP, 2017. 205–12.

Eaves, T. C. Duncan, and Ben D. Kimpel. *Samuel Richardson: A Biography*. Clarendon, 1971.

Giffard, Henry. *Pamela, a Comedy*. Printed for H. Hubbard, 1741.

Green, Katherine Sobba. *The Courtship Novel, 1740–1820: A Feminized Genre*. UP of Kentucky, 1991.

Hornbeak, Katherine. “Richardson’s Familiar Letters and the Domestic Conduct Books”. *Smith College Studies in Modern Languages* 19.2 (1938): 1–29.

Hull, Suzanne W. *Chaste Silent and Obedient: English Books for Women 1475–1640*. Huntington Library, 1982.

Keymer, Thomas, and Peter Sabor. *“Pamela” in the Marketplace: Literary Controversy and Print Culture in Eighteenth-Century Britain and Ireland*. Cambridge UP, 2005.

Liesenfeld, Vincent J. *The Licensing Act of 1737*. U of Wisconsin P, 1984.

McIntyre, Ian. *Garrick*. Penguin, 1999.

Richardson, Samuel. *Early Works: “Aesop’s Fables,” “Letters Written to and from Particular Friends” and Other Works*. Ed. Alexander Pettit. The Cambridge Edition of the Works of Samuel Richardson, vol. 1. Cambridge UP, 2012.

——. *Pamela in Her Exalted Condition*. Ed. Albert J. Rivero. The Cambridge Edition of the Works of Samuel Richardson, vol. 3. Cambridge UP, 2012.

——. *Pamela; or, Virtue Rewarded*. Eds. Thomas Keymer and Alice Wakely. World’s Classics. Oxford UP, 2001.（『パミラ、あるいは淑徳の報い』原田範行訳、研究社、二〇一一年）

Richetti, John. *Popular Fiction before Richardson: Narrative Patterns 1700–1739*. 1969. Clarendon, 1992.

St Clair, William, and Irmgard Maassen, eds. *Conduct Literature for Women 1640–1710*. 6 vols. Pickering and Chatto, 2002.

Warner, William B. *Licensing Entertainment: The Elevation of Novel Reading in Britain, 1684–1750*. U of California P, 1998.

久野陽一「『パミラ』とパロディの領域」『愛知教育大学外国語研究』30 (1994): 91–114.

一八世紀喜劇における〈作法（マナーズ）〉と〈感傷主義（センティメンタリズム）〉

岩田　美喜

一　はじめに

友人ジョウゼフ・アディソンとともに、イングランド初の日刊紙『スペクテイター』（一七一一―一二）を創刊したことで知られるリチャード・スティールは、もともと『葬式』（一七〇一）や『優しき夫』（一七〇五）といった喜劇で文壇に名を知られるようになった人物であり、コリー・シバーやロバート・ウィルクスなど、当時の著名な演劇人とも浅からぬ関わりがあった。だが、彼の最初のジャーナリズムにおける重要な仕事が、ホイッグ系政府の官報『ロンドン・ガゼット』の編集主幹（一七〇七年五月―〇八年一二月）であったことからもわかるように、スティールの政治的立場は明確にホイッグであり、チャールズ二世（在位一六六〇―八五）時代のステュアート朝宮廷文化と深く結びついた王政復古期の風習喜劇は、彼にとっては批判の対象でしかなかった。かくてスティールは、一七一一年五月一五日発行の『スペクテイター』第六五号で、ジョージ・エサリッジの代表作『当世伊達男』（一六七六）を取り上げ、主人公の放蕩者ドリマント――チャールズ二世の寵臣であった第二代ロチェスター伯ジョン・ウィルモットがモデルとされる――の不品行を列挙して批判する。

都会人や世間擦れした人について語るとなると、彼らの知恵の源泉は芝居小屋だ。そこで私は拙論を、劇場での機知の用いられ方に充てたい。芝居における機知の使われ方が我が国の紳士たちに与える影響の強

> さといったら、芝居の趣味（テイスト）が我が国の作家たちの作品に与える強さに劣らない……。
> 立派な紳士たるもの、自らの行いは正直であり、また言葉遣いも洗練されているのが然るべきことと、私は思う。しかるに本作［『当世伊達男』］の我らが主人公は、自らの企みにおいて正真正銘の悪党であり、言葉遣いにおいては下品な無骨者である。ベレアという、彼の賞賛者にして友人役がいるのだが、その賞賛と友情のお返しに、自分の方がベレアよりも機知に富んでいるというだけでこの男は、貞節の念が結婚までしか続かないような女を娶るよう友を説得するのが理にかなっていると考えるのだ。……ラヴィットへの裏切りと、彼を失うことに対する彼女の苦しみを踏みにじる野蛮さも、彼の正直さと善良な性質を示すもう一つの例である。(Mackie 365–66)

スティールは引用中、ドリマントが友人に対しても恋人に対しても誠実でないことを皮肉たっぷりにあげつらっているわけだが、ここで二度繰り返される、ドリマントに欠けた真の紳士の資質とは、「正直さ」(honesty) である。つまり、スティールは公的な作法（マナーズ）と私的な意思や欲望のずれを認めようとはしないのだ。後に、他人の気持ち（センティメント）を慮るばかりに身動きが取れなくなってしまう紳士ベヴィルを主人公とした『気配りの恋人たち』（一七二二）という芝居を舞台に上げたスティールは、ヒロインのインディアナに「ベヴィルさんを笑う馬鹿どもは、それでかえって自分が笑い者になるのよ。あの人の行動は思案の結果なのだし、あの人ほどの分別があれば、いずれは美徳すらが流行するでしょう」（二幕二場、Steele 344）と言わせ、自らが奉じる紳士像を表明している。[1] ベヴィルのような新しいタイプのヒーローを創出したこの作品が演劇史上、感傷喜劇の嚆矢とされるのも宜なることであろう。

このように、一八世紀に入って紳士が身につけるべき〈作法（マナーズ）〉が感傷主義（センティメンタリズム）的な要素を帯びるにつれ、〈外面的な規範(コード)〉と〈内面の欲望〉との軋轢を基盤とした風習喜劇(コメディ・オヴ・マナーズ)のドラマツルギーが掘り崩されることになった。ピーター・トムソンの表現を借りれば、『気配りの恋人たち』は「美徳は勝つがゆえに美徳が勝つという、気持ちが悪いほどに健康的な喜劇の流れ」(Thomson 137) を生み出す源泉となったのだが、この「お気楽な同語反復」(Thomson 137) が、虚実のあわいを楽しむ風習喜劇の世界観と折り合いがつかないことは一目瞭然である。本章では、一八世紀の感傷主義がいかに新時代の〈作法(マナーズ)〉として喜劇の世界に影響を与えたかを確認したうえで、リチャード・ブリンズリー・シェリダンの『悪口学校』(一七七七)を取り上げる。「感傷／金言」(sentiment) という単語を鍵にこの喜劇を論じることで、『悪口学校』が時代の風潮と折り合いをつけながらも、風習喜劇の系譜に連なる芝居として自己を成型していることが見えてくるだろう。

二　ジョージ王朝時代の〈作法(マナーズ)〉

風習喜劇に対する批判と時代精神の変化という問題は、佐々木和貴による章で十全に論じられているように実際は名誉革命体制の頃から徐々に演劇界を侵食しており、当時の喜劇作家たちはそれぞれにこの新しい動きに対応していた。例えば、ウィリアム・コングリーヴの『愛には愛を』(一六九五)では、放蕩者の主人公ヴァレンタインが、大詰めで新たな一面を見せる。父親サー・サムソンによる、息子を廃嫡してその恋人アンジェリカと再婚しようという企みに、あの手この手で抵抗してきたヴァレンタインではあるが、彼女が父との再婚に同意したと思い込むと、「ここにきて、僕の破滅以外に彼女を実際に喜ばせるすべはないと判明したのなら、署名しよう——さあ、書類をくれ」(五幕一〇場四八三—四行)と、愛のために従容として廃嫡を受け入れる。もちろん、これは結局のところ彼女による愛情テストであって、最終的にヴァレンタインは喜劇の常道に従って相続財産と恋人の両方を手に入れるのだが、少なくとも断念の決意を経なければ、それが手に入らない構造になっていることに注目すべきであろう。

これと似た構造は、ジョージ・ファーカーの『伊達男の策略』（一七〇七）にも見える。これは、アーチャーとエイムウェルという二人の放蕩者が食い詰めてロンドンを逃げ出し、リッチフィールドで結婚詐欺を働こうとするという設定の芝居だ。だが、エイムウェルはドリンダという女性を真剣に愛してしまい、秘密結婚を目前にした土壇場で「私は貴族ではなく、けちな貧乏人です。あなたの財産を食い物にしようという、卑しい、恥ずべき目論見をもって近づいたのですが、その心と容姿の美しさがあまりに私の心を勝ち得たので、忠実なるしもべのごとく、今や愛する人の利益の方が自分の利益より大事なのです」（五幕四場二四―二八行）と告白してしまう。ここでもやはり、主人公が自らが欲した金銭と恋人を愛のために諦める態度を表明し、そのためにかえってヒロインのドリンダから「比類ない正直さだわ」（五幕四場三三行）と認められる。もちろん、放蕩者が最後に結婚生活へと参入するのは『当世伊達男』のドリマントも同じことだが、『愛には愛を』や『伊達男の策略』の場合には、これまでの自分の行き方を否認し、誠実な愛を告白する世俗的な改悛の場面が大団円の前に導入された点が大きく異なる。つまり、ポスト名誉革命期の風習喜劇では、スティールが問題にした主人公の「正直さ」という徳目が確認されるまでは、ハッピーエンドに行き着けない仕組みになっているのだ。

だが、ロイ・ポーターによれば、一八世紀半ば以降には「正直さ」に対する人々の要求がさらに私的かつ深刻な方向へと高まることになった。一八世紀初頭の啓蒙主義者は公共的な空間に存する男性エリート集団であったが、やがて彼らの知的な関心は〈私的〉な領域へと移動し、「個人的なことが政治的なこと」になる (Porter 277)。すると、アディソンやスティールが『スペクテイター』で用いていた皮肉な文体ですら「不誠実な仮面」(Porter 277) として批判されるようになり、この時代の感傷主義的な物語においては「感受性の強い寛大な男女が世間の犯罪や残酷さと対面するものの、世の邪悪をとりわけ痛切に感じ、涙の海で応える」(Porter 285; 傍点は原文イタリック) ばかりになる。かくて、理性も善行もこの邪悪な世間では無力なのではないかという前提のもと、「感受性、ないしは感傷のカルトは、元気のいい『スペクテイター』がそう遠くない昔に予見したよりも陰鬱な世界観を描き出すことになった」(Porter 285)。

このような文脈を念頭におけば、社会規範(コード)をうまく操って公けにできない欲望を追求する風習喜劇のレイク・ヒーローが、感傷主義的文学で主人公やその友人になり得るはずもなく、彼らはむしろ主人公を苦しめる「邪悪な世間」の体現者となる。サミュエル・リチャードソンによる『クラリッサ』(一七四七—四八) に登場するラヴレスや、オリヴァー・ゴールドスミスの『ウェイクフィールドの牧師』(一七六六) に登場するソーンヒルなど、王政復古喜劇における放蕩者(リベルタン)の末裔と思しきキャラクターが、感傷小説ではみな女主人公を破滅させる〈卑劣な誘惑者〉に変貌するわけも、ポーターが簡潔に要約した時代精神の変化を考慮すれば納得がいく。

ゴールドスミスは、このような「涙の海」に押し流されそうな当時の文壇に一石を投じるべく、『ウェストミンスター・マガジン』(一七七三年一月号) に、有名な「演劇論——あるいは感傷喜劇と笑える喜劇の比較」を掲載した。彼は、ローマ喜劇の定式に則った悪徳を暴露して笑い飛ばすタイプの諷刺喜劇を正当な喜劇とし、それに対して「新種の劇作品が〈感傷喜劇〉という名で導入されたが、そこでは悪徳が暴かれるのではなく、私生活の美徳が見せびらかされる」(Goldsmith, "Essay" 212) と苦言を呈したうえで、人々がこの「悲劇の私生児」(Ibid. 212) に慣れ過ぎて、笑いという「ひとつの芸術(アート)/技法」がいったん失われてしまったら、それを蘇らせるのは簡単ではない。我々がやたらに気難しくなり、ユーモアを舞台から追放したがゆえに笑いという芸術(アート)/技法を取り上げられるとしたら、それは正当な罰でしかない」(Ibid. 213) と警鐘を鳴らしている。

現代ではロバート・D・ヒュームのように、ゴールドスミスは自説を効果的に見せるためことさらにこうした区別をつけたがっただけだとして、感傷喜劇というサブジャンルが当時本当に存在していたかについて懐疑的な研究者も少なくない (Hume 12)。しかし、感傷喜劇が本当にひとつのジャンルとして一般に認識されていたかどうかは別として、ゴールドスミスが危惧するような感受性の変化が喜劇を侵食していたのはおそらく本当のところだろう。しかも、『ウェイクフィールドの牧師』に明らかなように、ゴールドスミス自身も実際は感傷主義を内面化していた書き手であったわけだから、彼の危機感は自分に跳ね返ってくる切実なものであったはずだ。

そんな彼が、度が過ぎて感受性の強い主人公ハニーウッドがそのために窮地に陥るという諷刺的な喜劇『お人好し』（一七六八）に引き続き、二作目の戯曲『負けるが勝ち』（一七七三）で用いた妥協策は、酒場や商売女では放蕩者気取りだが、育ちの良い女性の前では過剰な感受性を発揮して親の決めた婚約者ケイトの顔も見られない、チャールズ・マーロウという二面性のある若者を主人公にすることであった。〈風習喜劇の放蕩者〉と〈感傷喜劇の主人公〉との間で引き裂かれているマーロウは、質素な服を来たケイトを宿屋の女中だと勘違いをしてあけすけに彼女に言い寄り、その面前で本当はよく知らない婚約者の悪口を言う。彼自身の分裂的傾向が、自分が相対する女性までをも分裂させてしまうわけだ。大団円でおのれの勘違いに気づいたマーロウに対し、ケイトは快活に「あなたが穏やかで慎み深く感傷的で重々しい男として話しかけてくださった者です。かつ、女たちが集まるような場で大胆に図々しく振る舞うけど憎めないお喋り男としてのあなたが話しかけた女でもあるのよ――あっはっは！」（五幕三場七七―八〇行）と自己紹介をし、「さて、どちらの人物像であなたに話しかけるお許しをいただけますかしら？」（同場八二―八三行）と、彼にとどめの一撃を刺す。おのれの未熟さのために引き裂かれていた自我が女主人公の導きで統合され、マーロウの影の部分であった放蕩は昇華される――すなわち、隠蔽した欲望自体が雲散霧消する――というのが『負けるが勝ち』のドラマツルギーであり、その点でゴールドスミスはコングリーヴやファーカーに倣ったとも考えられる。

だが、全てをケイトに見抜かれたマーロウが、自らを反省してケイトにふさわしい誠実な男になることを約束する明確な場面はない。打ちひしがれたマーロウが逃げ帰ろうとすると、ケイトの父ハードカースルが引き止めて、「彼を許してやらんかね、ケイト？　わしらはみな君を許そう。君も元気を出したまえ」（五幕三場九一―九二行）と、勝手に場をまとめてしまう。その後、主人公の二人はろくに台詞もないまま後景に退き、代わってケイトの義兄トニー・ランプキンが実は成人済みであり、母親から独立できる立場にあったことが、芝居全体を締めるアナグノリシスとして示される。この奇妙な終わり方はなんとしたことであろうか。うわべの作法と内面の欲望のずれを利用した風習喜劇の構造を、自我が分裂した主人公を通じて再現しようとしたゴールドスミスだが、芝居を終わらせるためには畢竟その〈ずれ〉そのものを解消しなければいけないことに直面し、妥協策として主筋を曖昧に終わらせざるを得なかったのかも知れない。

だが、一八世紀の喜劇作家たちが感傷主義の奉じる〈裏表のなさ〉という価値観に対し、かくも苦しい戦いを強いられるなか、シェリダンの『悪口学校』は、〈感傷〉そのものの規範化（コード）という側面に着目し、一八世紀的な風習喜劇とでも呼ぶべきものを創生しているように見受けられる。次節ではその点を具体的に追っていきたい。

三　〈感傷（センティメント）〉の規範化（コード）

言うまでもないことだが、いくら感傷主義文学が〈邪悪な世間〉と〈感傷を解する誠実な主人公 (a man of sentiment)〉を二項対立的に描いたとしても、実社会においては“sentiment”とは、他人の目を意識したパフォーマティヴなものであった。『オックスフォード英語辞典』によれば、この語はもともとラテン語で「感じる」を意味する動詞「センティーレ」(*sentīre*) から来ており、同辞典で初出の用例として挙げられるジェフリー・チョーサーの『トロイラスとクリセイデ』(一三七四頃) では、「自身が体感したこと」や「経験」という意味で用いられている。一七世紀半ばまでは基本的にこの語義に変わりはないが、名誉革命の近くまで時代を下ると、「自分が何かについて感じること、精神的な (是非の) 態度、何が正しく好ましいことなのかに関する意見や考え」(語義6-a 初出一六七五年) という意味が加わる。つまり、近代になると、自分はこれこれを体感したというだけではなく、そうした体感に基づく是非の表明というパフォーマティヴな要素が“sentiment”という語に含まれるようになるのだ。

サミュエル・リチャードソンによる『パミラ、あるいは美徳の報い』(一七四三) の半ば過ぎ、B氏と結ばれることになったパミラが、B氏の親戚の淑女たちの前でも従来通りの慎ましい衣装でいるのが自分は一番良いと思うと述べたのに対し、B氏が「素晴らしい娘(こ)だ！ 間違いなく、お前の考え方 (sentiments) はどんな女の考えより立派だよ！」(Richardson 286) という表現などに、この語に対する新しい感性の脈動を見て取ることができるだろう。自分が何かを感じる能力に過ぎなかったはずの“sentiment”が、その是非を他者に表明するパフォーマンスになった時、この語は自らがそれを批判して来た筈のもの――つまり、表と裏を持つ外面的な社会へと――変貌する可能性を露わにする。そして、『悪口学校』という芝居は、自らの笑いがこの新たな二重性に依拠することを、作品の頭から観客にはっきり示すのだ。

この喜劇は廉直な紳士として知られるジョウゼフと放蕩者で破産者のチャールズというサーフィス兄弟をめぐって展開するが、作品はレイディ・スニアウェルという社交界ゴシップに君臨する女性が代書屋のスネイクと謀議を行う場面で幕を開ける。噂を操作してチャールズと恋人マライアの仲を裂こうとするスニアウェルに対し、スネイクは彼女の意図を訝しみ、チャールズが好きなら、なぜジョウゼフと親しくしているのかと尋ねる。

レイディ・スニアウェル　互いの利益のためよ。随分前からあいつの正体なんて分かってる。狡猾で、利己的で、悪意に満ちた――要するに、感傷主義的な金言家の悪党 (a sentimental knave) ね。

スネイク　ですねえ。でも、サー・ピーターは、イングランド中探してもあれに匹敵する男はいないと断言してますよ。何より、感傷を解する男 (a man of sentiment) だって、べた褒めで。

レイディ・スニアウェル　そうね。その感傷というか御託 (sentiments) の助けと偽善の力を借りて、奴はマライアのことに関してすっかり自分に都合のいい立場を獲得したってわけ。（一幕一場七〇―七八行）

拙訳は、スニアウェルが“sentiment/al”という語を用いるさい、「感傷主義的な金言家」や「感傷というか御託」という具合に、二通りの意味を並列して訳出したが、これは何故かといえば、マライアの後見人であるサー・ピーターが“sentiment”という語を額面通りに用いるのに対し、スニアウェルは同じ語を「金言を表明する偽善的なパフォーマンス」と捉えているからである。この芝居は、“sentiment”という語が持つ外面と内面のズレに焦点を当て、〈感傷〉がコード化された社会を描こうとしているのだ。『悪口学校』では、流通する噂を管理するのは、『田舎女房』のホーナーのようなレイク・ヒーローではない。時代の寵児たるジョウゼフこそが、悪役として〈感傷的な紳士〉という仮面の裏で欲望を追求する構造になっているのである。

これに関してデイヴィッド・フランシス・テイラーは、『悪口学校』では感傷主義的な会話が欲望を隠蔽する作法として諷刺されていると指摘する。シェリダンの諷刺は「貴族および野心的ブルジョアジーの振舞いと会話を支配し、道徳的偽善と性的逸脱を糊塗する礼儀のパフォーマンスを促進する社会規範」(Taylor 35) へと向けられている。彼によれば、作品の題名に含まれる「悪口」(scandal) とは社会の支配的な言説を指すイデオロギー的な意味を付与された語であり、この芝居の真の狙いは、テクストと言語行為によって成立する世界を提示することにある。要するに『悪口学校』は「言説が社会経済的な現実を……事実上再創造してしまうような社会を舞台に上げて」(Taylor 35) いるのだ。

たしかに『悪口学校』には、ゴシップが現実に先行し、むしろ現実を作ってしまうような〈ポスト真実〉社会を諷刺的に描き出している側面がある。テイラーがその顕著な例として挙げるのは、一幕二場でキャンダー夫人やクラブツリーといったゴシップ仲間が語る、レティシア・パイパーという未婚女性にまつわる噂（彼女の羊が双子を出産したところ、いつの間にか彼女自身が私生児の双子を出産したという噂が広まったため、社交界に出入りできなくなって田舎に引っ込んだというもの）である。しかし、この場面で無責任な噂に怒りを表明するのはヒロインのマライア一人だけで、しかも彼女は全体を通じてさほど魅力的には描かれていないため、その道義性はどことなく場違いな印象を与える。そもそもこの芝居は、ここに限らずプロット展開上まったく必要のない噂のスケッチが過剰に長いことで悪名高い。こうした場面の数々は、テイラーの言うような社会批判というより、単純に観客も無責任なゴシップに加わるよう作者が誘っているようにも感じられる。

この点を理解するためには、この芝居が〈偽善〉という悪徳を階層化していることに注意を向けるべきだろう。例えば、前述の謀議の場面でスニアウェルとスネイクは、誰と誰にゴシップを撒けば効果的に社交界全体に伝播するかを確認し合う（一幕一場五―一二行）。この芝居では、隠れた欲望を滾らせる人物は、自分ではゴシップに加わらないのであって、ゴシップそのものに対する熱意を見せる人々とは明確に区別されているのだ。それに対し、噂自体に情熱を持つサー・ベンジャミンとクラブツリーのような男たちは、実際は起ってもいない決闘についてどちらが正確な情報を持っているかを競い合い、「弾は暖炉の上にあったプリニウスの小さなブロンズ像に命中し、窓を直角にかすめて外に飛び出し、郵便配達人に傷を負わせた」（五幕二場九四―九七行）といったような、微に入り細を穿つ語りを開陳する。叔父クラブツリーの説明に対しサー・ベンジャミンが「そんなの僕が言った通りだ」（同場八五行）と文句をつけると、叔父が「こら甥よ、お前以外の人間が何か知ってるからって文句を言うな」（同場八六行）と反論するのだが、このやり取りが端的に示しているように、彼ら噂好きたちの欲望は、事情通として情報化社会における権力を掌握することにある。しかし、それは決して計画的なものではない。劇中において、噂好きたちの情報掌握の欲望は、きわめて刹那的、即興的に描かれている。そうすることによってこの喜劇は、言語行為が事実に先行する世界に対し楽観的な構えを見せ、ゴシップへの欲望は魅力的な会話を生むし、情報の掌握はどのみち不可能なのだから大した脅威になり得ないといった雰囲気を醸成することで、観客を安心させようとしているのだ。

同様に、スニアウェルに「金言家の悪党」と呼ばれたジョウゼフも、観客の目に真の悪党としては映らない。財産目当てでマライアとの結婚を画策しつつ、同時にマライアの後見人で自分の元後見人でもあるサー・ピーターの若妻レイディ・ティーズルを誘惑している彼は、早くも二幕二場で、自分の目論見に対する不安を漏らし、芝居の結末を予表する。

ジョウゼフ　全く、俺の策略ときたら自分を妙なジレンマに追い込んだもんだ。もともと俺は、自分とマライアのことでレイディ・ティーズルが敵に回らないよう、彼女に取り入っただけなんだ。なのに、自分でも分からないうちに、彼女の真剣な恋人になってるんだから。真面目な話、こんなにいい評判を自分に立てなきゃよかったと思い始めてるよ。いい評判ってやつが俺をこんなにも多種多様な悪さに引きずり込んだものだから、さすがにいつか化けの皮が剥がれるような気がしてきた。

（二幕二場二三八—四四行）

この台詞は、ジョウゼフのキャラクターをあますところなく示しているといえよう。そもそも彼がスニアウェルに比して喜劇性が高く憎めないのも、ジョウゼフが場当たり的で、評判や噂を上手に操りきれないところにある。『悪口学校』という芝居は、偽善的なゴシップを諷刺しつつも、それを操るのではなく流されてしまう人間に対しては、存外好意的な態度を示しているのだ。

四　チャールズの主人公としての曖昧性と即興性

では、なぜ『悪口学校』は、ゴシップに流される人々に甘い顔をするのだろうか。もちろん、まず単純に彼らが喜劇的だからだろうが、それに加え、主人公チャールズが意外に彼らと近い性格の持ち主だから、ということも指摘しておかなくてはならない。そもそも彼は奇妙な主人公で、芝居の折り返し地点である三幕三場まで登場すらしないため、観客は彼がどのような人物なのか知る手がかりを、ゴシップ仲間の無責任な噂からしか知るすべがないのである。しかも、インドで一財産を築いて帰国したサーフィス兄弟の叔父サー・オリヴァーが、高利貸しプレミアムという架空の人物に変装してチャールズの様子を見に行くと、昼から仲間と酒盛りをしていた彼は、金のために先祖伝来の肖像画を十把一絡げに卸売りしたいと持ちかけ、噂通りの人物であるかのような態度を示すのだ。

だが、「競売の場」として知られる四幕一場以降、作品は次々に彼こそが真の〈感傷的な紳士〉であると見せつける場面を繰り出す。甥の言動に怒り心頭のオリヴァー／プレミアムが、「オリヴァー叔父さんの肖像も、他のがらくた同様売り飛ばされるんでしょうな」（四幕一場一〇〇行）と嫌味を言うと、チャールズは「まさか！やめてくださいよ。ぼくは可哀想なオリヴァー叔父さんと別れたりしません。懐かしいおじさんは、ぼくにとっても良くしてくれたから、置いておく空間がある限りは絶対に取っておきます」（同場一〇一―〇二行）と答え、彼が金銭欲に支配されない、愛情深い人間であることが示される。同じ四幕一場の終わりでは、彼が肖像画の売り上げのうち一〇〇ポンドもの大金を、執事スタンリーの反対を押し切り、貧しい親戚に渡そうとする場面が描かれ、チャールズの悪評のもとである「濫費」が、実際には人間愛に基づく金離れの良さであったように、観客に対して意味づけの上書きが成される。さらに、四幕三場の有名な「屏風の場」で、彼が性的に潔癖なことが立証されるのは重要だ。ジョウゼフは自分とレイディ・ティーズルとの仲を気取られぬよう、わざとチャールズと彼女が怪しい関係だという嘘の噂を流しており、サー・ピーターはそれを信じ込んでいる。だが、サー・ピーターが隠れて聞き耳を立てているとは知らぬチャールズは、兄に向かい、若く美しい人妻が自分に言い寄ってくるようなら「兄さんの道徳をちょいとばかし借りなきゃいけないね」（四幕三場三〇四―〇五行）と平然と言ってのけ、サー・ピーターの誤解を解くのである。

金銭的にも性的にも欲望をぎらつかせない点で、チャールズは大団円で救済される資格を持つ〈感傷的な紳士(マン・オヴ・センティメント)〉なのだと、第四幕は明らかに訴えているため、批評家たちはチャールズの一八世紀演劇のヒーローたる資質をここに認め、ジョウゼフと対比させて来た。例えば、ミスティ・アンダーソンによる「チャールズは、経済的な交換の回路の外部にある家族関係を想像することができる人物だ。……ジョウゼフが、攻撃的でホッブズ的な世界観に基づいたゴシップ文化を追求するのに対し、チャールズは自分を、金で買えない義理、血縁関係、そして愛情のネットワークの内部に存在するものとして理解している」(Anderson 366) という意見は、その典型的なものだろう。また、カースティン・フェストは「チャールズとジョウゼフを比較すると、道徳的相対主義が立ち現れてくる」(Fest 161) と指摘し、その具体例としてチャールズの飲酒やギャンブルは他人に迷惑をかけていない点で許容され得るが、ジョウゼフは他人を害するのが問題だと述べている。余暇活動が他人に与える影響で善玉と悪玉が決まるのはやや素朴な意見と言えなくもないが、フェストが用いる「道徳的相対主義」という語は、『悪口学校』の重要な一面を的確に表現している。というのも、チャールズは今確認した数々の美点にもかかわらず、あることないことを喋り立てる点では、ゴシップ好きの脇役たちと共通点も多いからだ。

典型的な例として、高利貸しプレミアム（サー・オリヴァーの変装）に対し、チャールズが当の叔父の命を担保に、死後払い (post-obit) の借金を申し込む場面を確認しよう。

チャールズ　人が言うには、ぼくはオリヴァーおじさんの大のお気に入りで、彼はぼくに全財産を遺すつもりだそうです。
サー・オリヴァー　へえ～え、わたしゃそんなこと初めて聞きましたよ。
チャールズ　ほんとほんと、本当です。モーゼスだって知ってます。な、モーゼス。
モーゼス　もちろんです、誓って本当です。
サー・オリヴァー　［傍白］なんてこった、こいつらじきに、俺が今ベンガルにいると俺を説得しかねないぞ。
チャールズ　さて、そこで提案ですが、プレミアムさん、もし良ければサー・オリヴァーの命を担保に死後払い債務証書を認めてもらえませんか。もちろん、おじさんはぼくにすごく寛大だったから、彼に何かあればとても悲しくはあるんですが。

……………………………………

サー・オリヴァー　……でも、私が聞いたところじゃ、キリスト教国中を探したって、あの歳であんなにかくしゃくとして健康な方は二人といないそうですが。

チャールズ　そらそこだ、また誤った情報に踊らされてる。いやいや、インドの気候があの人を決定的に害したんです。可哀想なオリヴァーおじさん！　そう、聞いたところじゃ、彼はもう長くない。最近じゃ、あまりにも面変わりしたものだから、近親者ですら彼だと分からないそうですよ。

（三幕三場一五七―八八行）

観客と登場人物の間の情報量の差が笑いを生む、典型的な「ドラマティック・アイロニー」の構造に依拠したこの場面で、チャールズは「人が言うには」(They tell me) や「聞いたところじゃ」(I'm told) といった伝聞形を多用しているが、これこそは噂の伝播のレトリックに他ならない。もちろん、チャールズは「金を借りる」という具体的な目的のために口八丁手八丁で弁じ立てているのであって、ゴシップのためにゴシップに夢中になるクラブツリーらとは動機が異なっている。その一方、彼ら二人がスニアウェルやジョウゼフと決定的に違うのは、クラブツリーやチャールズがいかにも場当たり的で、計画性がないことである。チャールズの即興性は、「競売の場」で一族の肖像を叩き売る口上にもよく現れている。彼なりの計算の上で本心と違うことを述べるジョウゼフとは異なり、チャールズは即興で適当なことを言う才能に溢れているのだ。

〈感傷的な紳士〉（マン・オヴ・センティメント）として他のキャラクターたちから弁別されたはずのチャールズが、こと〈噂〉に関しては、諷刺の対象者たちと同じことをやっているため、チャールズのヒーローとしての資質にはどうしても曖昧さが残ってしまうことになる。このことは、シェリダンが風習喜劇と感傷喜劇との間でどうバランスを取るかについて、最後まで苦心していたことの表れといえるかも知れない。

五　改心なき大団円とドリマントの影

チャールズが見せるヒーローとしての曖昧性について、キャサリン・ワースは興味深い指摘をしている。彼女の考えでは、シェリダンは「判断を観客に委ねてはいるものの、チャールズが借金の清算に関して見せる頑固さと彼のやや自己満足的な自己イメージの受容には、関係があるかも知れないということを」(Worth 153) 示唆している。自分の借金の精算も済まないうちに、肖像画の売り上げを他人に施そうとして執事に諌められ、「ロウリー、金ある限り、俺は与える。だから、お前の経済観念は糞食らえ。危険に賭けようぜ」(四幕一場一七七―七九行) と決め台詞を言うチャールズの見せ場も、ワースの視点から考えてみれば、「向こう見ずな台詞を言って退場する彼はまさに、ゴシップ好きの連中が噂していた〈浪費家の若者〉そのもの」(Worth 153) となる。チャールズは、この点では社交界の噂を内面化した人物であり、兄のジョウゼフが噂と中身の乖離を冒頭から強調されているのとは対照的である。実際、チャールズはプレミアム／サー・オリヴァーに対して、「ぼくは濫費家の若造で……利子を五〇％取られたって、借りられないよりはマシという大馬鹿野郎だけど、思うにあんただって、取れるもんなら百％の利子を取りたい悪党なんだろ」(三幕三場一二四―二九行) と、ひどく誇張した戯画的な自己紹介をする。彼は少なくとも金銭的な悪評に関しては、自分にまつわるゴシップをむしろ喜んで内面化している節が見受けられるのだ。[2]

とすると、チャールズは〈噂によって誤解された男〉という設定になっているにもかかわらず、部分的には〈噂通りの男〉――それどころか〈噂によって自己成型した男〉――ということになる。彼らの姓が「サーフィス」（表面）であることについて、オックスフォード・ワールド・クラシックス版の編者マイケル・コードナーは、「この姓を持つ三人は皆見た目通りの人物ではない。サー・オリヴァーとジョウゼフはともに自分とは異なる人物に扮することを好み、チャールズの放蕩者めいた外観は彼の本質を覆い隠している」(Cordner 390) と、注で説明をしている。だが、チャールズに限っていえば、サーフィスという姓は彼には内面がないということをも含みうるのではないだろうか。

〈感傷的な紳士（マン・オヴ・センティメント）〉のはずのチャールズに内面的な深みが欠けていることは、大団円における彼の奇妙に薄っぺらい認識や行動にもよく表れている。サー・オリヴァーが公衆の面前でジョウゼフの化けの皮を剥がし、彼が皆から口々に責められている場面でも、チャールズは自分が屏風を引き倒して兄の偽善を白日のもとに晒した張本人であるにもかかわらず、今尚「もし皆が正直者に対してそんな言い方をするなら、じきにこの俺には何を言うやら！」（五幕三場二一一—二一二行、傍点は原文イタリック）などと、とんちんかんな不安を口にしている。その上、サー・オリヴァーが自分に水を向けると、彼の命を担保に金を借りようとしたことも忘れ、「あの忌々しい一族の肖像が俺の身の破滅だ」（同場二一四—二一五行）とだけ残念がる。この台詞はともに傍白なのだが、興味深いことに、傍白を多用して自分の二心を観客に伝える偽善者のジョウゼフとは対象的に、もともと開けっぴろげな性格という設定のチャールズには、傍白や独白がほとんど無い。そんな彼の、作中唯一の傍白が観客に教えてくれるのは、彼は最後まで自分が即興的に口にした失敬な虚言への反省もなければ、人を見る目もないということなのだ。

この大団円の場面で、シェリダンが、『愛には愛を』や『伊達男の策略』といった先達とは決定的な点で手を切っていることが明らかになる。本稿の第一節で確認したように、これらの芝居は、王政復古劇的なレイク・ヒーローが、最後には〈感傷的な紳士（マン・オヴ・センティメント）〉に変貌することで人間的な深みを見せ、台頭する感受性称揚の時代と折り合いをつけて来た。だが『悪口学校』は逆の道を行く。なにしろ、ゴシップが支配する社交界で誤解されて来た〈感傷的な紳士〉だったはずのチャールズが、最後の最後に結局、噂が作った表面でしかない若者に戻ってしまうのだから。

彼は、第四幕の「競売の場」で見せた場当たり性を、劇全体を締める最後の台詞でも再び発揮し、最後まで成長しないのだが、この深みのなさこそが舞台上の彼の魅力であることもまた否定できない。終幕直前、サー・ピーターから「正直者のロウリーが、お前は更生するといつも言ってた」(五幕三場二五九行)と言われたチャールズは、抜け抜けと「更生については、何も約束はしませんよ。そして、それを僕が始めるつもりではあるという証拠にしたいと思います」(同場二六〇―六一行)と答え、現在の自分のやる気を、敢えて未来の自分とは切り離している。もちろんそのすぐ後に、マライアの「あの瞳が照らし出す美徳の道をどうして捨てられよう」(同場二六二―六三行)という言葉が続くため、女主人公の導きによる更生が示唆された穏当なエンディングになってはいるのだが、うがった見方をすれば、チャールズは最終的に自分の更生はマライアの魅力次第ということにして、自分の言質は与えていないことにもなる。

だが、このような物言いを、我々はどこかで聞いたことがないだろうか。そう、これはスティールがご立腹だった『当世伊達男』のドリマントによるラヴィットへの侮辱の言葉と、その理屈を同じくしているのだ。『当世伊達男』の二幕二場、放蕩者のドリマントは、飽きのきた恋人ラヴィットから、かつて自分が立てた愛の誓いを思い出すよう責められる。

ドリマント　誓った時は、君を愛していたからねえ。
ラヴィット　だからこそ誓いには制約力があるんじゃないの?　なんて不敬な男!

ドリマント　ある一時（いっとき）に誓うことは、その時の気持ちの確かな証拠にはなるかも知れないが、本当のことを言えば、愛において未来にとっておける担保は何もないのだよ。（二幕二場一九一―九五行）

これが、冒頭で引用したスティールの記事が「ラヴィットへの裏切りと、彼を失うことに対する彼女の苦しみを踏みにじる野蛮さ」(Mackie 366) と呼んだ場面なのだが、ここでドリマントが用いる「担保」(security) という単語に注目したい。彼の主張するところによれば、「愛」とは常に刹那的でものでしかありえず、愛をブルジョワ的な商業道徳と社会秩序の枠内に馴致しようとすることは、軽蔑に値する行為なのだ。もちろんチャールズの場合、ドリマントのような放蕩思想をきちんと持っているわけではないのだが、『悪口学校』という喜劇全体を締める重要な台詞において、チャールズの無計画性・場当たり性が、ドリマントの放蕩思想と重なるように提示されているのである。[3] 全体としてチャールズは、ヴァレンタインやエイムウェルといった感傷主義の萌芽期に生まれた彼の先達に習い、最後には反動的な暮らしを捨てて近代的な市民道徳社会へと移行する。だがチャールズはそのような変容の瞬間にも、さらに彼らの前を走っていたドリマントの航跡をも同時に辿ろうとする、欲張りな主人公であったのだ。

六　おわりに

かくて、スティールによるドリマント批判から始まった本稿は、『悪口学校』が大団円に忍び込ませたドリマントへの密やかなオマージュで幕を閉じることになる。感傷主義の萌芽期にあった時代の劇作家たちは、レイク・ヒーローが最後には成長して〈感傷的な紳士（マン・オヴ・センティメント）〉になるという戦略を用い、時代の変化に対応していた。

だが、感傷主義が支配的なイデオロギーとなった一八世紀中葉以降には、放蕩者はそれだけで悪漢になってしまい、そもそも主人公になり得ない。ゴールドスミスは放蕩者の喜劇性を取り戻すべく、『負けるが勝ち』で自我が引き裂かれた主人公を創成したものの、最終的には放蕩主義を解消して自我を〈感傷的な紳士(マン・オヴ・センティメント)〉へ収斂させるという従来の轍を踏むことになった。

そこでシェリダンが用いた新しい戦略が、新しい作法(マナーズ)と化した規範としての感傷(センティメント)／金言を操る者が真の感傷を有する主人公を陥れるというかたちで、感傷主義それ自体を分裂させることであった。しかし、『悪口学校』はそこからさらに歩を進め、作法(マナーズ)によって誤解されていたはずのチャールズ本人が熱心にゴシップ文化に参画し、あまつさえドリマントまがいの発言を最後にかまして、自分が噂通りの放蕩者であることを示唆してしまう。つまり、『悪口学校』という芝居は、感傷主義との折り合いを上手につけながら、ゴールドスミス言うところの「笑える喜劇」を構築したようでいて、最後にはドリマントへのオマージュによって自らその枠組みを解体しているといえる。このような二枚舌的な態度こそが、『悪口学校』を一八世紀における〈風習喜劇(コメディ・オヴ・マナーズ)〉の正当な末裔にしているのである。

注

1 本稿では原則として、戯曲からの引用には丸括弧内に幕・場・行数を示すが、『気配りの恋人たち』のみは、依拠した版に行数が示されていないため、著者名とページ数を英数字で示す。

2 チャールズの金銭的な鷹揚さ（だらしなさ）には、作者シェリダンが心酔していた政治家チャールズ・ジェイムズ・フォックスおよびそれに倣った作者自身のライフスタイルが投影されていることも考えられる。一七七五年に遡る彼とフォックスの出会いについては、Kelly 68–69を参照。

3 放蕩思想がいつ頃フランスから輸入され、この語が無神論と結びつきながら一七世紀英文学で具体的にどのように用いられていたかについては、Cavaillé 12–36を参照。

引用文献

Anderson, Misty G. "Genealogies of Comedy." *The Oxford Handbook of the Georgian Theatre, 1737–1832*, edited by Julia Swindells and David Francis Taylor, Oxford UP, 2014, pp. 347–67.

Cavaillé, Jean-Pierre. "Libertine and Libertinism: Polemic Uses of the Terms in Sixteenth- and Seventeenth Century English and Scottish Literature." *Journal for Early Modern Cultural Studies*, vol. 12, no. 2, Spring 2012, pp. 12–36.

Congreve, William. *Love for Love*. Edited by M. M. Kelsall, A & C Black, 1990.

Cordner, Michael. Notes. In *School*, by Sheridan.

Etherege, George. *The Man of Mode*. Edited by John Barnard, Methuen, 2007.

Farquhar, George. The Recruiting Officer *and Other Plays*. Edited by William Myers, Oxford UP, 1995. Oxford World Classics.

Fest, Kirstin. "Dramas of Idleness: The Comedy of Manners in the Works of Richard Brinsley Sheridan and Oscar Wilde." *Idleness, Indolence and Leisure in English Literature*, edited by Monika Fludernik and Miriam Nandi, Palgrave, 2014, pp. 154–73.

Goldsmith, Oliver. "An Essay on the Theatre; Or, a Comparison between Sentimental and Laughing Comedy." *Collected Works of Oliver Goldsmith*, edited by Arthur Friedman, vol. 3, Clarendon, 1966, pp. 209–13.

——. *She Stoops to Conquer.* She Stoops Conquer *and Other Comedies*, edited by Nigel Wood, Oxford UP, 2007, pp. 159–225.

Hume, Robert D. "The Multifarious Forms of Eighteenth-Century Comedy." *The Stage and the Page: London's "Whole Show" in the Eighteenth-Century Theatre*, edited by George Winchester Stone, U of California P, 1981, pp. 3–32.

Kelly, Linda. *Richard Brinsley Sheridan: A Life*. Pimlico, 1997.

Mackie, Erin, editor. *The Commerce of Everyday Life: Selections from* The Tatler *and* The Spectator. St. Martin's, 1998.
Porter, Roy. *Enlightenment: Britain and the Creation of the Modern World*. Penguin, 2000.
Richardson, Samuel. *Pamela, Or, Virtue Rewarded*. Edited by William Sale, Jr., Norton, 1958.
"sentiment." *OED*. Accessed on 10 March 2019. www.oed.com/view/Entry/176056/
Sheridan, Richard Brinsley. *The Letters of Richard Brinsley Sheridan*. Edited by Cecil Price, 3 vols., Clarendon, 1966.
——. The School for Scandal *and Other Plays*. Ed. Michael Cordner. Oxford UP, 1998. Oxford World Classics.
Steele, Richard. *The Conscious Lovers. Restoration and Eighteenth-Century Comedy*, edited by Scott McMillin, 2nd ed., Norton, pp. 321–83.
Taylor, David Francis. *Theatres of Opposition: Empire, Revolution, and Richard Brinsley Sheridan*. Oxford UP, 2012.
Thomson, Peter. *The Cambridge Introduction to English Theatre, 1660–1900*. Cambridge UP, 2006.
Worth, Katherine. *Sheridan and Goldsmith*. Palgrave, 1992.

Ⅳ

一九世紀

変容する「紳士」像
――『高慢と偏見』に描かれる〈マナーズ〉

向井　秀忠

一　はじめに

現代においては、小説と演劇というジャンル間の結びつきは希薄という印象があるかもしれないが、小説という新しい形式の勃興期においては、両者の結びつきは強く、その発達の過程で小説が大きな影響を受けていた。実際、ヘンリー・フィールディングのように、劇作家としてキャリアを積んできた作家が小説を書くこともあった。本論で扱うジェイン・オースティンも演劇に親しむことも多く、しばしばロンドンなどで観劇に出かけただけでなく、スティーヴントンの自宅においては、家族や親戚で集まって素人演劇を上演して楽しんでいたことがわかっている。[1] そのような環境の中で作家となる準備をしていたオースティンにとっては、貸本屋から借りてきた小説とともに、劇場や家庭で上演を楽しんでいた演劇から多くを吸収したことは容易に想像されるだろう。

そんなオースティンが、王政復古期から続いてきた「風習喜劇」をどのように自分の作品に取り込んできたのかを確認することがここでの目的であるが、最初に、彼女が「マナーズ (Manners)」についてどのような理解で捉えていたのか確認してみたい。「マナーズ」について考える際に「モラルズ (Morals)」と関連づけると理解しやすいことは、例えば、ジョウゼフ・アディソンが「マナーズ」の定義について説明するのに「モラル

ガーディナー夫妻

②「モラルズにおいて優れているが、マナーズにおいて劣っていたものの、それを改善できる」登場人物

エリザベス・ベネット、ミスター・ダーシー、ジェイン・ベネット、ミスター・ビングリー＋ミスター・ベネット、メアリー・ベネット、キティ・ベネット

③「モラルズにおいて深刻な問題はないが、マナーズにおいて極めて劣っており、それを改善できない」登場人物

ミセス・ベネット、ミスター・コリンズ、シャーロット・ルーカス、レディー・キャサリン

④「モラルズにおいて劣り、マナーズにおいても劣っている」登場人物

リディア・ベネット、ミスター・ウィッカム

まず、①のグループであるが、作品を通して常識・良識・見識があり、あらゆる意味で完璧なカップルとして登場しているのが叔父叔母のガーディナー夫妻である。第二十五章の初登場の場面でも、語り手によって次のように紹介されている。

週明けの月曜、ミセス・ベネットの弟夫婦が恒例どおりロングボーンでクリスマスを過ごしにやってきた。ミスター・ガーディナーは良識ある紳士で、教育も人格も姉よりはるかに優れていた。ビングリー姉妹だったら、自社の倉庫が見えるような場所に住んでいるこの商売人がこれほど礼儀正しくて人好きがするとは信じられなかったかもしれない。ミセス・ベネットやミセス・フィリップスよりいくつか年下のミセス・ガーディナーは気立てが良くて聡明で洗練された女性だったから、ロングボーンの姪たち全員に慕

われていた。特に上のふたりとは、互いに特別な愛情があった。ふたりはこれまで何度もロンドンのガーディナー家に泊まりに行っていた。(Austen 158)[6]

ここで注目すべきは、商売に関わって生活をしていることで、ミス・ビングリーやレディー・キャサリンなどから低く見られ、当時の一般的な感覚からはとてもそうとは言えないにもかかわらず、語り手がこの叔父のことを「紳士」と表現していることである。また、ミスター・ダーシーと対面した際の叔父の様子について、エリザベスも、自分にも人前に出して恥ずかしくない親戚がおり、「叔父の言葉の端々に知性と趣味の良さと礼儀正しさが表れる」(Austen 282) ことを誇りにさえ感じている。『高慢と偏見』の語り手がエリザベス寄りであることはしばしば指摘されており、ここにもエリザベスの見方が強く反映されていることは確かであるが、注意深い読者であれば、作者の意図のひとつをここに読み取るであろう。

ミスター・ガーディナーはリディアの駆け落ち事件のときには十全な働きをし、窮地に陥ったベネット家を救い出す役割の一端を担うことになり、エリザベスとミセス・ガーディナーとの関係も特別に深い。この叔母には本音で相談もでき、姪がミスター・ウィッカムに好感を抱いていたときも、「結婚には財産の有無も大事」と耳が痛そうな忠告をしたが、エリザベスはそれを素直に受け止めている。語り手も、「ミセス・ガーディナーは安心したと言い、エリザベスは叔母の教えに感謝して、ふたりは別れた。このような問題に関する忠告が逆恨みを招かなかった珍しい例である」(Austen 164) と説明している。また、ペンバリー館を訪問した際には、姪とお屋敷の主人の関係に強い関心を抱きつつも、ガーディナー夫妻は「慎重に言葉を選びながら熱心に探りを入れ」(Austen 289) るだけで、それ以上のことは控えている。「エリザベスはミセス・ガーディナが彼をどう思ったか知りたくてしかたなかったし、ミセス・ガーディーナーはミセス・ガーディナーで、姪のほうから話を切り出してくれればいいのにと願っていた」(Austen 300) とあるように、お互いを信頼しながらも適切な距離感を保つという分別ある理想的な関係を築けている。エリザベスがガーディナー夫妻に寄せる信頼の厚さは作品を通して終始変わらず、しばしば指摘されるように、この二人が様々な問題を抱える両親に代わるロール・モデルとなっていることは確かである。

ガーディナー夫妻の対極に配置されるのが、④のグループの二人である。ベネット家の末娘であるリディアはまだ十五歳であったが、体つきはすっかり大人で、母親のいちばんのお気に入りであったことから、物怖じする気配もなく、思慮がない人物として描かれる。彼女がひとりでブライトンに行くことになったとき、エリザベスは「放埒きわまるリディアの普段の行ないを数え上げて、ミセス・フォースターのような女とつきあっていたらろくな結果にはならない、彼女に連れられてブライトンほど誘惑の多い町に行ったりすれば野放図さに拍車がかかるだけだろう」と強く心配し、次のように必死に父親を説得する。

「……リディアの態度全体が困るって言いたいんです。あの子のせいで一家の評判が落ちて、世間の信用も失うのよ。リディアを見れば、わがまま勝手で、自信過剰で、ルールなんか頭から無視する性格だって丸分かりでしょ。……お父さま、お願いだからあの子の自分勝手をたしなめて。男の尻を追いかけて一生過ごすわけにはいかないって教えてやって。でないと、もうすぐ手遅れになってしまうわ。性格が固まってしまって、まだ十六なのに、自分と家族の顔に泥を塗りたくる尻軽女になるでしょう。尻軽どころじゃない、最悪のあばずれに。取り柄といったら、若くてちょっときれいなだけ。物知らずで、頭が空っぽで、男にちやほやされるだけが生き甲斐だから、世間のいい笑い者になるでしょう。……」

(Austen 256–57)

エリザベスの説得も虚しく、父親が適切な対応もせずにリディアをブライトンに行かせたことにより、結局、彼女はミスター・ウィッカムと駆け落ち騒動を起こし、エリザベスが心配した通りの事態になってしまう。

一方、リディアの駆け落ちの相手となったミスター・ウィッカムにも同じようなことが言える。登場したときこそ、さわやかな好青年のイメージでみんなから好かれていた。ミセス・ガーディナーでさえも、同郷のよしみも手伝ってか、彼に対して全くと言っていいほど疑念を持たない。エリザベスも、彼の人当たりの良さとその外見に惹かれ、微かな疑念を抱かないわけでもなかったが、好感を持ち続けた。ところが、ロージングズでの最初の求婚の後にミスター・ダーシーから受け取った手紙を読んだことで、エリザベスのミスター・ウィッカムに対する評価は一変する。確かに、自分と親しくしていたにもかかわらず、ミス・キングが遺産を引き継ぐことがわかるとすぐに乗り換え、ミスター・ダーシーがいない時に限って彼の悪口を言うなど、ミスター・ウィッカムのこれまでの不誠実さにようやく思い当たる。そして、ジョージアナとの駆け落ち未遂事件、牧師禄を受けられなかった本当の理由、リディアとの駆け落ち事件、賭け事で築いた借金の山が発覚するなど、ミスター・ウィッカムの道徳的な堕落ぶりが次々に明かるみとなっていく。

ミスター・ウィッカムの本性を早めに知ったエリザベスは、自分がどう対処するべきなのか、姉のジェインに相談する場面がある。人が好いジェインは、ミスター・ダーシーへの疑念が晴れたことを喜び、ミスター・ウィッカムの正体に大きなショックを受ける。「そしてエリザベスは、ダーシーの手紙のうち、ジョージ・ウィッカムに関する部分を余すところなく伝えた。ジェインにとっては、なんという衝撃だったろう！　この世にそれほどの悪が存在するとは決して信じないで生きてきたのに、ウィッカムはその悪を一身に集めたような男だったのだ。」(Austen 248)

ここまで確認してきたことからわかるように、「わがまま勝手で、自信過剰で、ルールを頭から無視する性格」であるリディア、そして、「悪を一身に集めたような男」と評されるミスター・ウィッカムの二人は、「マナーズ」のみならず、「モラルズ」の点においても極めて劣っている。これだけのことが発覚しながらもミスター・ウィッカムに同情的なジェインに対し、エリザベスの方は冷静である。この二人の問題の原因を、「ふたりの教育にとんでもない手違い ("some great mismanagement in the education of those two young men") があった」(Austen 250) と指摘していることは注目するに値する。つまり、きちんとした教育を受けてさえいれば、この二人の行く末も違ったものになっていただろうと考えているのだ。しかしながら、すでに「教育」の効果を期待するには手遅れとなってしまったこの二人は最後まで改心することもなく、結婚後の不幸な生活が待っていた。「モラルズ」の点で劣ったままの二人には幸福な結末は用意されないのだ。

次に、残りのグループ②と③について考えていきたい。ここに入るのは、「マナーズ」の点において多かれ少なかれ問題はあるものの、「モラルズ」については、リディアやミスター・ウィッカムのように絶望的に劣っている訳ではない登場人物たちである。まず、比較的理解しやすい③のグループについて考えてみたい。

このグループの典型例はミスター・コリンズであろう。彼は、終始一貫、自己中心的な姿勢を貫く。しかしながら、そこにはミスター・ウィッカムのように「悪」と形容される深刻さはなく、極めて単純な愚かさがあるだけである。ペネロペ・ジョーン・フリッツァーは、彼の言動は、当時の「道徳教本 (courtesy book)」が推奨する「よい立ち振る舞い (good manner)」のパロディであると指摘する。[7] その言動が自然な感情に基づいたものでなく、多かれ少なかれ、事前に準備されたものであることをエリザベスに指摘されたとき、自らもそのことを認めている。彼の「行き過ぎた仰々しい振る舞いやわざとらしいまでの慇懃さ (excessively ceremonious behaviour and over-studied civility)」(Byrne 297) は周囲の失笑を買うだけではなく、時には極めて不快なものであるが、ミスター・ウィッカムの「悪」と形容されるような根深さはない。そして、ミスター・コリンズの場合も、リディアやミスター・ウィッカムがそうであったように、必要な「教育」が欠けてしまっていたがために適切な「マナーズ」を身につけることができなかったと説明されている。

ミスター・コリンズは生まれつき頭が切れるほうではなかったし、無教養な守銭奴の父親にずっと育てられたものだから、教育や人づきあいによって鈍才が補われることもなかった。……父親に抑圧されて育ったため、もともと物腰だけはぺこぺこしていたが、今ではそこに、小人閑居がはぐくんだ妙な自尊心と、思いがけず若くして高給取りの身となった思い上がりが加わっていた。……それゆえ、自分を拾い上げてくれた貴婦人に対しては尊敬と感謝ではち切れんばかりだったが、また一方では、自惚れの素質があるところに聖職の権威と教区牧師のたんまりした収入が重なって、さて出来上がったのは、高慢とへつらい、尊大と卑下が入り混じった人格だった。(Austen 78)

この他にこのグループに入る登場人物としてミセス・ベネットがいる。彼女も、適切な「マナーズ」の範疇から大きく逸脱していることで、良識のあるエリザベスやジェインに恥ずかしい思いをさせるだけではなく、ミスター・ダーシーなどから軽蔑の対象として眺められることになる。「洞察力に乏しく、世間が狭く、すぐに逆上するたち」と評されるミセス・ベネットにとって不幸だったのは、「抜け目のなさと辛辣なユーモア、面倒くさがりと気まぐれがまことに奇妙な具合に入り混じって」(Austen 5) いる男性と結婚したことにあった。結婚生活を通して、この夫婦には真の意味での共感はなく、夫が早々に愚かさゆえに妻を見限ってしまったことで、お互いを高め合う機会を失った。その意味で、適切な「教育」の機会を逸してしまったことが、ミセス・ベネットの「マナーズ」を貶めた理由と言える。

レディー・キャサリンも、ミスター・コリンズに似た登場人物と言えよう。傲慢不遜を絵に描いたような不快な人物であるが、彼女がそのようになった理由を次のように推測することができる。ファーストネームに「レディー」が付いていることから、彼女は貴族の家に生まれていることがわかるが、夫は「サー (Sir)」で呼ばれていることから、ド・バーグ家は伝統的な貴族ではなく、ナイトの家柄だと想像できる。邸宅であるロージングズが意外に新しいことがさりげなく述べられていることも、彼女の嫁ぎ先が旧家ではないことを裏付ける。また、彼女の妹も貴族ではないダーシー家に嫁いでいることを考えると、レディー・キャサリンの家柄へのこだわり、延いては自分の娘を甥と結婚させることに強く固執する理由が理解できる。貴族に比肩するほどの家柄であるダーシー家も、ナイト爵を受けることで一応は貴族階級に入るド・バーグ家も、伯爵家の出身である彼女にとっては十分ではなかったため、必要以上に傲慢不遜に振る舞うことで自分を大きく見せようとしたのではないか。その点では、ミセス・ベネットと大差がない。

これまで触れてきた三人よりも複雑そうに見えるのが、エリザベスの親友であり、才気煥発で洞察力にも優れているとされるシャーロット・ルーカスである。彼女は、十分な持参金がないことや、二十七歳という年齢を考え、周囲のみならず、自分でも愚かだと認めるミスター・コリンズと結婚する。しかも、彼女の一連の言動を丁寧に追えば、偶然にそうなったのではなく、自らが計画し、仕組んでいたこともわかってくる。結婚を聞いて驚愕する親友に対し、「わたし、ロマンティックなほうじゃないのよ。昔からそう、居心地のいい家が手に入れば、それで充分」(Austen 140) と言い放つものの、エリザベスはシャーロットの結婚の決断について次のように考える。

シャーロットの結婚観が自分とどこか違うことは前から感じていたけど、いざとなれば他のあらゆる感情を殺して世俗的な利益を取ることができるなどとは、まさか思っていなかった。ミスター・コリンズの妻になったシャーロット！　なんという屈辱的な図だろう。……友人が金に身を売ったと思うと失望が胸を打ち、そんな運命を選んだシャーロットは決して幸せになれまいという憂鬱さがいっそう深まってゆくのだった。(Austen 141)

三　変化する登場人物たち

ここまで論じてきた人びとと異なるのが、グループ②の登場人物であり、『高慢と偏見』の物語に厚みを与えているのが、経験を通して変化していくタイプのこれらの登場人物たちである。その中でも最たるものが、主人公のエリザベスと、彼女の結婚相手となるミスター・ダーシーであろう。この二人も最終的に結ばれるまでには様々な困難に直面するが、彼らが特徴的なのは、失敗を経験することを通して自ら精神的な成長を遂げていく点である。

まず、最初のプロポーズの場面から始めたい。主人公のエリザベスを含め、周囲のほとんどはミスター・ダーシーが彼女に求婚したことに驚く（ただし、エリザベスの親友のシャーロット・ルーカスだけが例外で、彼女は最初からミスター・ダーシーが自分の友人に強い関心を抱いていることをしばしば指摘しており、その慧眼ぶりがわかる）。このとき、ミスター・ダーシーは、唐突に、自分の抑えきれない思いの丈を一方的に語るのであるが、その様子は「愛情もさることながら、みずからの自尊心についてはいっそう雄弁」(Austen 211) であり、当然、エリザベスには受け入れられるものではなかった。

エリザベスは、「どうしてまた、侮辱して傷つけるつもりとしか思えないようなやり方で告白なさったの？」

と非難し、自分のことを「好きになったのは意思に反することで、理性に反すること」であるとか、「自分をおとしめること」だと宣言するのは随分と失礼なことではないか、と反論する (Austen 213)。そして、思いもよらず求婚が断られた上、ミスター・ウィッカムへの仕打ちについて非難されるに至り、ミスター・ダーシーは次のように答えている。

「あなたにしても、自尊心が傷つかなければ、今のように僕を責めなかったのじゃありませんか。あなたとの結婚を望むようになるまでずっとつきまとってきたためらいを、僕が正直に打ち明けなければね。もっと世慣れた人間のように、自分が乗り越えた葛藤には一切触れず、無条件で純粋な恋心に動かされているようなふりをしてあなたを喜ばせておけば——理性からも、道理からも、あらゆる面で望ましい結婚だとおだてておけば——あなたもさっきのような激しい非難は控えられたのではありませんか。しかし僕は、どんなごまかしにも我慢できない人間です。それに、先にお伝えした葛藤について恥じるところなどありません。自然で正しいことなのですから。あなたの家柄がこちらよりも低いことを喜べとでもおっしゃるのですか?　自分より明らかに生活程度の低い親族ができるのを、歓喜して迎えるとでも?」

(Austen 214–15)

これは自分の親族関係を貶めるとんでもない言葉であり、当然のごとく、エリザベスも猛反発する。

エリザベスは刻一刻と怒りが強まってゆくのを感じたが、最大限の努力を集中して平静な声で言った。「何か誤解していらっしゃるようですね、ミスター・ダーシー。どんなやり方で告白されようとも、わたしの気持ちは同じです。ただ、ああいうふうにおっしゃってくださったせいで、お断りするのに気がとがめませんでした。とうてい紳士とは思えない言動でしたから」(Austen 215)

ここで注目すべきは、この言葉に対するミスター・ダーシーの「飛び上がりそうになった」(Austen 215) という反応である。ベネット家の年収、親戚関係、そして家族の立ち居振る舞いの品のなさなどを考えると、よもや自分からの求婚が拒絶されることなどないだろうと考えていた彼にとって、エリザベスの断固とした拒否の態度は大いに心外であった。しかしながら、それ以上にショックだったのは、エリザベスの言葉の最後の「とうてい紳士とは思えない言動」という言葉だったようだ。

後に、ミスター・ダーシーは次のように語っている。

「僕はそう簡単に自分を許せませんよ。あのとき何を言ったか、自分の行ないや態度や言葉遣いがどうだったか思い出しては、僕はもう何ヶ月も前からたまらない思いでいました。あなたの的確な批判は決して忘れられません。『とうてい紳士とは思えない言動』、あなたはそうおっしゃった。あの言葉がどれだけ僕を責めさいなんだか、あなたはご存じないでしょうし、ほとんど想像もおつきにならないでしょう——もっとも、白状すれば、あなたの正しさを認められるくらい理性的になれたのはしばらく後でしたが」(Austen 408)

「もっとジェントルマンらしく振る舞ってくださっていたら」というこのエリザベスの言葉は、「ジェントルマンらしく振る舞う」ことを心がけていたどころか、おそらくは自分が「ジェントルマンらしくない」などと考えたことさえなかったはずのミスター・ダーシーにとっては、まさに人生観を覆すようなショックを伴うものであったことが推察できる。そうでもなければ、和解したエリザベスに対し、そのことをわざわざ伝えることはないだろう。

では、エリザベスから見て、ミスター・ダーシーのどこが「ジェントルマンらしくない」と思えたのか。そのことを考えるために、まずはミスター・ダーシーの伯母レディー・キャサリンがロングボーンに乗り込んできた場面を確認したい。変化しない登場人物のひとりであるレディー・キャサリンと比較することで、ミスター・ダーシーの際立つ柔軟さについてよく理解することができるからだ。

自分の甥がエリザベスと結婚するのではないかと危惧を抱いたレディー・キャサリンは、礼儀も顧みず、突然にベネット家にやって来て、二人の結婚を思いとどまらせようと次のようにエリザベスを牽制する。

> 「余計な口出しはおやめなさい。黙って聞いていればいいの。娘と甥は、結ばれるように生まれついているんです。どちらも母方は同じ伯爵家の出ですからね。それに父方も、代々の貴族ではないけど、名誉ある古い一族の出です。どちらの家も莫大な財産があります。ふたりの結婚は、両家全員の一致した望みなのです。家柄も親族も財産もない小娘ふぜいの思い上がりで、引き裂かれたりしてなるものですか！　そうですとも、許しがたい暴挙です。あなたも人並みに幸せになりたかったら、自分が育ってきた環境から離れようなどとしないことね」(Austen 394–95)

レディー・キャサリンは、自分の娘とミスター・ダーシーの結婚は昔から両家の了承事項であり、双方の家柄や財産などの点において申し分がない。そこへエリザベスのような身分違いの者が割り込んで邪魔などするものではないと主張しているのであるが、ミスター・ダーシーの父方が「名誉ある古い一族」、母方は伯爵家とする一方で、エリザベスについては「家柄も親族も財産もない」という理由から悪様に言っている点に注目したい。レディー・キャサリンは、結婚において重要なのは、「家柄・親族・財産」の三つであると考えていることがわかる。

これに対し、エリザベスは、「甥御さんと結婚しても、自分が育ってきた環境を離れることにはならないと思います。ミスター・ダーシーは紳士、わたしは紳士の娘。釣り合うじゃありませんか」(Austen 395) と応じ、この点についてはレディー・キャサリンも「理屈はそうね (True.)」(Austen 395) と認めている。レディー・キャサリンが否定的に見ているのは、エリザベスの母親や叔父・叔母の親戚関係のことである。これに対しても、エリザベスは「わたしの親族に誰がいようと、甥御さんがそれを嫌がらないなら、奥方さまには関係ないことでしょう」(Austen 395) と取り合わない。

現在の読者にはエリザベスのこの言葉は当たり前のものに感じられるかもしれないが、当時の人びとにとっては稀な感覚であったようだ。そのことは、先にも引用したように、ミスター・ダーシーも、「あなたの家柄がこちらよりも低いことを喜べとでもおっしゃるのですか？　自分より明らかに生活程度の低い親族ができるのを、歓喜して迎えるとでも？」と彼の伯母と全く同じことを言っていることから推察することができる。この伯母と甥は、その人間性においては大きく違っているものの、二人ともが「結婚」には「家柄・親族・財産」が極めて大事と考えている点で一致していることになる。

この二人とエリザベスが根本的に違っているのが「家柄」に対する考え方である。そのことが明白にわかるのが、ミスター・ダーシーも紳士であるなら、自分も紳士の娘であるのだから、両者の社会的な釣り合いについては問題がないとする、レディー・キャサリンへの反論の仕方である。確かに、ミスター・ダーシーも自分の父親も同じ地主階級に属しているのだから、社会的身分の点で対等であるという主張には一理ある。しかしながら、同じ地主階級でも、かたや貴族と縁組できるほどの伝統と格式と桁外れな財産を所有する名家であり、もう一方は、庶民の親戚を持ち、なおかつ十分な持参金を娘に与えることもできない地方地主という事実を考えれば、両家には雲泥の差があると憤慨するレディー・キャサリンにも一理あると言えそうだ。

エリザベスとレディー・キャサリンの論争に決着をつけることにあまり意味はない。ここで注目したいのは、むしろエリザベスが「わたしの親族に誰がいようと、甥御さんがそれを嫌がらないなら、奥方さまには関係ないことでしょう」と言っていることである。この「本人さえよければ、あなたには関係ないだろう」というエリザベスの発想にこそ、ある種の「新しさ」を読み取ることができるからである。また、この「新しさ」を、結婚相手となるミスター・ダーシーも共有することができる感性を備えていることに、この小説のラディカルとも表現できそうな新しい力を読み取ることができると言えるだろう。

レディー・キャサリンにとって、「紳士」とは「家柄・親族・財産」ですべてが決まるものである。だからこそ、父方の血筋で批判できないとなると、母方の親戚関係を持ち出してくる。この点において、最初の求婚の際、エリザベスに拒否されたミスター・ダーシーも伯母と似たようなものであったと言える。しかも、彼は自分の振る舞いが「紳士」らしくないと指摘され、愕然とする。自分こそが「紳士」と強い自負を持っていたからだ。レディー・キャサリンとミスター・ダーシーの二人が抱いている「紳士」像は、長い期間に渡り、イギリスの社会の中で当然のものとして信じられ、疑うこともなく信奉されてきたものであった。一方、エリザベスはそのような伝統的な価値観に基づいた「紳士」像に拘束されることはない。彼女にとっての「紳士」とは、叔父のミスター・ガーディナーを絶賛していることからもわかるように、家柄や親戚関係だけに基づくものではなく、その人物自身の人間性により多くの根拠が置かれている。このことは、彼女が、世間に流布している常識や因習に囚われることなく、自分の頭で考えて判断することができる素養のあることを意味している。イマヌエル・カントは、『啓蒙とは何か』の中で次のように書いている。

啓蒙とは何か。それは人間が、みずから招いた未成年の状態から抜けでることだ。未成年の状態とは、他人の指示を仰がなければ自分の理性をつかうことが出来ないということである。人間が未成年の状態にあるのは、理性がないからではなく、他人の指示を仰がないと、自分の理性を使う決意も勇気ももてないからなのだ。だから人間はみずからの責任において、未成年の状態にとどまっていることになる。こうして啓蒙の標語とでもいうものがあるとすれば、それは「知る勇気をもて（サペーレ・アウデ）」だ。すなわち「自分の理性を使う勇気をもて」ということだ。（カント 10）

それでは、「知る勇気」を持ち、「自分の理性を使う勇気」を持つためにはどうすればよいのだろうか。ドゥニ・ディドロは『ブーガンヴィル航海記補遺』(1772) の中で次のように言う。

超自然的存在や神にもとづく制度は、時がたつにつれて市民的・国家的法律に変貌していき、そのためますます強固で永続的なものになってしまう、ということ。他方、市民的・国家的制度のほうも、しだいしだいに神聖化されていき、ついには超自然的存在や神に基礎づけられた掟にまで変質してしまう、ということです。（ディドロ 161）

ディドロのここでの批判の念頭には教会の存在がある。中世以来、ヨーロッパ社会ではキリスト教会に代表される伝統的で妄信的な権威容認や思想受容に基づき人びとが生活してきたが、これに対し、理性の啓発によって人びとの生活の改善と進歩を図ろうとする動きが「啓蒙」思想と連動して起こってきた。必要なことを「知る勇気」を持ち、物事の判断を行う「自分の理性を使う勇気」、つまり、自分の頭で考えることの必要性が強く説かれたのである。[8]

『高慢と偏見』の物語に先のような啓蒙思想の影響を見出すのであれば、社会的偏見の塊のように見えるレディー・キャサリンのみならず、周囲からは疑いもなく完璧な「紳士」とされてきたミスター・ダーシーでさえ、「市民的・国家的制度」となっていた階級意識に囚われ、「未成年の状態」にとどまっていたことになる。一方で、エリザベスには、そのような世間に広まっていた「紳士」像に拘束されず、自分の頭で考えて判断することができる素養のあることがわかる。このように考えていくと、エリザベスが言う「ジェントルマンらしく振る舞う」ことは、世間一般で常識的とされることに縛られず、自分自身の価値観で曇りなく物事を判断できることだとわかってくる。恋愛などの人間関係においても、相手のことを家柄や階級などの「市民的・国家的制度」に基づいてのみ考えるのではなく、個々人の人間性に基づいてこそ判断することが求められてくる。彼女にとっては、恋愛や結婚が単なる社会制度的なものではなく、より個人的なものとして理解していることがわかる。エリザベスの叔父夫妻と交流する機会を持ったミスター・ダーシーが、彼らをロンドンの一介の商人としてひとくくりで考えるのではなく、すぐれた人間性を有した個人として高く評価するようになったことは、彼もまた「市民的・国家的制度」となっていた狭量な階級意識を超えて、自らが判断できるようになっていると理解できるのだ。

以上のように考えていくと、『高慢と偏見』という作品の中には、当時のイギリスにおいて「未成年の状態」であった個人が、ヨーロッパ啓蒙主義の影響を受け、自らの判断力と感覚に基づいて物事を決することができるようになっていく変化を読み取ることができる。そして、この作品においては、このように「紳士」観が変容していく様を通して、イギリスの社会が大きく変わっていく姿が描き出されていると理解することができるのだ。[9]

四　小説を通して描かれる「マナーズ」

最後に、王政復古期の演劇から始まった「風習喜劇」の要素を、オースティンが巧みに小説の中に取り込んでいる点について考えていきたい。演劇と小説という異なる表現形式を考えた場合、次の大きな違いを挙げることができる。劇場で上演される演劇では、観客は役者の台詞や演技を通して、つまり人間の肉体を通して表現されるものを直接的に経験し、なおかつ劇場に集まった人々の間にある種の熱狂を共有することで楽しむ。それに対し、小説の読者は、文字で書かれた作品を読みながら様々な状況を想像することを通して、作品世界を自分の中で創造する個人的な作業に没頭することになる。また、このような公的／私的な作業の違いは、次のような差を生み出すと指摘されている。

十八世紀の劇場は、前の時代よりも知的水準の低下した、娯楽を求める数多くの中産階級によって占められていた。そのうえ、公衆の面前では日常的な道徳を守るものという意識が強かったように思われる。だから多くの観客を前にして、淫売宿の場面は許されるものではなかった。ところが小説の作者と読者との関係は、家庭の一室での私的な読書という作業で営まれる。淫売宿の場面も、作者の想像力による場面の設定は、ひとり読者の想像力によって再構成されるのである。（深澤 20）

劇場という公的な場で上演されていた演劇と比較して社会的規制を受けにくかった小説というジャンルを「演劇が骨組みだけを提供したものを、小説は個人の精神で反芻するものして発展させる」（深澤 20）と捉えることで、オースティンがどのように小説の中に「風習喜劇」の要素を取り入れようとしたのか、そして小説という形式の特徴を効果的に利用しようとしたのかを考えるヒントとなる。オースティンの作品において、どのように「社会的な要素と心理的な要素が融合」（深澤 24）されているのかを考えることを通して、小説における「風習喜劇」の特徴を理解することができそうだ。

『高慢と偏見』における風習喜劇的な人物としてすぐに思い浮かぶは、先の分類で③のグループに分類されていたミスター・コリンズやミセス・ベネットなどの滑稽な登場人物であろう。世間の因習に対する思い込みや過信ゆえに、彼らの行動は周囲の人びとには滑稽なものと映り、それを「笑う」ことによって、彼らの個人としての人間性だけではなく、社会の「マナーズ」をも皮肉ることになる。明らかに、風習喜劇としての演劇の要素が『高慢と偏見』の中に直接的に取り込まれている。しかしながら、小説という私的な作業を必要とする表現形式を用いたオースティンにとって、風習喜劇の要素を取り込むだけでは、劇場の役者と観客の間で共有される「一体感」を読者が効果的に味わうことを期待するのは難しい。その解消に試みられたのが、読者に「ある登場人物の意識と視点とを共有する」（深澤 25）工夫である。

『高慢と偏見』のエリザベス・ベネットの役割は、このような意識と視点とを読者に提供するところにある。……エリザベスには、現実の日常世界で読者が生活者として周囲を意識し、判断して行動しているように、小説という虚構空間のなかでいろいろなものを意識し、判断し、行動することが必要だったのだ。

> 現実のわれわれの場合でもそうであるように、この判断が最初から正しいとは限らないし、またその必要もないのだ。誤った判断が小説の展開のなかで正されて、小説世界の多層な実態が明らかになる。その設定が、小説という虚構世界の深遠性と成熟性を増す。……周囲の社会の描写と心理描写との、ほどよいバランスのとれたオースティンの小説は、作者が小説というジャンルの発展性と本質とを、見事に把握していたことを示すものだ。（深澤 25）

『高慢と偏見』が、エリザベス・ベネットいうヒロインの視点からの語りをより多く採用することで成功した小説であることがわかってくる。作品世界全体を彼女の視点に寄せることで、彼女が誤った判断をし、それに悩み、葛藤し、そして最終的に自分の判断と言動を正していく過程を読者に近い距離感で共有させることで、劇場の観客が経験するような一体感を小説の読者にも体験させることができる。しかも、そのエリザベスは、世間に流布している常識や因習に意識的にも無識的にも拘束されることなく、自分で考えて判断し、そして行動することができる登場人物なのである。また、最後にはそのエリザベスの結婚相手となるミスター・ダーシーにも、直接的に描かれることはないものの、このヒロインと同じ経験をすることができるだけの人間的素養が与えられている。どちらか一方だけが、自分の過ちを認め、反省し、変化するのではなく、双方が同じような経験を共有し、歩み寄る。そして、その過程がエリザベスの目を通して語られることで、読者もその経験を分かち合うことができるのだ。

『高慢と偏見』には、小説というジャンルの特徴を活かしながら風習喜劇の批判性という伝統を巧みに取り入れられていることがわかる。その上、啓蒙思想期の影響を受けた個人の自立性を主張する新しさをも取り込み、おそらく作者自身が想定していた以上のラディカルさを備えている。だからこそ、オースティンは、それらを表現しているために、小説という新しいジャンルにおいて、王政復古期から続く「風習喜劇」の伝統を継承する重要な担い手のひとりであると考えることができるであろう。

注

1 オースティン家での素人演劇上演については下記のものを参照。拙論、「スティーヴントンの牧師館での素人芝居上演会――習作期のジェイン・オースティン(2)」、『言語文化研究』第二〇号第二巻（松山大学学術研究会・二〇〇一）115–31.

2 Joseph Addison & Richard Steele and Others, *The Spectator* in Four Volumes, Vol. I, ed. Gregory Smith (London: Everyman's Library, 1979) において、"By Manners I do not mean Morals, but Behaviour and Good Breeding, as they shew themselves in the Town and in the Country." (Addison & Steele 361) と説明している。

3 Bharat Tandon, *Jane Austen and the Morality of Conversation* (London: Anthem Press, 2003) において、ポコックの次のような指摘を引いている。". . . in the *Spectator* essays, politeness becomes an active civilizing agent. By observation, conversation, and cultivation, men and women are brought to an awareness of the needs and responses of others and of how they appear in the eyes of others; this is not only the point at which politeness becomes a highly serious practical morality [. . .] It is also the point at which Addison begins to comment on the structure of English society and the reconciliation of its diverse interests'." (Tandon 236).

4 Paula Byrne, "Manners", *Jane Austen in Context*, ed. Janet Todd (Cambridge: Cambridge UP, 2005) において、次のように指摘している。"Conduct books addressed the newly emerging middle class rather than the aristocratic elite; the new watchword was 'Politeness', a code of behaviour that emphasized benevolence, modesty, self-examination and integrity." (Byrne 298)

5 "These virtues were seen as the product of nurture and education as opposed to innate superiority. 'Politeness' was the

means by which social improvement could be realised, the passions regulated and conduct refined. 'Conversation' and the arts were inextricably linked; decorum, protocol and elegant ease were all linked to an ethical code of civic virtue. (Byrne, 298)

6 作品からの引用のテキストには次にものを使用し、引用中のページ番号はこの版による。Jane Austen, *Pride and Prejudice*, ed. Pat Rogers, The Cambridge Edition of the Works of Jane Austen (Cambridge: Cambridge UP, 2006). 引用の日本語は、小山太一訳『自負と偏見』（新潮文庫・二〇一八年）を使用した。ただし、本論でのこの作品の日本語タイトルは、『高慢と偏見』で統一した。

7 Penelope Joan Fritzer, *Jane Austen and Eighteenth-Century Courtesy Books* (Westport, CT: Greenwood Press, 1997) において次のように指摘している。"Mr. Collins is a parody of good manners: he doesn't know how to use what he has learned because he has no judgment. It is not the courtesy books that Austen is parodying but the character who is too dull to use them properly. All Mr. Collins can do is go through the forms he has memorized. His lack of true good manners is shown in his complete indifference to the discomfort he makes others feel through his overtly punctilious behavior." (Fritzer 70)

8 『高慢と偏見』に対する啓蒙主義の影響については次でも論じている。拙論「エリザベス・ベネットの新しさ――『高慢と偏見』から読み取るイギリス社会の変化」、『東北學院大学論集――英語英文学』第一〇二号（東北学院大学・二〇一八年）79–92.

9 このような「紳士」像の変容については、すでに多く論じられてきた。例えば、川本静子『ジェイン・オースティンと娘たち――イギリス風俗小説論』（研究社出版・一九八四年）収録の「ジェイン・オースティン」(12–38)、エリザベスの現実認識が「マナーズ」を通して得たものであることを指摘している点が興味深い。

引用文献

Austen, Jane. *Pride and Prejudice*, ed. Pat Rogers, The Cambridge Edition of the Works of Jane Austen (Cambridge: Cambridge UP, 2006).

Pocock, G. A. *Virtue, Commerce, and History: Essays on Political Thought and History, Chiefly in the Eighteenth Century* (Cambridge: Cambridge UP, 1986).

カント、イマヌエル『永遠平和のために／啓蒙とは何か他3編』木田元訳（光文社古典新訳文庫・二〇〇七年）。

深澤俊「囲われた庭――風習喜劇へのある視点」、中央大学人文科学研究所編『風習喜劇の変容――王政復古期からジェイン・オースティンまで』（中央大学出版部・一九九六年）。

ブーガンヴィル『世界周航記』（山本淳一訳）／ディドロ『ブーガンヴィル航海記補遺』（中川久定訳）、「シリーズ・世界周航記2」（岩波書店・二〇〇七年）。

規範と欲望の交渉
――喜劇的空間としての『クランフォード』

市川　千恵子

一　はじめに――ギャスケルの著作におけるマナーとユーモア

エリザベス・ギャスケルは、社会の実相と変化を敏感に察知し、ときに辛辣に、またコミカルに描写することに意識的な作家であった。『フレイザーズ・マガジン』誌掲載の「将来への不安」（一八五九）と題した論説では、時代の若い女性の変容に戸惑いを示し、また「まがいもの」（一八六三）においても、下層中流階級の「紳士」と「淑女」のマナーのあやうさ、教養の欠如 (336)、そして過度な「節約」、あるいは「浪費」(337–38)を、年長の男性の語りによって批判しつつ、同時にそのペルソナの保守的な視点も揶揄しており、ギャスケルの保守性と革新性の両方が示される。「おもてなしの仕方」（『ハウスホールド・ワーズ』一八五四年五月掲載）や「フランス日記」（『フレイザーズ・マガジン』一八六四年四月―六月連載）においては、フランスの生活慣習を観察者の立場から記録する際に、当然ながらイングランドとの比較を行い、両国の女性の立場と役割をめぐる鋭い洞察力を披露する。さらに、作者の突然の死亡により未完に終わる最後の長編小説『妻たちと娘たち』（一八六六）において、町の女性たちの中傷からヒロインのモリー・ギブソンを救済するレディ・ハリエットの行為が、徹底したマナーの遵守というパフォーマンスである (560–61) ことは、女性によるコミュニティの本質とマナーの機能に対する作者の見識の高さの証左であろう。

ギャスケルは、ジャンル横断的な著作において、人々の規範への呪縛と同時にその逸脱行為を冷笑的に描き、社会における規範の表層性を提示する。本章では、ギャスケルの中編小説『クランフォード』（一八五三）を風習喜劇（コメディ・オヴ・マナーズ）の枠組みから読み解くことを試みる。風習喜劇は上流社会を舞台とする個人の性愛と物質的欲望の追求に、社会的規範も含めたマナーとの対立を巧妙に描き出す。一九世紀中葉は表層的に道徳や規範を重視したために、喜劇全般が不毛の時代とされるが、世紀末にはオスカー・ワイルドの戯曲を中心に風習喜劇が復活した (Sawyer 62)。本章が扱う『クランフォード』はまさに喜劇が低迷した時代に上梓され、風習喜劇の関心事である上流社会の性愛、物質的欲望、結婚が直接的に描かれることはないけれども、そうした要素が皆無であるとは言い難い。『アシニーアム』に掲載された書評（一八五三年六月）は、マナー、善意、愛の完璧なスケッチと『クランフォード』を評価しつつも、登場人物の世情に対する無知を指摘する (Easson 194)。これはクランフォードが世俗的社会から切り離された場所であることを示唆する。それゆえにこの共同体を演劇的空間として位置付けることも可能になるだろう。しかし、この書評が見逃しているのは、クランフォードがある種の隔離された空間でありながらも、実のところイングランド、そして帝国へと連続する場所として表象されていることだ。

『クランフォード』の町と住民を風習喜劇の舞台と演者に仕立て上げるのは、メアリ・スミスの語りである。「第一に申し上げますが、クランフォードの町はアマゾンの軍勢に占領されているのです」(165) という出だしは実に巧妙だ。[1] 田舎町の上流・中流階級女性、すなわち、穏やかでめったに口論もせず (165)、節約を「エレガント」(167) と形容する中高年の未亡人か未婚の女性と、戦闘において弓などの武器を使う際に邪魔にならないよう右の乳房を切り落とした勇ましい「アマゾン」には乖離がある。だが、J・ヒリス・ミラーが『クランフォード』に潜む「恐怖」を指摘するように、牧歌的な人情喜劇が織りなす風景にも、繰り返し秩序破壊の危機が訪れ、その度に女性たちの結束が要請されるのである。冒頭の語りにおいて、メアリが意図的に言及しないのは男性と下層階級の存在である。しかしながら、クランフォードという町は、アメリカの〈新しい女〉作家のシャーロット・パーキンス・ギルマンが描く『フェミニジア』（一九一五）のような、生殖にも男性を必要とせず、潜入する異性に攻撃的な「アマゾン」の近未来的ユートピアではない。このメアリの語り始めにおいて、不在とされるもの、あるいは不可視のものが、実のところ物語の展開の基軸となる。巧妙な語り始めは、語られないものが本テクストの中心性を担うことを、読者に予感させる余地を残す効果を包摂するようだ。

本章は、『クランフォード』における不在、あるいは不可視のものに焦点をあてながら、本テクストの風習喜劇の諸要素、すなわち登場人物の欲望と規範の交渉を考察する。まず、クランフォードの規範的社会を確認したうえで、若さと美を称揚する異性愛主義イデオロギーでは「無性化」される中高年の女性たちの欲望のありようを、侵入者との対峙の局面から検証する。次に、異装のために牧師の父親から叱責され、行方不明になるピーター・ジェンキンズに注目したい。ピーターは喜劇のトリックスターとしての特徴を持ち合わせ、クランフォードの町の混乱と再生の各曲面において重要な人物として位置づけられる。最後にイングランドで風習喜劇が復活する一八九〇年代以降に、本国とアメリカにおいて登場する『クランフォード』の翻案劇がいかに原作のマナーと欲望の交渉を形象するのかを明らかにしたい。

二　女たちの社交界における規範

女性を中心とする共同体には伝統的な階級秩序に根差した人間関係と奇妙な不文律が存続する。観察者としてのメアリ・スミスの語りは、浮き世離れしたクランフォードの女性たちの習慣の特異性を読者に印象づける。まず、クランフォードでは、女性たちの間で訪問に関する厳密なマナーが共有されている(6)。訪問への返礼としての訪問は三日以上過ぎてはいけない、一五分以上の滞在は許されないと、細かく決められている。さらに、社交界の上流・中流階級の淑女たちは概ね貧しく、一人の家事使用人を雇い、どうにか属する階級のリスペクタビリティを保つ程度の経済的余裕しかない。誰かの家で小さなお茶会を催す際に、ソファに堂々と座る奥様がどのようなケーキが運ばれるのか知らない顔をしながら、その実、午前中は女中と一緒に調理と準備で手一杯であったことを招かれた女性たちは承知しており、そのことを主催者の奥様も承知している。誰かが貧しさを隠そうとし、うまくいかないときにも、お互いに「見て見ぬふり」をする(167)という思いやりの精神がマナーの根底に存在するのである。

女性たちが集う会ではそれぞれの階級が難題となる。例としてミス・ベティ・バーカーのお茶会を挙げておこう。主催者のミス・バーカーは招待客の選択に関して元教区牧師の娘のミス・マティの助言を必要とする。前者は、上流階級夫人の小間使いをしていたが、資金を蓄え、婦人用帽子店の開業のために姉とクランフォードに移り住んだ。つまり、彼女のお茶会に招待される女性たちは、かつての顧客であり、カウンター超しに構築された人間関係なのだ。彼女は顧客を模倣するかのように、自分よりも下層の人々とは交際せず、貧しい人々に慈善を施すようになり、商売柄その身なりは誰よりも立派である(218)。この描写から、実のところ下層中流階級に属するミス・バーカーを受け入れるクランフォードの社交界の基準はさほど厳格とは言えないようだ。一方でミス・バーカーがその立ち位置の脆弱性を自覚していることを、メアリは自分に向けられる視線から察知する。ミス・マティに深々とお辞儀をした後で、「私のほうをちらりと横目で偉そうに見ました。まるで、自分は元帽子屋ではありますが、庶民の味方ではございません。身分の差は心得ております」(220)と、メアリは相手の無言のメッセージを読み取る。重要なのは、その読みが正しいか否かではなく、メアリの主観的な解釈を生み出す視線の鋭さである。見かけばかりを取り繕うマナーの裏に隠された偽善、虚栄、上昇志向を見抜くメアリと、ミス・バーカーとの視線の交差によって、表面上は平穏を保つ女性だけの共同体に潜在的に存在する亀裂が露呈する。

『クランフォード』において女性同士の駆け引きの深層にある悪意は、笑いを誘うエピソードとして提示される。その舞台となる社交界をコントロールするのが階級に対する女性たちの意識なのである。ミス・バーカーのお茶会に戻れば、招待者リストのなかのミセズ・ジェイミソンは、彼女の亡くなった姉の元雇用者であるとか、ミセズ・フィッツ・アダムは弟のホギンズがクランフォードの町医者で、「リスペクタブルな農家」の出身ではあるが、お茶の席でクランフォードの淑女と同席するのに好ましいのかと、主催者は招待客の微妙な階級差に配慮しなければならない (220)。ミセズ・フィッツ・アダムをめぐっては、町の良家の女性たちが交際するにふさわしいかを議論するための集会が開かれたことを語り手のメアリ自身も記憶している (220)。しかし、クランフォードに存在する家柄や品位に関する厳しい規範を幾分緩和しなければ、子どものいない独身か未亡人の淑女で構成される社交界がもはや存続できない危惧をミス・ポールが発言するとき、人々は概ね賛同するのだが、そのときの女性たちの意識にあるのは規範の緩和ではなく、「フィッツ」という名の貴族的な響きのほうであり、互いに空想をめぐらして、ミセズ・フィッツ・アダムを高貴な家柄と結び付けようとする (220)。自分たちの社交界の有限性を思い知らされた瞬間に、理性でその事実を受け入れ、同時に相反するかのように旧来の価値基準へと回帰する。その感情構造に作用しているのは、規律に対する内的拘束だけではなく、規律の刷新という大胆な主体的行為であり、同時にその正当化でもあるだろう。

女性たちの保守的ながらも柔軟な対応をコミカルに語るメアリの揶揄の対象は、女性たちの集いの場で、品位と威厳を誇示するミセズ・ジェイミソンである。語りのなかで常に「高貴な」(Honourable) が付されるジェイミソンの奥さまは、頑としてミセズ・フィッツ・アダムを社交界の一員として認めず、パーティの場では夫人が大げさに深くかがみこんで挨拶をするために、奥様は「彼女の頭の上の壁をにらみつける」ことになってしまう (221)。また、奥様が自身の威厳を演出する舞台装置は十分とは程遠いものだ。パーティの場を去る際に、彼女を運ぶために用意されるのは馬車ではなく、一人用のかご (sedan chair) である。その担ぎ手は靴屋の職人で、必要とされるときに長いコートと小さなケープをまとって、その役割を演じるのである (224)。

メアリの語りは、女性たちの生活の中心にある社交界の風習、階級問題、礼儀の細部を丁寧に描写し、喜劇的空間を作り出す。そうした空間において女性たちは規範というシナリオを現実に演じ、同時に規範を無意識のうちに刷新する。ここで強調しておかなければならないのは、この喜劇的空間において笑いの対象となる女性たちは、異性愛主義の領域の外に置かれていることだ。それゆえに彼女たちは欲望を封印する。『クランフォード』は既存の男性優位社会を異化することで、支配的イデオロギーが構築する若さと美という文化的価値を批判的に提示する。次節では、軽妙なゴシップ調の語り口によって、メアリが隠された女性たちの欲望を焙り出す様相を読み解いていこう。

三　男たちの不在と存在

教区牧師の長女のデボラ・ジェンキンズは、存命中にはクランフォードの女性たちの規範を司る存在である。「ミス・ジェンキンズがいたら男女平等といった現代的な考え方を軽蔑することでしょう。平等なんて、とんでもないわ！　彼女は自分たちのほうが優れていることを知っていました」(175) というメアリの語りは、規範的共同体としてのクランフォードにおける男性の位置を示唆する。作品の冒頭の語りの続きを引用し、淑女たちによる男性の位置づけを確認しておこう。

ある程度の家賃以上の家を持っているのはみな女性です。ご夫婦がこの町に住みついても、どういうわけか紳士は姿を消してしまいます。クランフォードの夕べの集いに出席してみると、男性は自分一人きりなので死ぬほど驚いてしまうからかもしれません……。ともかく紳士は、どうなるにもせよ、クランフォードからいなくなるのです。仮にいたとしても、紳士に何ができるというのでしょうか？　医者は三〇マイル周辺を往診してまわり、夜はクランフォードで眠りますが、まさか男のひとが皆医者になるわけにもいきません。……無用の理屈や議論にとらわれずに文学や政治の問題を決めるにしても、教区内の動静をはっきりと知るにしても、こぎれいな女中さんたちをきちんとしつけるにしても、貧しい人たちに（いささか押しつけ気味ではありますが）親切を施し、困っているときにはお互いに優しく助け合うにしても、いずれもクランフォードの淑女たちだけで、十分に事足りてしまうのです。(165)

不在とされるのは「紳士」、つまり中流・上流階級の男性である。引用箇所で言及される町の医者だが、原文では「外科医」(surgeon) であり、ホギンズ先生を指す。一九世紀初頭においては大学の医学部教育によって輩出される内科医とは違い、徒弟制度による実践的な育成が一般的であった外科医は、紳士の職業とは言い難い。女性たちにとって、ホギンズ先生は有能な「自慢」の町医者だが、「行儀作法に向上の見込みがあるうちに、『チェスターフィールド卿の書簡集』を読んでおけばよかったのに」(254–55) と、そのマナーの欠如が惜しまれる人物である。この『チェスターフィールド卿の書簡集』（一七七四）のなかでも息子宛ての手紙は指南書の機能を有する。知識ばかりで早口の息子にマナーの重要性や人を引き付ける方法（一七四八年四月一日付、第三巻、1131）を説いてみたり、第一印象による評価の永続性（同年一〇月二九日付、第四巻、1251）を喚起してみたり、上流社会での品格の演出法を含めた処世術を綴る。だが、女性に関しては、「信頼するよりも、観察に値する」存在とみなして、上流階級女性の策略に絡めとられないよう注意を促しており（一七四九年八月一〇日付、第四巻、1379）、書き手の女性蔑視が透けて見える文章であることも否めない。したがって、クランフォードの女性たちがホギンズ先生に対してチェスターフィールド卿の指南を推奨することは、うわべだけを取り繕う偽善的なマナーのみを尊重するかのようで、実に皮肉な響きとなるのだ。

ホギンズ先生のロマンスはその皮肉を可視化させる。彼と結ばれるのはレディ・グレンマイヤというスコットランドの男爵の未亡人で、クランフォードの新参者だが、義理の姉のミセズ・ジェイミソンとは異なり、貴族らしからぬ質素なドレスによって淑女たちを当惑させてしまうほど表面的な取り繕いには無関心だ（230–31）。ホギンズ先生は紳士と見なされていないため、町の独身女性たちの愛の対象や結婚相手の候補からは除外されてきた。だが、二人の結婚のゴシップが流通するや否や、ミス・マティが「ホギンズ先生はお金もあるし、とても美男子ですし、気立てもよく、親切なかた」(264) と発言するように、彼の再評価が始まる。ただし、ジェイミソンの奥様だけは別で、ホギンズ先生の粗野な言動を毛嫌いし、レディ・グレンマイヤの階級移動も許せないので、三者は不仲になる。厳密には奥様が急に若々しい輝きを取り戻す新婦を無視するだけだ。「私たち」と「私」を交互に使用し、共同体の内部と外部に身を置くメアリの語りは、表層的な規範と階級制度を乗り越える新郎新婦の価値観に共感を示している。

ここまでは新たに参入した女性によって、その存在を軽視してきた男性をあっさりと奪われてしまう女性たちの動揺をみてきたが、男性の侵入者に対して彼女たちはいかに向き合うのかを確認し、秘められた欲望を見出したい。

(一) ブラウン大尉

女性だけの社交界に衝撃をもたらす最初の侵入者として、退役軍人のブラウン大尉は、幾分プロトタイプに造形されている。「クランフォードの淑女たちは、自分たちの領土が男性、しかも紳士階級の男性に侵略されるのを、嘆かわしく思っていた」(167) し、女性たちの間では、大尉と二人の娘との交際には反対意見が唱えられた。軍人特有の大声で話し、貧しいことを臆せず口にするブラウン大尉は、清貧な生活と上品な言動を貫く女性たちの価値基準に照らせば、受け入れがたい「俗な存在」(169) となる。しかし、一年後には事態が変わり、大尉はクランフォードの社交界において特異な位置を得るのだ (168)。あえてメアリの語りは、そのわけ隔てのない親切な言動、「男らしい率直さ」(manly frankness)、「男性ならではの常識」(masculine common sense) という大尉の徳目の形容に「男性性」を強調する (168)。これは、本節の始めに引用した男性に対する淑女たちの優越意識と価値観とは矛盾するのである。

大尉が鉄道会社の関係者であったことは、近代化とクランフォードの関係を示唆している。大尉とミス・ジェンキンズの間に起こる文学的嗜好をめぐる口論は、近代化との向き合いかたの差異を明らかにする。大尉は新進作家のボズ（チャールズ・ディケンズ）の『ピックウィック・ペイパーズ』（一八三六―三七）の雑誌連載を楽しみにしているが、ミス・ジェンキンズはボズが作家としてジョンソン博士（サミュエル・ジョンソン）より劣り、むしろ博士の文体に学ぶべきだと豪語し、『ラセラス』（一七五九）を音読して、その格調の高さを証明してみせ、大尉に勝ち誇った気分ですらいる (171)。ミス・ジェンキンズは文学作品を分割して発表する方法を一貫して「俗なこと」(172) だとみなすが、ボズの雑誌連載や軽妙な文体は時代の変化に敏感な作家の姿勢の表れだし、文学市場の近代化に対する作家の生き残りをかけた戦略でもある。床に臥せるミス・ジェンキンズの脇で、大尉の孫のフローラがこっそりと読む本のタイトルは『クリスマス・キャロル』（一八四三）であり、ミス・マティが置いたものである (183) ように、若い世代を含めた周囲の人々は、近代的語りを好んでいる。『クランフォード』がディケンズの編集雑誌『ハウルホールド・ワーズ』に一八五一年から五三年まで連載された事実を考えれば、ミス・ジェンキンズと大尉の作家論をめぐる議論の水面下に、ギャスケルが大胆不敵にも二人の男性作家に対して挑戦状を潜ませていることは明白だ。同時に変容する文壇に女性作家としての立ち位置を模索するしたたかさも見出せるのである。

ここで、あえてミス・ジェンキンズ対大尉の抗争を単純化すれば、規範対善意、表層的儀礼対内面的美徳、品性対粗野、さらに前近代的対近代的というような二項対立の構図となる。その構図のなかに、批判的視座が意識的に配置されていることに注目する必要があるだろう。迫り来る汽車から子どもを救うために命を落とすという最期によって、大尉は英雄視される。突進する汽車はヒラリー・ショアが指摘するように、男根的な隠喩であり (Schor 97)、また私利私欲を追求する近代的資本主義の暴力性の比喩とも解釈できるだろう。ブラウン大尉のような異質な存在の受容は、女性たちの社交界に存在する矛盾の解消や、時代の変化に向き合う作法の再考を促す契機とも考えられる。大尉の利他主義は町の規範を刷新し、善意と共感という精神的連帯を強化する共同体へと変容するレールをひくのである。

(二) 町のパニックとシニョール・ブルノーニ

オードリー・ジャッフィは『クランフォード』において、男性は概ね「窃盗」として現れ、町から財を奪う恐怖をもたらす役割を演じていると指摘する (Jaffe 51)。ブラウン大尉はむしろ善意という遺産によって町に規範の刷新をもたらすので、主要な男性の参入者を「窃盗」の役割のみに限定するのは早急であろう。しかし、男性という異質な存在が共同体に参入することによる淑女たちの動揺は、共同体における秩序と独自の規範による美意識が奪われることへの危惧から生じている。そうした恐怖は、彼女たちの秘められた性的欲望を呼び覚ますことにもなる。ここでは、大尉と同様に、初めはクランフォードの女性たちに動揺をもたらすが、やがて共感の対象となる奇術師シニョール・ブルノーニことサミュエル・ブラウンと向き合う女性たちの作法に注目したい。

シニョール・ブルノーニの手品の興業と時を同じくして起こる窃盗グループの噂と一連の騒動は、女性たちの深層心理を浮かび上がらせる。つまり、淑女たちの恐怖と欲望を物語る。ミセズ・ジェイミソンやホギンズ先生が被害にあったとされるが、窃盗グループの噂の真相が明かされることはない。恐怖の言説を作り出しているのは、異質な存在による侵入と秩序の破壊に対する女性たちの動揺である。得体の知れない侵入者に対して抱く恐怖の様相はミス・マティがメアリに語る回想にも見出される。それは、一九世紀初頭にナポレオン率いるフランス軍がイングランド北部に侵入する噂に町中が震えていたころの様子である。

「わたしも憶えているけれど、夜中に目をさまして、フランス軍がクランフォードに侵入してくる足音が聞こえるような気がしたことが、何度もありましたよ。……あの頃は私の父も時局にふさわしい説教をしました。朝の礼拝では、ダビデとゴリアテの話をして、必要ならば、すきやレンガをもって戦え、と皆の勇気を奮い立たせようとしましたし、午後になると、ナポレオン（あの頃は皆ボニーと呼んでいました）はアポルオン、アバドン同然だと説きました。」(206)

引用した部分のナポレオンの非情さの形容としてのアポルオンとアバドンとは、新約聖書『ヨハネ黙示録』に登場する悪魔の王で、前者がギリシャ語、後者がヘブライ語の呼称である。ヒリス・ミラーはこのアポルオンの存在をクランフォードにおける秩序破壊の象徴として読み解く (Miller 212)。このミラーの議論を援用すれば、この場面で回想される敵国による侵略の脅威は、女性だけの脆弱な共同体を襲う未知の存在に対する恐怖と読みかえられる。ミス・マティがかつて敵国を率いる悪魔的な侵入者を「ボニー」(Bony) という愛称で呼ぶ行為に、緊迫した恐怖は感じられないが、その名に象徴されるように侵入行為は男性性を帯びている。それゆえに侵入者の暴力から身を守ろうとする女性たちの措置には、性的自意識が過剰に反映されてしまう。ミス・マティは毎晩ボールをベッドの下でころがし (249)、ミセズ・フォレスターは近くの農家から少年を番人として借りてくる (250) というように、彼女たちの性的脆弱性への警戒心はその性的幻想の裏返しでもあるだろう。

ミス・マティの回想は両親の古い手紙をメアリと読み直すシーンでのものだが、本テクストの語りの形式の特徴を端的に示す箇所である。語り手の個人の声の内部に、複数の異なる声が存在し、編集されていることを示唆するからだ。ミラーは、メアリの語りが西洋的な一貫性とは別の作法を有することを指摘する。すなわち、メアリは過去をつなぎ合わせながら、同時に破壊しつつ、物語を紡いでいる (Miller 184)。この語りの作法によって、メアリは壮大な物語ではなく、クランフォードの私的かつ些細な出来事の断片を結び、読者に語り直すのである。実のところ、恐怖をめぐる女性たちの想像力も、語ることと連動している。シニョール・ブルノーニに対する疑いを最初に明言したミス・ポールは、自らが「殺人ギャング」と名付けた男二人と女一人から逃げることに成功したため物語の主人公気取りだが、目撃した「ギャング」の人相は、話す度に新たな特徴が加味されてしまう。さらに、一連の悪事は「アイルランド人の仕業」(248) と、何ら根拠もないままに決めつけるため、合理性を欠くミス・ポールの思考回路はこっけいに示される。また、クランフォードの私的な空間で流通するゴシップの想像力とゴシックの言説に浮遊する欲望とが重なり合う瞬間が存在する。それぞれの語りに共通するのは曖昧さと娯楽性を演出する作法である。メアリの脳裏から離れなかったという怪談の一つは、カンバーランドの少女の物語だ。大きな屋敷、一人での留守番、見知らぬ行商人から預かる怪しい荷物、発砲、黒い血と、ギャスケルが得意とするゴシック物語に必要な諸要素を舌なめずりしながら話すミス・ポールの意図は聴衆の恐怖を募らせることだが、肝心の少女の勇気ある行動の部分は早口で、読者に語り直すメアリでいすらよくわからない (244–45) ように、この怪談の合理的な解決も置き去りにされてしまう。

クランフォードの騒動の謎の解明が曖昧にされることで、恐怖自体の非合理性が強調される。ここでミス・マティの夢に現れる女の子 (258) についても考えておく必要があるだろう。一九世紀中葉のゴシック小説における幽霊や幻影は、女性の社会的・経済的不安や抑圧された欲望の表出とされる (Smith 91–93)。この解釈はミス・ポールの怪談にも当てはまる。そして、ミス・マティが夢のなかで慈しみながら抱き寄せる小さな女の子も、彼女の秘めた願望と不安の投影であるだろう。成就できずに終わった愛への未練と喪失感、さらにはジェンキンズ家存続の危機への不安を形象化したものとも考えられるのだ。それゆえにミス・マティは、ミス・ポールの反結婚論に傾倒しそうなメアリに対し、夢について打ち明け、「結婚というのは、とても幸せなもの」(258) と、婚姻に対する若い女性の恐怖心を取り除こうとする。だが、メアリのミス・ポールへの視線はもっと厳しく、現実的だ。彼女がかつて着任したばかりの牧師のへイター氏を追い回していたものとメアリは推測している (241)。当の牧師はといえば、通りで女性に出くわすと身を隠すほど、教区のなかで結婚の噂が立つのを警戒し、手品ショーの観客席では、国民学校 (the National School) の少年たちが守護天使のごとくへイター氏の周囲を護衛している (241)。ミス・ポールの反結婚論とへイター氏の警戒心の双方の過剰さは、男性不在を前提とする共同体に浮遊する女性の欲望の過剰さと解釈できるだろう。

シニョール・ブルノーニの正体が、かつてインドに派遣された軍曹のサミュエル・ブラウンで、病身である事実が発覚すると、恐怖の対象は突如として慈悲の念の対象 (255) となった結果、誰もが競って彼とその家族に親切や世話を施すようになる。要するに、恐怖の克服はこの町固有の作法としての善意と共感なのである。この文化的なパフォーマンスが喚起するは、クランフォードが象徴的にイングランドと帝国を接合する場と位置づけられることであろう。ブラウンが巻くターバンは、異質なもの、つまり非西洋性の記号である。彼は除隊後にインドの地で手品の技を習得した (258)。したがって、イングランドに戻った彼は生活の糧として、身体的に、かつ「片言の英語」(237) という言語行為においても、東洋を文字通り演じている。彼は支配者と被支配者の二つの文化的アイデンティティの間で分裂する存在とも言える。それゆえに、彼は沈黙し、過去を語るのは妻の役割となる。過去の記憶の場所と現在の居場所における親切行為の反復に対して、夫人が「そのお名前のかたは、どなたもみな、ご親切ですね」(260) と発言する瞬間に、インドのアガ・ジェンキンズとクランフォードのミス・マティとが結び付く。物理的距離を超越して、イングランドの小さな田舎町とインドは善意と共感の想像上のネットワークとして連携する。では、次節において、この文化的・地理的境界の曖昧化を可能にさせるアガ・ジェンキンズことピーター・ジェンキンズとは何者かを考えたい。

三　トリックスターとしてのピーターとインド

ミス・マティの弟、ピーター・ジェンキンズが「クランフォードの人々を笑わせる」という目的のためだけに、姉の服を着て、赤ん坊に似せた布の塊をあやす姿をさらし、父親に鞭で打たれる場面は、この時点で笑いを善意と同一視するピーターの意識と社会規範の大きな乖離を強烈に物語る (208–10)。まず注目しておきたいのは、息子の逸脱行為が人前での父親の鞭打ちという、ある種の公開審判を引き起こすことだ。ピーターは「もう十分ではないでしょうか」(210) と父に問うとき、観客を動員する演劇的な父の怒りと悲しみを文字通り痛みとして体に刻み、父の願望すらも察している。その後、彼は軍隊に入隊し、大尉に昇進して、「男らしさ」という父の願望を表面的には体現する。ピーターの一時的な帰還の際には、軍服という男性性の記号を身にまとった息子の姿を父親は誇らしげに世間に見せて回る (215) のだが、この父の行動もまた、かつての息子の逸脱行為による羞恥をぬぐいさる儀式に他ならないだろう。牧師館は共同体としてのクランフォードの道徳規範を司る場所、つまり、規範の中心として位置づけられ、牧師館の住人はその遵守の様子を周囲に示し、また同時に彼らに向けられる視線は検閲の機能を有する。したがって、父親はすべてを規範通りに執り行う必要があるのだが、言うまでもなく、規範を遂行する身体を公に披露する一連の行為には演劇的要素が不可欠なのである。

その後、戦争のためにインドへ赴くことになるピーターの軍人としての経歴も、時代の男性性の規範を忠実に全うしているかのように見える。一九世紀初頭の植民地政策においては、軍人の職の他に宣教師の役割も重要であったが、その例としてシャーロット・ブロンテの『ジェイン・エア』(一八四七)におけるシン・ジョン・リヴァーズのインドでの宣教活動を挙げておきたい。彼もまた、自国では不可能な「男らしさ」の成就と自己犠牲的かつ自己耽溺的な大義の遂行を可能にさせる地として、インドを選択している。イギリス国内で称揚された「男らしさ」と中世以来の騎士道精神の理想は、脆弱な存在の保護という帝国支配の大義とも重なり (Mallet 166)、インドはこの理想的男性性を涵養する空間の一つとなりえたのである。だが、ピーターが語る半生は、西洋的男性の栄光という言説とは乖離したものだ。イギリス軍によるラングーン包囲戦に志願した彼はビルマ人の捕虜となり、大英帝国の威厳の維持と強化に対する自己犠牲的献身という志は挫折に終わる。その後、小部族の酋長が重病のときに放血療法を施した手柄によって、ようやく自由の身となる。この過酷な経験の後、イングランドの家族に宛てた手紙は「受取人の死」という印が押されて戻ってくる。故郷の喪失を突き付けられた結果、インドに住み着き、土地の習慣にも慣れ親しみ、インディゴ(藍)[2]の栽培で財を成したが

(295)、メアリの手紙によって破産した姉の救済のために祖国へと戻る。メアリが再構成する彼の半生は、仲介するミス・マティの声により、曖昧さと断片的な要素が混在している。だが、メアリがピーター本人から壮絶な半生を聞き取ろうとすると、「ほら男爵 (Baron Munchausen) の冒険物語」(295) のごとく、ピーターのユーモアは自己の物語の真偽をあえて曖昧にしてしまう。前節で確認した女性たちの語りの作法のように、ピーターの語りも、そして彼の半生も西洋的一貫性を回避するのである。

『クランフォード』におけるインドの表象は、支配する立場の者が抱く幻想の正体を暗示する。ピーターの演出による自らの冒険物語がクランフォードのご婦人たちを虜にするは、「オリエンタル」(297) な要素に他ならない。彼の物語もまた、「シンドバッド」や『アラビアン・ナイト』のように、異国趣味のおとぎ話の様相を呈する。ミス・マティや牧師のヘイター氏が同席する際には彼の話ぶりが変わるように、ピーターは自己の物語を聞き手の嗜好にあわせ、エンターテインメントとして即興的に再創造し、かつそのヒーロー役を演じる。同時に、彼の存在はミス・ポールを始めとした女性たちが崇拝の度合いを競い合うほどに、その抑圧していた欲望を刺激する。女性たちのヒエラルキーの頂点に君臨するミセズ・ジェイミソンがピーターとのゴシップのヒロインの座につく (300–01) ことは興味深い。常に権威的態度を貫いてきたジェイミソンの奥様が、これまで見たこともないほどに活気づき、ピーターの信じがたい冒険話に大いに興味をかきたてられ、うっとりとした表情で耳を傾けているのだ。だが、ピーターのユーモアの戯れは、文化的差異を越境するという危険な行為へと暴走する。

彼は奥様にインド旅行の話をして、ヒマラヤ山脈の驚くべき高さについて説明したのですが、説明が加わるたびに山脈の大きさが増して、さらには、どんどんばかばかしさも増していくのです。でもミセズ・

ジェイミソンはすっかり本気にして、とても面白そうに聞いていていました。……ミスター・ピーターは話に落ちをつけるつもりで、こんなことを言っていました。もちろん、その高さでは下界に住んでいるような動物は見あたりません。狩りをするにしても、すべてが違っていました。ある日何か空を飛んでいるものを射ち落としてみたら、何とこれが天使の子どもだったので、すっかりうろたえてしまいました！……

奥様は不愉快そうに、驚いた面持ちでした。

「でも。ピーターさん、天使の子どもを射ち落とすなんて……神を畏れぬ行為ではありませんか！」

一瞬にしてミスター・ピーターの顔は真剣になり、その意見にぎくりとした様子でした。(301)


ミセズ・ジェイミソンの問いかけに対し、ピーターは「長い間、野蛮人で、異教徒ばかりの、英国国教会の信仰とは無縁の連中と暮らしてきたものですから」(301) と、自分の境界侵犯行為を弁解する。この言葉は、ステレオタイプ化された他者と文化的差異に依存する自己との間を往復するピーターの姿を浮かび上がらせる。同時に、彼の幻想的な物語も、それに聞き入る女性たちもまた、植民地支配の差別的言説を覆い隠す文化的優越というフェティッシュな心地よさに絡めとられてしまう様を提示している。しかし、留意すべきは、ピーターの即興的な自分語りには権威への抗いの意識が存在するということだ。インドでの経験を再構成するユーモアの過剰さは、過去の異装におけるユーモアの過剰さと連動しており、その根底に見出せるのは、キリスト教の信仰を含めた父権的制度と権威への抵抗である。時代の理想的男性性と権威への自己同一化の努力と、それに抗う自身の葛藤を彼の半生は物語るのである。

本テクストに表象されるインドは、植民地支配の権威を攪乱し、その権威への過信に疑問符をつきつける。インドはピーターに生きる糧を与え、経済的窮地からミス・マティを救い、さらに、町の平和の回復にも寄与するのだ。ヴィクトリア朝小説のコンヴェンションである外国の富による救済という結末は、植民地主義政策における文明化という大義の裏にある宗主国側の依存を可視化させる。ピーターが紳士不在の場所に居場所を確保しうるのも、即興的で異国情緒豊かな物語ゆえだが、その言説の幻想性は規範をシナリオとして生きる女性たちに欲望を覚醒させ、規範と欲望の対立から交渉へと誘引するのである。

五　結び――戦略としての喜劇

ヴィクトリア朝の作家のジョージ・メレディスは、一八九七年に上梓した喜劇論において、喜劇的考えや喜劇の発展を一国の文化の成熟度を測るうえでの優れた指標とみなし、「真の喜劇」とは「思慮深い笑い」を喚起するものだという見解を示している (Meredith 141)。『クランフォード』を風習喜劇という視点から読み直す試みは、メレディスが指摘する喜劇の笑いの本質を見出す営為とも重なる。社会統制の機能を有する規範と、そうした規範に対する人々の無意識の隷従や逸脱行為を描くうえで、ギャスケルにとり喜劇的枠組みの選択は必然的であったのかもしれない。社会の絶え間ない変化のただ中で、規範や伝統的慣習といった他律的な法を自律的であるかのように受容する人々が、自己の欲望と向き合う様をユーモアに潜ませて提示することにより、読者に文化的自己意識の喚起が可能となるからである。『クランフォード』の出版の変遷を検証したトマス・レッキオによれば、一八九一年のヒュー・トムソンによるイラスト版の出版以降、多種多様の版や翻案の創出を稼働するのは、郷愁の念と想像のナショナル・アイデンティティである (Recchio 76–77)。

二〇世紀初頭の翻案劇において、規範と欲望の対立と交渉はいかに形象化されるのかを確認するために、家事使用人のマーサの契約条件の「男友だち」をめぐる会話に注目しよう。『不思議の国のアリス』の著者のルイス・キャロルことチャールズ・ラトウッジ・ドジソンと親交のあったベアトリス・ハッチ[3]の戯曲『クランフォードからの場面』（一九〇二）では、マーサの「男友だちをもたないようになんて、とても難しいことです。町には大勢若い男の人がいますのに」(87) という苦悩と、ミス・マティの「マーサに若い女性としての慎みがあったらいいのに」(95) という嘆きは対立したままだが、イギリス生まれのアメリカの作家のマルグリット・マーリントン[4]の戯曲『クランフォード』（一九〇五）では、マーサとレディ・グレンマイヤがともに「男の人が好き」と躊躇せず発言し、世代と階級を超えた女性たちの欲望の共有が実現される (26–27)。その結末は帰国したピーターを取り囲み、ミス・ポールの「ついにクランフォードに男性が！　これは素晴らしい実験になるでしょう！」(99) という原作にはないセリフが挿入され、社交界に集う女性たちの欲望の解放の行方を示唆する。舞台設定を社交界の中心である客間に限定した二作の戯曲には、私的な空間に浮遊する女性主体の欲望が描出されている。

原作はナショナル・アイデンティティの二重性、つまり、想像上の文化的一体感とそれを支える不可視の文化的他者の存在を示唆し、さらには、支配的イデオロギーの規範から漏れこぼれる人間模様を描く。ギャスケルは批判精神の表現方法として、同時にその手厳しさを軟化させる手段として、したたかにユーモアを選択する。ミス・マティとピーターの二人が帰属すべき階級と場所に戻る結末は、他者性を周縁化し、規範と欲望の交渉を受容し、さらに善意と共感を共有するクランフォードの安寧の中心に二人を置く。この大団円により、表面上はノスタルジックなイングリッシュネスを演出して、幕が下りるのである。

注

1 本章での日本語訳は、小池滋氏の『クランフォード』の翻訳（日本ギャスケル協会編『ギャスケル全集1』大阪教育図書、二〇〇〇年）を参考にさせていただいたが、一部の表現を変えている。また、句読点や改行は、使用したピカリング版に基づいている。

2 土地の所有とインディゴ栽培での成功は、植民地での特権的な位置の証とも言える (Knezevic 419)。

3 ベアトリス・ハッチはルイスの被写体の少女の一人であった。ハッチ家とルイスの関係については Richard Foulkes の *Lewis Carroll and the Victorian Stage* (2005) の第八章を参照。

4 マーリントンは幼少時にアメリカに移住した児童文学作家として知られる (Fisher and Londré 451)。

引用文献

Brontë, Charlotte. *Jane Eyre*. 1847. Oxford UP, 2000.

Easson, Angus, editor. *Elizabeth Gaskell: The Critical Heritage*. Routledge, 1991.

Fisher, James and Felicia Hardison Londré. *Historical Dictionary of American Theater: Modernism*. Rowman & Littlefield, 2017.

Foulkes, Richard. *Lewis Carroll and the Victorian Stage: Theatricals in a Quiet Life*. Ashgate, 2005.

Gaskell, Elizabeth. "Company Manners." 1854. Edited by Joanne Shattock. Vol. 1. Pickering & Chatto, 2005. pp. 293–310.

——. *Cranford*. 1853. *The Works of Elizabeth Gaskell*. Edited by Joanne Shattock.Vol. 2. Pickering & Chatto, 2005. pp. 159–302.

——. "Fear for the Future." *Fraser's Magazine*, no. 55, 1859, pp. 243–48.

——. "French Life." 1864. *The Works of Elizabeth Gaskell*. Edited by Joanne Shattock. Vol. 1. Pickering & Chatto, 2005. pp. 357–410.

——. "Shams." 1863. *The Works of Elizabeth Gaskell*. Edited by Joanne Shattock. Vol. 1. Pickering & Chatto, 2005. pp. 327–38.

——. *Wives and Daughters*. 1866. Oxford UP, 1987.

Gilmann, Charlotte Perkins. *Herland*. 1915. Edited by Ann J. Lane. Pantheon, 1979.

Hatch, Beatrice. *Scenes from Cranford*. Grant Richards, 1902.

Jaffe, Audrey. "*Cranford* and *Ruth*." *The Cambridge Companion to Elizabeth Gaskell*. Edited by Jill L. Matus. Cambridge UP, 2007. pp. 46–58.

Knezevic, Borislav. "An Ethnography of the Provincial: The Social Geography of Gentility in Elizabeth Gaskell's *Cranford*." *Victorian Studies*, vol. 41, no. 3, 1998, pp. 405–26.

Mallet, Phillip. "Masculinity, Imperialism and the Novel." *The Victorian Novel and Masculinity*. Edited by Phillip Mallett. Palgrave, 2015. pp. 151–71.

Meredith, George. *An Essay on Comedy and the Uses of the Comic Spirit*. 1897. Edited by Lane Cooper. Cornell UP, 1956.

Merington, Marguerite. *Cranford: A Play*. Fox, Duffield & Company, 1905.

Miller, J. Hillis. "Apollyon in *Cranford*." *Reading Narrative*. U of Oklahoma P, 1998. pp. 178–226.

Recchio, Thomas. *Elizabeth Gaskell's Cranford: A Publishing History*. Ashgate, 2009.

Sawyer, Newell W. *The Comedy of Manners from Sheridan to Maugham*. 1931. Russell & Russell, 1969.

Schor, Hilary. *Scheherazade in Market Place: Elizabeth Gaskell and the Victorian Novel*. Oxford UP, 1992.

Smith, Andrew. *Gothic Literature*. Edinburgh UP, 2007.

Stanhope, Phillip Dormer. *The Letters of Phillip Dormer Stanhope, 4th Earl of Chesterfield*. 1774. Edited by Bonamy Dobrée. AMS Press, 1932, 6 vols.

『まじめが肝心』におけるマナーズと欲望の協力／共犯

玉井　暲

一　快楽を求めて

オスカー・ワイルドの劇『まじめが肝心』（一八九五）において、開幕早々、主人公ジョン・ワージング（ジャック）が、ロンドンに住む友人アルジャノン・モンクリーフ（アルジー）のフラットを訪れると、アルジャノンと顔を合わせるやいなや、彼から尋ねられる――「どうだい、アーネスト？　どうしてロンドンに出て来たんだい？」。これに対して、ジャックは、直ちにこのような返事を返す――「快楽、快楽だよ！　それ以外のことで、どこかに出かけたりする理由があるのかい？」。[1] このジャックのせりふは、この劇のテーマを鮮やかに表象している。主人公のふるまいは、「快楽」（"pleasure"）を求めること、「快楽」の充足がその主要な行動原理なのである。

ジャックがこの「快楽」を満たすには、巧妙な工夫が要る。というのは、ジャックは田舎のマナー・ハウスでは恩人の故カーデュー氏の孫娘セシリーの後見人を務めており、この後見人という立場にあると、なにかにつけて「すこぶる高潔な道徳的態度」（"a very high moral tone"）をとることが求められるものだから、窮屈でたまらない。そこで、ロンドンには、厄介な問題をしょっちゅう起こしている「アーネスト」(Ernest) という名の弟がいるという嘘を「でっち上げ」（"invent"）、このとんでもない弟のひき起こした問題の後始末をつけるという理由で、田舎を抜け出しては、ロンドンに出てきて「快楽」を求めていたのであった。

ジャックは、ロンドンに出てくると「アーネスト」という名で通っている。これは、先に触れた、アルジャノンからの開口一番のせりふ、「どうだい、アーネスト？　どうしてロンドンに出て来たんだい？」から確認できるように、その事実ははっきりしている。アルジャノンがジャックからもらった名刺にも、「オールバニー館、B４、アーネスト・ワージング」と書いてあるという。ジャックは、この「アーネスト」という名前で、偽りの身元を操るなかで、グウェンドレンという「魅力ある娘」と知り合い、究極的にはプロポーズに成功し、みずからの「快楽」の充足を果たす。結婚成立にあたっては、グウェンドレン嬢からは名前が「アーネスト」でなければ結婚はできないという要求と、その母親ブラックネル卿夫人からは、まともな身元の階層に属する証しとしての親戚の発見という、二つの厳格な条件を突きつけられていた。ところが、孤児であったジャックは、じつは、本名が「アーネスト」であって、ブラックネル卿夫人の「甥」にあたることが、父親の経歴を記した『陸軍将校名簿』と、昔のガヴァネスであったミス・プリズムの思いも寄らない告白により判明するという、マジックに掛けられたような展開により、それらのバリアを楽々と乗り越え、最終的にはめでたしめでたしに終わる。こうして、この劇は、なにかゲームの進行とその結末を思わせるような劇的展開を示して、エンディングを迎えるのである。

二　欲望の充足――マナーズとの協力、あるいは共犯関係をとおして

『まじめが肝心』は、コメディ・オヴ・マナーズ（風習喜劇）の系譜に属している。それは、二人の主人公のふるまいの型から判断して確認できよう。ジャックは、架空の弟を「でっち上げ」、この不良の弟のしでかした不始末の処理のためという、ヴィクトリア朝の倫理・道徳観に照らせば申し分のない説得力のある口実を

駆使して田舎を抜け出し、ロンドンでグウェンドレン嬢に出会い、彼女の愛を得て、みずからの「快楽」＝「欲望」を実現した。それゆえ、そのマナーズの扱い方から言って、王政復古期喜劇に登場する典型的な登場人物である「リベルタン」(libertine) や「レイク・ヒーロー」(rake hero) に連なるタイプに相当するであろう。ジャックの友人アルジャノンは、病人の友人バンベリーを「でっち上げ」、彼を見舞うという、これまた社会の倫理・道徳観からすれば褒められるべき口実を設けて、田舎に出かけ、ジャックが後見している娘セシリーと婚約を果たすことができ、みずからの「欲望の充足」に見事に成功した。アルジャノンもまた、マナーズの巧みな活用の仕方を見ると、王政復古期喜劇のリベルタンたちの立派な後継者である。しかも、彼の場合、登場人物たちのなかでも、機知にあふれたせりふが際立っているから、コメディ・オヴ・マナーズの登場人物としては十分な資格があろう。

ここで確認しておくべきは、コメディ・オヴ・マナーズの大きな特質であった、マナーズと欲望充足とのあいだの協力関係は、『まじめが肝心』にあっては、よりいっそうソフィスティケイトされ、欲望充足をめざしたが不首尾に終わったり、割りをくったりする者はだれひとり出ないほど、完璧であることである。ジャックとアルジャノンにおける快楽／欲望の充足にあたっては、不良の弟が引き起こした問題の後始末あるいは病人の友人の見舞いのためという、それらのふるまいは、イギリスの現実社会を成り立たせているマナーズを、すなわち倫理・道徳の慣習的なコードを、侵犯したり無視したりはせず、その慣習の「ルール」を固く順守することによって実行している。そのうえで、このマナーズの本来の制度を骨抜きにしているのではないかと逆説的に思わせるほどに、マナーズをきわめて巧妙に利用する、あるいは悪用することにより、見事な欲望充足を果たす。ここには、マナーズと欲望充足のふるまいとのあいだの協力態勢だけでなく、それを超越して、両者の共犯ともいえる関係が見てとれるのだ。

マナーズと欲望の協力／共犯については、いま、ジャックとアルジャノンの二人に指摘できたが、それは、男性の主人公だけに限らない。二人の女性の主人公、グウェンドレン嬢とセシリー嬢においても、この関係は見てとれる。「アーネスト」という名前をもったジャックと知り合ったグウェンドレン嬢と、「アーネスト」というジャックの不良の弟の名を騙って接近してきたアルジャノンを受け容れたセシリー嬢にとっては、その名前が「なにか絶対の信頼感を起こさせるものがある」（第一幕、第二幕）という理由で、この二人の婚約者が「アーネスト」という名前の変更や放棄を求めても、ぜったいに認めようとはしない。「まじめ」（"earnest"）という倫理を連想する「アーネスト」という名前には、マナーズのもつ厳格なルール性を保証するものがあるから、順守しなければならないのである。したがって、彼女らは、相手の二人に対し、再洗礼を実行して改名を決心させるほど、マナーズの原理・原則を順守し、強要することにより、みずからの欲望の充足を図るのである。

同様に、ブラックネル卿夫人の財産や金銭に寄せる欲望も、マナーズの原理にもとづいて、満足を果たす。娘婿候補であるジャックは、年七、八千ポンドの高収入を得ていて、田舎にはカントリー・ハウスと、ロンドンのベルグレイヴ・スクエアーにはタウン・ハウスを所有する。また、甥アルジャノンの婚約相手である若い娘セシリーは、一三万ポンドの公債と高級な不動産からなる大いなる遺産の継承者である。このように自分の身内の者の婚約者が大資産家である事実が判明したことにより、ブラックネル卿夫人は資産をめぐる慣習にもとづけば大満足といえる結婚の条件を確認でき、欲望充足に至る。

さらに、牧師のチャジュブル師とガヴァネスのミス・プリズムとのあいだにあっても、それぞれ聖職者と家庭教師としてのマナーズにもとづいた言動を、たとえかたちの上だけと見られるにしても順守し、相互の愛を確認し、欲望充足を果たす。

こうして、『まじめが肝心』に登場する主要な登場人物たちは、全員、マナーズを侵犯することなく、その上で、そのルールの巧妙な順守により、愛と財産の獲得に向ける欲望を見事に充足させ、ハッピー・エンディングを迎えるのである。批評家デイヴィッド・L・ハーストが、コメディ・オヴ・マナーズの一般的特徴のひとつとして、「登場人物たちの主要な関心は、セックスとマネーである」(Hirst 1) と指摘しているが、まさしくこのような関心にもとづく欲望は、『まじめが肝心』では、その充足がすべて成功裏に終わっているのだ。

三　奇想天外な人工的世界——現実界との相克

『まじめが肝心』にあっては、欲望充足をめぐって展開するアクションは、あまりにも見事で、「奇想天外」(“improbable”) である。劇的空間の奇想天外ぶりについては、この劇テクストはみずからのこの特質に意識的である。「奇想天外」とは、ジャックの二重生活が、アルジャノンから嗅ぎつけられてばれそうになり、その秘密の説明をするよう要請されたとき、そのシーンに現れるせりふである

アルジャノン　ぼくはいつも君を隠れたる常習的バンベリー主義者じゃないかとにらんでいたんだ。……なぜ君が町ではアーネストで田舎じゃジャックなのか……。さあ、奇想天外な (“improbable”) 説明をしてくれよ。

ジャック　おいおい、ぼくの説明には奇想天外なところなんて全然ありゃしないぜ。じっさい平凡きわまることなんだ。（第一幕）

この二人が用いるせりふ「奇想天外」こそ、この喜劇の劇的空間の特質と深くかかわっていよう。すでに本

書の「まえがき風のスケッチ」で触れたことであるが、チャールズ・ラムは、かつて、コメディ・オヴ・マナーズを「技巧的な喜劇(アーティフィシャル)」と定義した。[2] この定義にもとづけば、奇想天外な劇的空間が構築された『まじめが肝心』は、まぎれもなく、その典型に属していると言えよう。ラムは、また、この風習喜劇の劇的空間を、観客の生きる時代の現実における道徳観や価値観から自立して人工的世界が成立しえていることを強調して、「妖精の国(フェアリー・ランド)」と呼んだが (141)、『まじめが肝心』の奇想天外なアクションの展開もこの「妖精の国」を連想させないこともない。あるいはまた、この奇想天外な劇的空間では、一九世紀末の上流階級において見られる社交界や風習の世界の現実がふまえられつつも、そのなかでこの現実世界ではありえないようなアクションが展開するのだから、笹山隆が風習喜劇の特質として主張する、「リアリズム的ファンタジー」(224) の世界を描いた代表とも言えよう。[3]

こうした劇的空間の人工的側面に注目すると、この喜劇のジャンルに「ファルス」(笑劇) をあてはめたくなるのもある意味で自然かもしれない。批評家ケネス・ミュアは、その著『コメディ・オヴ・マナーズ』(一九七〇) のなかで、「ファルス」とも見えるその特質に触れている。

> この劇は、コメディ・オヴ・マナーズとして分類されることが時々あった。この劇は、たしかに社会のマナーズを遠回しにコメントする劇であるからだ。しかし、せりふの崇高な不条理さ、現実離れしたプロット、性格設定などを総合すると、遅れてきたコメディ・オヴ・マナーズというよりは、むしろイギリスのファルスのなかでもっとも偉大なものとして注目できよう。(Kenneth Muir, *Comedy of Manners*, 164)

『まじめが肝心』において、こうした奇想天外な劇的空間や登場人物の巧みなウイットに富むせりふが人工的世界を創っているのに注目すると、W・H・オーデンが、「唯一の、英語による純粋な言葉のオペラ」(“the only pure verbal opera in English”) と呼ぶのも納得がいくであろう。オーデンは、ワイルドが自分のほかの喜劇がメロドラマに堕している欠点を克服して、『まじめが肝心』においてこそ、「この劇の測り知れない卓越性を実現した」と見て称賛した。

> よく考え抜いたのか、偶然であったのか、いずれにせよ、ワイルドが発見した解決法は、ほかのあらゆる劇的要素をせりふそれ自体に従属させ、そして登場人物とは自分の語るせりふの内容の性格によって決定されるという、言葉の宇宙を創造したことだ。ここではプロットというのは、それらのせりふを語るための機会がひと連なりになったものにほかならない。(W. H. Auden, “An Improbable Life,” 135–36)

オーデンは、ワイルドの人生を「奇想天外」と評しつつ、このように、『まじめが肝心』における機知に富むせりふの働きに注目し、その言葉が創る自立的な劇的空間を高く評価した。

しかし、この劇のこうした人工的な世界を想起させる劇的空間は、イギリスはヴィクトリア朝後期にはいって、社会問題や女性の立場や当時の倫理・道徳観等に関心をもって、その関心をドラマ化した「問題劇」が次第に有力になってきたとき、『まじめが肝心』は、そうした社会的関心からの批判性をおびたまなざしにさらされることとなる。これは、ノルウェーの劇作家ヘンリク・イプセンの劇がイギリスで上演されるようになったことと軌を一にしている（『人形の家』〔一八八九年上演〕、『ヘッダ・ガーブラー』〔一八九一年上演〕）。こうした関心の変化に敏感であったのが、ワイルドと同郷人であったG・B・ショーであった。ショーは、ワイルドの劇が社会的関心を描いているのに注目していたところ、それに反して、この『まじめが肝心』になると、機知に富むせりふだけで成立した劇だと見て、否定的評価を下す。

この劇は、才気がみなぎっているけれども、ワイルドの初めての本当に冷酷な劇（"his first really heartless play"）である。彼のほかの劇では、一八世紀のアイルランド人の騎士道精神とテオフィル・ゴーティエの使徒としてのロマンスが、（オスカーは、道徳に対する批判者である点を除けば、アイルランド的な面から見れば、じっさい旧式の人間であった）、真剣な章句や女性の扱い方に対してある種の親切さや丁寧な態度を付与していた。それらの側面はまた、それだけでなく、笑いというのは、たとえ抑えがたくても、感情のようなものがなければ破壊的で卑劣なものとなってしまうのだが、そうした感情に近いものをも提供していたのだった。ところが、『まじめが肝心』になると、この特質が消滅している。この劇は、とても楽しいけれども、本質的には憎らしいものだ（"essentially hateful"）。

(G. B. Shaw, "My Memories of Oscar Wilde," 95–96)

ショーによれば、『まじめが肝心』は、人間に対する感情的な配慮が消えうせ、知的な機知だけが横溢する劇的空間が現出しているから、「冷酷な劇」、「憎らしい劇」になっているとして拒絶するのである。

また、アメリカのリベラル派の批評家メアリー・マッカーシーも、この劇的世界を「恐ろしき牧歌」（"a ferocious idyl"）と呼び、人道主義的配慮（"humanitarian consideration"）が欠落している面に注文を付ける。そしてこの「探偵小説」の遊びを想起させる非現実的な物語世界のなかで展開する、登場人物たちが「快楽」追求に夢中になるふるまいを「自己中心主義」（"selfishness"）だとして批判している（Mary McCarthy, "The Unimportance of Being Oscar," 108–10）。

このように見てくると、『まじめが肝心』に代表されるような「コメディ・オヴ・マナーズ」には、引き受けねばならない宿命を抱えていたことが見えてこよう。それは、みずからの劇的世界をひとつの演劇的理念にもとづいて構築された、いわば人工的な自立世界と見る立場と、その自立した劇的世界は、当然のこととして、現実界を支えている倫理・道徳観や価値観からの制約や判定を受けねばならないとみなす立場とのあいだで引き裂かれるという、永遠のアポリアと言えようか。もちろん、文学作品が抱えるこうした課題は、この種の劇に限らないものの、コメディ・オヴ・マナーズにあっては、その起源である王政復古期喜劇が性的欲望や金銭的欲望の孕む激烈な「自然」のリアリティを活性化して想起させる特質をおびているだけに、こうした現実社会のリアリズム的関心からのまなざしは避けられないかもしれない。しかし、こうしたリアリズムのリアリティをみずからの内に呼び込みつつ、そのリアリズムのいわば自然のエネルギーをみずからの人工的空間のなかでソフィスティケイトしてコントロールするところに、このコメディ・オヴ・マナーズの魅力があるのではなかろうか。

四　性的欲望の表象——コメディ・オヴ・マナーズとメロドラマ

『まじめが肝心』において、「欲望の充足」の仕方がいかにこの劇の中心的なテーマを形成しているかについて知るには、もう少し具体的にテクストを分析する必要があろう。二種類の欲望のうち、まず「性的欲望」の充足から検討してみよう。

『まじめが肝心』の二人の主人公のうちのひとり、アルジャノンは、密かに欲望を追求するための手段として架空の人物バンベリー (Bunbury) を「創り上げた（インヴェント）」。このバンベリーは、じつは現代のイギリスでは、あたかもれっきとした有名人のごとく認知されている。すなわち、「バンベリー」は、『オックスフォード英語辞典』（以下、***OED***と略す）のなかに、正規の項目として記載されたのだ。***OED***（第二版、一九八九）によれば、「バンベリー」とは、「ある場所を訪れたり、果たすべき責務を避けるための偽りの口実として使用される、架空の人物の名前」であって、「これに由来して、それをほのめかすような含みをこめてさまざまに使われるようになった」とある。バンベリーが、このように英国を代表する英語辞典のなかに封じ込められるとは、その創造主アルジャノンは想像もしてなかったろうが、バンベリー自身も、このような境遇の居心地はかならずしも良いとは言えないだろう。「バンベリーする」とは、いまや、苦を避け楽を得るための欺瞞的なふるまい、あるいは偽善的な二重生活の代名詞として正統的に確立してしまったのである。バンベリーは、自分が誕生した頃は、世間を欺く口実を結果的には保証する人物になっていたとはいえ、それは自分の預かり知らぬことであったのだから、この架空の身分をもっとおおらかに謳歌できていたのではなるまいか。自分のこの架空性を巧みに悪用して、あの創造主のアルジャノン一人が勝手に快楽主義の哲学を打ち立て、実践したのであったからだ。では、アルジャノンが推奨するこのバンベリー主義とは、その生誕時には、どのような意味合いをもっていたのであろうか。

アルジャノンは、ジャックに向かって、「君は、好きなだけ頻繁に上京できるように、アーネストというすこぶる便利な弟を創り上げたように、ぼくはぼくで、いつでも好きなときに田舎に行けるように、バンベリーという調法きわまりない万年病人を創りあげたわけさ」と、みずからの秘密をまず告白する。そのうえで、「君が常習的なバンベリー主義者だとわかったとなりゃ、バンベリーする（"Bunburying"）とはどういうことか、君に話してみたくもなろうというものさ」とたたみかける。そしてそのあとで、ひとつの助言を授けるのであった――「君に、その規則（"rules"）を教えてやりたい」と（第一幕）。すなわち、コメディ・オヴ・マナーズのリベルタンのひとりアルジャノンは、ここにみずからの行動原理を明言する。虚偽の捏造、つまり虚構の物語を創り上げ、それを操って欲望充足を果たすには、「ルール」があると宣言しているのである。

批評家ハーストは、コメディ・オヴ・マナーズに指摘できる特徴である、このマナーズにおけるルールの順守について、次のように述べる――「登場人物たちは、たぶん、ゲームを演じているのであろうが、……そのルールを順守しなければならないのだ。これらのルールは、行動を規制する社会の、文字には書かれていない法であり、礼儀作法を規定するものであって、……それらは、いつも、コメディ・オヴ・マナーズの登場人物たちの行いの基本となっている」と (David L. Hirst 3)。

二人の主人公の「バンベリング」、つまりマナーズのルールを悪用しての欲望の達成については、このうち、アルジャノンのそれは、開幕した時点では、欲望充足の対象となる女性は不確定であって、ただ多くの女性との愛の戯れそれ自体が目的であった。その点では、ジャックのグウェンドレン嬢への求愛という「純愛」にもとづいて、ただ一人の女性を対象とするふるまいと比較すると、アルジャノンのバンベリングは、より奔放であって、その本義にかなっており、よりラディカルでもある。すなわち、王政復古期喜劇のリベルタンたちによりいっそう近い側面を備えていると言えよう。この点は、バンベリングの「ルール」の内実を明らかにする次のせりふにも表されている。

一方、ジャックは、アルジャノンからバンベリングのルールを教えてやると言われたところ、それを受け入れるどころか、バンベリングそれ自体を終了させる意向をもらす始末である。

ジャック　ぼくは全然バンベリー主義者じゃないよ。グウェンドレンが結婚を承知してくれるなら、弟なんか殺しちまうつもりだ。……アーネストとは手を切るつもりだ。強く忠告するが、君もそうしたほうがいいぜ、その君の、…なんとかっていうばかげた名前の病気の友人とさ。

アルジャノン　なにものをもってしてもバンベリーと別れたりするもんか。……まあ結婚すればだね、君もバンベリーを知って大喜びするだろうよ。バンベリー知らずして結婚する男なんて、とても退屈な人生だろうぜ。

ジャック　そんなばかな。グウェンドレンみたいな魅力ある娘と結婚したら、そしてわが人生において出会った女で結婚したいと思ったのは、あの人だけなんだが、バンベリーと知りあいになりたいなどと思うもんか。

アルジャノン　それなら、細君のほうで思うだろうぜ。君はご存じないらしいが、結婚生活じゃあ三人寄ればうまくゆく、二人だけだとぶちこわしだよ。

ジャック　それは、ねえ君、腐敗せるフランス演劇が、ここ五十年間も、提議しつつある理論だよ。

アルジャノン　そうさ。そして、幸福なるイギリス家庭が、その半分の期間で、証明してみせたところの理論だよ。（第一幕）

アルジャノンが示唆しているように、既婚者の家庭における快楽充足のありようとして、夫が人妻に言い寄ったり、愛人と恋愛したり、あるいは妻が愛人や他人の夫と通じて、寝取られ亭主が出現するといった、不貞にもとづく愛のふるまいは、アルジャノンが生きていると設定されているイギリス・ヴィクトリア朝の世界にはありうることであっただろう。ただし、こうした、結婚してもバンベリングして遊んだり、結婚生活のなかで愛人と交わるといった、放蕩や三角関係の巧妙な男女関係の成立は、まさしく、王政復古期喜劇のお決まりのテーマであったのだから、アルジャノンの発言は、風習喜劇の系譜を意識したものと言えよう。コメディ・

オヴ・マナーズでは、こうしたいわゆる「不道徳的」なふるまいは、ルールにもとづいたゲームとして劇的空間で扱われていたものだ。

ところが、劇作品において、このようなふるまいが、現実世界において出来しうる出来事として、いささか深刻なものとして認識されはじめると、その性格が変わる。その種の劇は、一九世紀の特に後半では、問題劇、あるいはメロドラマと称されるものとして現れた。『まじめが肝心』のこのシーンでは、アルジャノンとジャックはともに十分に認識しているように、既婚者の家庭に見られる、慣習から逸脱したこうした「不道徳的」な男女関係は、たとえばデュマ・フィスの『椿姫』（一八五二年上演）に代表されるようなフランスの大衆的演劇ではよく取りあげられたのだった。ジャックの言う「腐敗せるフランス演劇」とは、これをさす。また、その種の劇に起源をもっている、イギリスのヴィクトリア朝末期になって流行しはじめたメロドラマにおいても、そうした性格の情事はお得意のテーマとなっていた。

ここで留意すべきは、このシーンでは、アルジャノンとジャックは、二重生活の活用による快楽の楽しみ方について、彼ら自身が個人的に関わる問題として話題に出しておきながら、その一方で、その種のふるまいを、みずからが登場する劇作品が所属する演劇ジャンルとからませて言及していることであろう。これは、要するに、この劇テクスト自体が王政復古期喜劇や一九世紀末のメロドラマを意識して、パロディの意図を忍ばせたコメント以外のなにものでもなかろう。ワイルドの喜劇には、この『まじめが肝心』をその典型として、当時のメロドラマをパロディとするモチーフが根本的に潜在している。

メロドラマでよく取りあげられるテーマは、堕ちた女、既婚者の不貞、過去のある女など、とくに女性をめぐって展開する男女関係が主なものであった。女性がこれらの問題に関わると、一般に、当時の性道徳にもとづいて社交界や社会から追放され、いわば勧善懲悪の扱いをうける展開となる。

一九世紀末のメロドラマ劇作家としては、アーサー・ウィング・ピネロとヘンリー・アーサー・ジョーンズがその代表にあげられようが、ここでは、ピネロの代表作、『タンカレー氏の後妻』（一八九三）を見てみよう。[4] この劇では、女主人公ポーラは、自分の男性関係の過去を告白してタンカレー氏の後妻に入り、また、夫のほうも彼女の過去に理解を示して円満な結婚をしていたのだが、ポーラの昔の恋人がタンカレー氏の娘の婚約者として登場してきたことから、幸福な生活が揺らぎはじまる。ポーラは、自分の過去が義理の娘にばれないかと不安におののき、夫の愛情にも自信がもてなくなるようになり、最終的には、みずからの過去という問題に対応できず、自殺でもってその生涯を終える。こうして、メロドラマでは、みずからの理想や願望（＝欲望）の実現を求めながら、それを十分に果たせず、報われない犠牲者が出る展開となることが多い。

この点では、ワイルド自身もメロドラマをふまえた劇を発表していた。その代表は、『つまらぬ女』（一八九三）に登場するアーバスノット夫人であろう。彼女は、未婚の母となり、息子といっしょにかつての恋人イリングワース卿と再会し、息子を彼の秘書にとりたててやるとの申し出を受けるが、最終的には、これを拒絶し、社交界を去っていく。また、『理想の夫』（一八九五）に登場するチェヴリー夫人も、過去をもつ女であるが、社交界に再登場してきて、有力政治家チルターン卿に接近するが、彼女もまた最終的にはみずからの野心を果たすことができず、社交界を去っていく。

ワイルドには、このように過去のある女が社交界に再デビューを果たそうとして不首尾に終わる人物の導入にメロドラマの残滓をうかがうことができるが、そのなかでも注目すべきは、彼の風習喜劇の第一作である『ウィンダミア卿夫人の扇』（一八九二）に登場するアーリン夫人であろう。[5] アーリン夫人は、いまはウィンダミア卿夫人となっている娘とその父親を棄てて、愛人と駆け落ちしたという過去をもっている。この夫人が、娘の夫ウィンダミア卿に接近して社交界に再デビューしようとしたところ、真相をなにも知らないウィンダミア卿夫人は、二人の親しい仲を愛人関係と誤解し、そこを衝いて言い寄ってきたリベルタンの若いダンディな男と駆け落ちを図ろうとする。アーリン夫人は、この娘の危機を察知し、みずからの恥を忍んで、犠牲的行為を行うことにより、娘を救うのである。

アーリン夫人は、結局、みずからの欲望を果たすことができず、社交界を去っていく。ただし、社交界を棄てる決意には、過去のある女は社交界には歓迎されず、快楽充足は不首尾に終わった敗残者という、ネガティヴなイメージは少しも見られない。ここには、メロドラマの常套的なテーマへの強烈なパロディが見てとれよう。

アーリン夫人は、「快楽」のさらなる追求を宣言して、社交界を堂々と出ていくのである。

アーリン夫人　あたしはね、ウィンダミアさん、あたしが修道女院に引きこもるか、病院の看護婦とかなんとか、そういったものにでもなればいい、と考えてらっしゃると思うの、ちかごろのくだらない小説に出てくる人物みたいにね。そこが、あなたのまぬけなところなのよ、アーサー。実生活では、だれもそんな真似（まね）なんかしませんからね——とにかく、いくらかでも美貌（びぼう）が残っているかぎりはしませんから。そうよ——当節ひとを慰めてくれるのは、後悔ではなくて、快楽（"pleasure"）なのよ。後悔なんて、まるで時代おくれよ。（第四幕）

このように、『まじめが肝心』が発表されるまでの三作の風習喜劇を見てみると、ワイルドは、当時のメロドラマの影響を強く受けていたことが分かる。それとともに、メロドラマのパロディやメロドラマ離れを志向する意向を示していたことも理解できよう。ワイルドは、『ウィンダミア卿夫人の扇』において、アーリン夫人がたどり着いた信念、大望の充足とは、「後悔」という倫理的次元の原理を棄て、ひたすら「快楽」の意味を追求する世界にあるとして、そうした劇的空間の創造を示唆したと言えよう。このアーリン夫人における快楽原理の肯定は、ワイルドが、その後、コメディ・オヴ・マナーズへの発展を予示する鮮やかなしるしである。『まじめが肝心』には、このメロドラマの残滓がパロディのかたちをとって、劇的空間に散見される。たとえば、メロドラマの常套的なテーマであった「未婚の母」が、ジャックが見捨てられて入っていた手さげ鞄(かばん)がミス・プリズムのものであると判明するシーンで、描かれている。ジャックは、その手さげ鞄とともに捨てられた赤ん坊こそ自分であったことを、ミス・プリズムに告白する。

ジャック プリズム先生、返ってきたのはこの手さげ鞄ばかりじゃありません。そのなかに先生がお入れになった赤ん坊こそ、このぼくだったのです。
ミス・プリズム （唖然として）あなたが？
ジャック （彼女を抱きながら）ええ……お母さん！
ミス・プリズム （驚き、かつ憤ってあとずさりしながら）ワージングさん、わたしは結婚していませんよ！ （第三幕）

ジャックは、ミス・プリズムがまぎれもなく未婚の母であって、その赤ん坊であった自分は、母親ミス・プリズムが扱いに困って、もっていた手さげ鞄に入れられ、捨てられていたと考える。これに対して、ミス・プリズムは、そこには大きな誤解あることを主張し、自分は「結婚などしてない」と言い訳をするが、相互の根本的な誤解は解けていない。だから、ジャックは、子供をかかえた「未婚の母」という慣習の論理にもとづいて、次のような発言を続けるのである。注目すべきは、社会の慣例にもとづいて「未婚の母」を糾弾するのでなく、「未婚の母」に理解を示して許容し、一般社会の慣習に逆らっていることである。

ジャック　結婚していない！　これが深刻な打撃だってことは、ぼくも否定しません。しかし、つまるところ、苦しみ悩んだ者に石を投じる権利をだれがもっているでしょう？　悔恨で愚行を拭い去れないものでしょうか。男の掟と、女の掟が別々にあってよいものでしょうか？　お母さん、ぼくはあなたを許してあげます。（ふたたび、彼女を抱擁しようとする）

ミス・プリズム　（なおいっそう憤って）ワージングさん、なにか思い違いしていらっしゃいますわ。

（第三幕）

このシーンにおけるジャックとミス・プリズムのせりふの食い違いのおかしさは、ジャックの「未婚の母」という慣習的なテーマについての認識から出ている。彼の進歩的な考え方は、ここではこの慣習への誤解として表象されているのだ。こうして、メロドラマでよく描かれる、男の掟と女の掟を区別する、性道徳におけるダブル・スタンダードは、パロディの材料として扱われている。それゆえ、『まじめが肝心』に登場する「過去のある女」である（と誤解された）ミス・プリズムは、社会から追放されることはなく、快楽の充足を勝ち得る。

五　婚約の成立とマナーズの厳格なルール

『まじめが肝心』にあっては、マナーズの「ルール」は厳格である。このルールの厳守が登場人物の全員に求められており、この厳格さを克服しなければ、欲望充足は成し遂げられない。アルジャノンは、このルールを操ることに掛けては自信満々で、そのルールの世界の内実とその操り方は熟知していると豪語していたが、それを操るみずからの才が通用しないことがあるのを、セシリー嬢と対面して痛感する。田舎にバンベリングを行い、ジャックの不良の弟に成りすませて、セシリーにプロポーズをすると、セシリーによれば、「おばかさんね、すでに婚約が成立し、三か月が経っているのよ」と聞かされ、面食らってしまう。その間に、二月一四日の聖バレンタインの日にプロポーズがあり、婚約指輪のプレゼント、ラヴ・レターの交換や、婚約中に一度はあるものだという婚約解消も、そのあとの和解などもあって、こうして、婚約をめぐるマナーズのルールが完璧に実行されたことが報告される。アルジャノンは、セシリーが厳格なルールにもとづいて「創り上げた（インヴェントした）」架空の物語を提示されると、これにはまったく抵抗ができず、みずからの欲望を充足するには、このルールに操られるままに従うほか手はない（第二幕）。

こうした、マナーズのルールの厳格さは、もう一人の主人公ジャックが、おなじくプロポーズのふるまいにおいて、すでに表象されていた。ジャックは、グウェンドレン嬢に向かって、「あなたほど熱愛したひとはほかにはいない」と愛を訴えると、「わたしたちは理想の時代に生きているわ。……私の理想はだれかアーネストという名前のかたを愛することです。アルジャノンから、アーネストというお友達があるってはじめて聞いた瞬間、あなたを愛する運命にあるのだと知りました」と告白され、当惑する。グウェンドレン嬢の結婚相手を決める、理想に関わるルールは、決して揺らぐことはない。相手の名前はぜったいにアーネストでなければならないのだ。それゆえ、ジャックは、洗礼を受けて、改名する決心をする（第一幕）。

プロポーズの厳格なルールは、さらに、このマナーズの儀式性によって表象される。ジャックは、愛の確認ができたものだから、「さっそく、結婚しなくちゃあ」と言うと、相手は、「結婚ですって？ ……あなたはまだわたしにプロポーズなさってないわ」と反論される。

ジャック　じゃあ……いまプロポーズしてもいいでしょうか？

グウェンドレン　絶好の機会よ。それから、万が一にもあなたを失望させるようなことがないように、ワージングさん、前もって率直に申し上げとかなくてはいけないと思いますけど、わたし、お申し込みをお受けしようとはっきり心に決めていましたの。

ジャック　グウェンドレン！

グウェンドレン　はい、ワージングさん、わたしになにをおっしゃってくださるの？

ジャック　ぼくの言いたいことは分かってるじゃありませんか？

グウェンドレン　はい、でも、おっしゃってないわ。

ジャック　グウェンドレン、ぼくと結婚してくれますか？（ひざまずく）

グウェンドレン　もちろんですわ、あなた。ずいぶん手間をおかけになったこと！　プロポーズの仕方にはあまりお慣れになっていないらしいわね。（第一幕）

いま、ジャックとグウェンドレン嬢のあいだでは、実質的には愛の確認は終わっている。しかし、「ぼくと結婚してくれますか？」（"Will you marry me?"）という言葉がなければ、プロポーズは成立しないのである。このルールは厳格そのものである。プロポーズというマナーズを制度的・社会的に確立させている実質は、ここでは問題ではない。ただ、マナーズのたとえ表層的でもあっても、形式的であっても、このマナーズのルールに従うというかたちのみが重要なのである。

マナーズがその本来の意義が骨抜きにされ、ただルールの表層性が重視されるというふるまいは、こののち、第三幕にはいって、グウェンドレンがセシリーに語る次のようなせりふに集約されることになる――「ゆゆしい重大問題になると、誠意のあるなしよりも、言い方（"style"）こそ肝心なのよ」。

六　マナーズとパロディ

田舎の教区牧師チャジュブル師とガヴァネスのミス・プリズムとのあいだの会話は、おのおの、宗教者としてのマナーズと教育者としてのマナーズをそれぞれ厳格に守ったせりふからなっている。すなわち二人のせりふは、結婚という話題を一般化して、一見形式的でそっけなく、ブキッシュな言辞を弄しているが、実質的にはセクシュアリティに裏づけられた愛の告白となっている。

チャジュブル師は、かつて、勉強に身が入らないセシリー嬢を前にして、「私が運よくプリズム先生のお弟子だったら、先生の唇に吸いつきますがね」と発言をして、図らずもみずからの性的関心を吐露し、ミス・プリズムの顰蹙をかったことがあった。その場は、「蜜蜂からとって、比喩的に申しただけだ」と、衒学的な言い訳をして切り抜けた。

しかし、今度は、ミス・プリズムが、実質的にはチャジュブル師に結婚を迫りつつ、言葉の上ではあくまでも一般論で押し通そうとする。ミス・プリズムは、「チャジュブル先生は、あんまりひとりぼっちすぎます。結婚なさるべきですわ」と話題を切り出し、「女性嫌い（ウーマンスロウプ）なんて、わたしにはわかりません」と言う。これに対して、チャジュブル師は、神学博士らしく、「原始キリスト教会では、名実ともに、はっきり結婚に反対していました」と、学問的知識にもとづいて反論をする。しかし、ミス・プリズムの進攻は止まらない。「だから、原始キリスト教会が絶滅したのよ」と、独身主義を批判する。さらに、独身の殿方というのは、「弱い女性を誤らせる、誘惑の種になる」ことがあるから、気をつけてほしいと、結婚の勧めを話題の全面に押し出してくる。これに対し、チャジュブル師は、既婚の殿方のなかにも女性にとって魅力的な男もいるのではないかと、リベルタンを容認するような発言をすると、反撃されるのだ。

チャジュブル師　しかし、男ってものはね、結婚しても同じように魅力があるんじゃないでしょうか。
ミス・プリズム　結婚した男は、その妻以外には、決して魅力はありませんわ。
チャジュブル師　しかも、その妻にさえ魅力のない場合が多いとか。
ミス・プリズム　それは、相手の女に知的共感があるかないかによりますわ。いつも頼りになるのは成熟ということです。信頼できるのは円熟ということです。若い女は青くさい（グリーン）ですもの。（チャジュブル師、ぎくりとする）園芸学的な意味で申したのですよ。（第二幕）

熟年に達しているミス・プリズムは、若い女性の「性的未熟」（“green”）の魅力に対抗し、「成熟」、「円熟」の魅力を訴えて、チャジュブル師に結婚を迫っているのである。ただし、その言葉は、「園芸学」のタームを用いて、あくまでも衒学的な表層を装い、マナーズのルールを逸脱することはなく、神学博士に迫る。

マナーズにおけるルールの厳格性の表象は、こうしてマナーズ自体へのパロディの視角を提示する。

七　金銭的欲望のありよう

『まじめが肝心』における二つの欲望充足のうちのもうひとつ、金銭的・物質的欲望の充足についても見ておかねばならないだろう。これは、ブラックネル卿夫人の二人の身内に関わる。その欲望のありようは、娘の婿候補であるジャックと、甥アルジャノンの嫁候補のセシリーが所有する財産についての関心において、明確に確認することができる。ブラックネル卿夫人は、まず、ジャックについては、彼の年収が七、八千ポンドで、[6]それも土地からの上がりでなく、株券収入だと聞くと満足する。さらに、田舎に千五百エーカーのついたカントリー・ハウスを所有していると聞かされると、「ベッドルームはいくつございまして?」と、おもわず、お里の知れる、はしたない質問をする始末である（第一幕）。

とは言え、こうした現実主義的な感覚は、ブラックネル卿夫人のみならず、コメディ・オヴ・マナーズの登場人物のあいだで、揺らぐことは決してない。したがって、ブラックネル卿夫人は、甥の嫁候補セシリー・カーデューの所有する財産について、後見人のジャックが紹介すると、すぐさま敏感な関心を表わす。セシリーは、若い娘にもかかわらず、三つの住居を所有しているほかに、公債(ファンズ)で一三万ポンドの遺産を相続した身分に[7]あると聞くと、態度を急変させる。「ちょいと、ワージングさん。一三万ポンドですって！　カーデューさんは、まことに魅力あふれるお嬢さんでいらっしゃいますわ」と述べ、セシリー嬢をアルジャノンにふさわしい婚約者として、自分の一存で認めてしまうのである（第三幕）。ブラックネル卿夫人にとっては、結婚相手の決定というマナーズにおいては、資産の持ち主という結婚条件のルールは、絶対的なものとして厳守されているのである。

こうした財産や遺産や持参金への強い関心を示す原型となる人物は、コメディ・オヴ・マナーズでは、王政復古期喜劇以来、その後の作品にあっても容易に見つけられるが、ノヴェル・オヴ・マナーズの小説では、さしあたり、ジェイン・オースティンの『高慢と偏見』に登場するベネット夫人がその代表であろうか。[8] 物語が始まるやいなや、隣の屋敷に引っ越してきた青年ビングリー氏について、「なに言っているの！ 独身に決まってるじゃないの！ 大金持ちの独身青年よ。年収四、五千ポンドは固いわね。うちの娘たちにチャンス到来だわ！」と、大騒ぎする（第一章）。

八　劇的世界の自己参照性

『まじめが肝心』にあっては、マナーズにおけるルール順守の厳格さの表象は、それが愛の実現であれ、金銭的欲望の充足であれ、イギリス一九世紀末における上流階層のマナーズや、さらには社会的慣習のコード一般に対するパロディとして機能していることは間違いない。ただし、この劇では、こうしたパロディという劇的行為がみずからのパロディの営みを観客に意識させる叙述として存在していることが、興味深い特質であろう。パロディがパロディ自体を意識するとは、それはドラマツルギーにおけるメタ的モチーフと呼ぶことができよう。

『まじめが肝心』では、主要な登場人物は、こうしてマナーズとの協力あるいは共犯により、みずからの欲望を充足させることにかけては見事な腕前を発揮する。もしジャックとアルジャノンが他人の善意を欺く悪人、自分の快楽をひそかに求める放蕩者、あるいはアーネストという名を騙る不良であっても、不覚をとって失敗したりはせず、ともにハッピー・エンディングにたどり着く。これは、まさしくあまりにも出来過ぎた喜劇、ファンタジーの物語、あるいはある種のフェアリー・テイルの物語に出てくる結末ではないか。このようなアクションの展開には、まさしく、この劇テクストがみずからの劇的エンディングを意識するモチーフが潜在しているのを想起させはしないか。

このモチーフは、ミス・プリズムが若い頃に執筆したという三巻本小説について、セシリーが言及するせりふにおいて浮上している。劇テクストにおける自己参照的なモチーフ、つまりメタ・ドラマ的なモチーフが、このシーンにおいて、この劇作品の注目すべき独自性として、前景化されているのである。

ミス・プリズム　三巻本小説をけなさないで、セシリー。わたくし自分でも、若いころ、ひとつ書いたことがあるのですから。

セシリー　ほんとう、プリズム先生？　先生って、なんと頭がいいんでしょう！　ハッピー・エンドじゃなかった、でしょう？　ハッピー・エンドの小説、好きじゃないわ。とてもがっかりしちゃうもの。

ミス・プリズム　善人はハッピー・エンドで（"The good ended happily."）、悪人は哀れな末路（"The bad [ended] unhappily."）。小説というのはね、そういうものなんです。

セシリー　あたしも、そう思うわ。でも、ずいぶん不公平（"unfair"）みたいね。（第二幕）

『まじめが肝心』という劇テクストは、みずからの劇的世界のエンディングを意識している。ミス・プリズムとセシリーのせりふは、この風習喜劇の興味深い性格を自己参照的に浮かび上がらせる働きをする。じつは、この劇の主人公たちは、三巻本小説に登場する主人公の結末を気にせずにはいられないのではないのか。三巻本小説の結末は、彼らに何を示唆するのだろうか。彼らは、いま、セシリーに感謝しなければならないだろう。三巻善人がハッピー・エンドで、悪人が哀れな末路で終わるという三巻本小説の結末のコンヴェンションは、セシリーが漏らしているように、あまりにも不公平だ。それゆえ、小説や劇の物語では、悪人も、善人同様、ハッピー・エンドに終わって良いのではないか。だから、悪（ワル）や放蕩や不良を一度は演じたジャックとアルジャノンも、ハッピー・エンドを迎えることができた。それは、ほかの登場人物にも言える。グウェンドレンも、このセシリー自身も、マナーズのルールを冷徹と思えるほど厳格に二人の求婚者に押しつけたが、その報いを被ることはなく、ハッピー・エンドを得ることができた。ブラックネル卿夫人にしても、資産や財力に対する執拗な物質的欲望をあらわにして、みずからの品位を損ねかねない、無理難題とも見える結婚条件を突きつけたにしても、身内の者となる求婚者たちはそれをすべて叶えてくれて、大きな満足にたどりつくことができた。初老の独身者、チャジュブル師とミス・プリズムも、それぞれ窮屈な職業的言辞を弄しながら、愛の確認を果たすことができたのだ。

『まじめが肝心』というコメディ・オヴ・マナーズは、三巻本小説の登場人物たちの結末を問題視することにより、みずからの登場人物の結末の意味を前景化する。この劇の登場人物たちは、たとえ三巻本小説の「悪人」のように見えたとしても、「善人」のように、こうした登場人物全員が欲望充足を果たすというハッピー・エンドを迎えることができたのだ。そうしたアクションの展開において、この劇テクストは、コメディ・オヴ・マナーズとしてみずからが抱えていた欲望充足という基本的テーマを強く意識することとなった。このハッピーなことこの上ない欲望の完全なる充足とはいったい何を意味しているのか。

九　「鋤（すき）」とコメディ・オヴ・マナーズのゆくえ

『まじめが肝心』におけるこのいわばドラマツルギーにおけるメタ的なモチーフは、またさらに、コメディ・

オヴ・マナーズなるものの根本原理を覆すモチーフをも想起させることに発展しかねないであろう。コメディ・オヴ・マナーズの劇的空間は、社会の現実界に横たわる、人間的欲望に代表される「自然」の意味に関心をもち、それを重要視する一方で、そうした自然との接し方、味わい方、その実現の仕方においては、これらに関わるマナーズのルールや慣習を順守して対応すべきだとする、約束事にもとづいていた。「自然」は、リアリズムの世界や現実と言えようが、この自然とマナーズとのあいだは、協力とも共犯とも言える一種のバランスの上に成りたつ緊張を孕んだ親密関係があった。では、マナーズの殻を脱ぎ捨てたら、どうなるであろうか。そうした、コメディ・オヴ・マナーズの劇的空間を成り立たせている緊張の度合いを、これまた自己参照的に前景化するのが、セシリーとグウェンドレンのあいだで交わす、「鋤(すき)」(“spade”)をめぐる言説といえよう。

二人は、それぞれ婚約を果たしたのだが、相手の男性は、ともに、アーネストという名の男であることが判明したため、互いに、婚約した時点をめぐって、婚約の優先権を主張し合う。この時点では、二人は、自分の婚約した「アーネスト」なる男が別々の人物であるとは気づいていないものだから、その「アーネスト」なる人物を奪い合う事態となっている。セシリーは、アーネストは、グウェンドレンに結婚の申し込みをしたあとで、心変わりしたと言うと、グウェンドレンは、アーネストはかわいそうにセシリーの罠にかかってばかばかしい約束でもしたのなら、助けだすのが自分の義務だと言い張る。これに対して、セシリーは、アーネストがたとえどんな不運な罠にかかったにしろ、結婚してからそんなことでアーネストを責めるようなことはしないと、断言する。ここから、二人の口論は激しさを増す。

グウェンドレン　罠(わな)って、カーデューさん、あたしのことをおっしゃってるの？　失礼よ。もうこうなったら、思っていることを洗いざらいぶちまけるのが、道徳的義務上のものになるわ。ひとつの快楽になるわ。

セシリー　あなたはね、フェアファックスさん、あたしがアーネストを罠にかけて婚約させた、とでもおっしゃるの？　あなたこそ、どうなのよ？　もうこうなったら、マナーズのなんのってうわっつらの仮面（"the shallow mask of manners"）などつけてる場合じゃないわ。鋤（すき）（"a spade"）を見たら、あたしは鋤と呼ぶわ。

グウェンドレン　（皮肉に）ありがたいことに、わたし、一度も鋤ってもの見たことございませんのよ。はっきりしているわね、わたしたちの住んでいる社会の領域がだいぶかけ離れてるってことが。

（第二幕）

「鋤（すき）」は、コメディ・オヴ・マナーズの劇的世界をつき崩すのか。「鋤」は、「文化」と対立する「自然」を、コメディ・オヴ・マナーズの文脈で言うならば「欲望」を象徴する。「鋤を見たら鋤と呼ぶ」とは、マナーズのルールを投げ捨て、本音の発言、マナーズでおおわれた下にある深層のものをありのままに言ってのけることを意味する。みずからの欲望がからめば、「マナーズという仮面などつけていられない」、という始末である。マナーズの表層の下にあるのは、「自然」、むきだしの現実にほかならない。すなわち、「鋤をみたら鋤と呼ぶ」の姿勢で対処すれば、それでは、コメディ・オヴ・マナーズの「約束の世界」は崩壊し、成り立たなくなるのではないのか。いまここでは、コメディ・オヴ・マナーズにおける、マナーズとその利用によって得られる自然／欲望とのあいだの緊張した協力関係が解体しかねない状況が起こっているのだ。

この二人の口論は、まさしく、コメディ・オヴ・マナーズなるものが抱えている危機を孕んだ要の存在に触れる言説であろう。人間の欲望をめぐるふるまいは、あくまでもマナーズのルールを守ることによって典雅に行われねばならないが、この二人の「鋤」に立ち向かう姿勢をめぐる口論を知ると、このソフィスティケイトされた関係が危機を迎えていそうである。すると、ここにおいては、『まじめが肝心』は、マナーズの駆使による欲望充足が過不足なく実現される点において、コメディ・オヴ・マナーズの究極と思われる完璧な喜劇作品となりおおせたが、その一方において、その完璧にソフィスティケイトされた欲望達成にあっても、欲望とマナーズとの関係にある種の「あやうさ」が潜在しうることを想起させるであろう。これはいったい何を示唆しているのであろうか。

コメディ・オヴ・マナーズの喜劇とは、自然／現実とマナーズとの「あやうい」関係が捉えられて始めて成り立つ劇ということなのか。あるいは両者のあいだにあるかもしれない「あやうい」関係を捉えなければ、完璧な劇的空間を創ることのできない劇なのであろうか。

コメディ・オヴ・マナーズにあっては、欲望とマナーズとのあいだの関係に揺らぎがありうるとすれば、『まじめが肝心』以後の劇においては、その劇的空間の展開は、この両者の「あやうさ」を孕んだバランスをどのように捉えるかにかかっていると言えるのかもしれない。

オスカー・ワイルドの『まじめが肝心』は、コメディ・オヴ・マナーズの完全な典型を示し得た作品であるとともに、コメディ・オヴ・マナーズというジャンルの基本構造が成り立つ条件を根源的に問いかけるサブヴァーシヴなモチーフをも秘めた、複合的なインパクトを孕んだ喜劇作品であると言えよう。

注

1 Oscar Wilde, *The Importance of Being Earnest*, ed. Michael Patrick Gillespie, 'A Norton Critical Edition' (Norton, 2006), p. 6.　以下、この作品からの引用は、この版にもとづく。

2 Charles Lamb, "On the Artificial Comedy of the Last Century," *Essays of Elia*, in *Selected Prose*, ed. Adam Phillips (Penguin Books, 2013), pp. 139–46.　以下、ラムからの引用は、この版にもとづく。

3 笹山隆「解説」、笹山隆訳、コングリーヴ『世の習い』（岩波文庫、二〇〇五年）、pp. 219–46.

4 使用テクストは、Arthur Wing Pinero, *The Second Mrs. Tanqueray*, in *Late Victorian Plays 1890–1914*, ed, George Rowell (Oxford UP, 1968) にもとづく。

5 Oscar Wilde, *Lady Windermere's Fan*, in *The Importance of Being Earnest and Other Plays*, ed. Richard Allen Cave (Penguin Books, 2000), p. 58.　以下、この作品からの引用は、この版にもとづく。

6 Gillespie 編集による『まじめが肝心』の A Norton Critical Edition の注によると、この「七、八千ポンド」は、二〇〇三年のアメリカ・ドルの換算レイトによれば、七五〇、〇〇〇ドルに相当するという (p. 17)。

7 Gillespie 編集による『まじめが肝心』の A Norton Critical Edition の注によると、この「一三万ポンド」は、二〇〇三年のアメリカ・ドルの換算レイトによれば、一三、八五〇、九五八・八九ドルに相当するという (p. 50)。

8 Jane Austen, *Pride and Prejudice*, ed. Donald Gray and Mary A. Favret, 'A Norton Critical Edition,' 4th Edition (Norton, 2016), p. 3.

引用文献

Auden, W. H. "An Improbable Life." In Ed. Richard Ellmann, *Oscar Wilde: A Collection of Critical Essays*. Prentice-Hall, 1969.

Austen, Jane. *Pride and Prejudice*. Ed. Donald Gray and Mary A. Favret, 'A Norton Critical Edition,' 4th Edition. Norton, 2016.

Danziger, Marlies K. *Oliver Goldsmith and Richard Brinsley Sheridan*. Frederick Ungar Publishing Co, 1978.

Freedman, Jonathan. *Oscar Wilde: A Collection of Critical Essays*. Prentice-Hall, 1996.

Hirst, David L. *Comedy of Manners*. Methuen, 1979.

Lamb, Charles. "On the Artificial Comedy of the Last Century." *Essays of Elia*, in *Selected Prose*. Ed. Adam Phillips. Penguin Books, 2013.

Macaulay, Thomas. "Comic Dramatis of the Restoration." In *Critical and Historical Essays*. Vol. III. of *The Works of Lord Macaulay*. Longmans, 1898.

McCarthy, Mary. "The Unimportance of Being Oscar." In Ed. Richard Ellmann, *Oscar Wilde: A Collection of Critical Essays*. Prentice-Hall, 1969.

Oxford English Dictionary (*OED*). Second Edition. Oxford UP, 1989.

Muir Kenneth. *The Comedy of Manners*. Hutchinson University Library, 1970.

Pinero, Arthur Wing. *The Second Mrs. Tanqueray.* In *Late Victorian Plays 1890–1914*. Ed. George Rowell. Cambridge UP, 1968.

——. *Three Plays*. Methuen, 1985.

Raby, Peter. *Oscar Wilde*. Cambridge UP, 1988.

Rowell, George. Ed. *Late Victorian Plays 1890–1914*. Oxford UP, 1968.

Shaw, George Bernard. "My Memories of Oscar Wilde." In Ed. Richard Ellmann, *Oscar Wilde: A Collection of Critical Essays*. Prentice-Hall, 1969.

Tanner, Tony. *Jane Austen*. Reissued Edition. Palgrave, 2007.

Todd, Janet. Ed. *Jane Austen in Context*. Cambridge Up, 2010.

Wiesenfarth, Joseph. *Gothic Manners and the Classic English Novel*. U of Wisconsin P, 1988.

Wilde, Oscar. *An Ideal Husband*. In *The Importance of Being Earnest and Other Plays*. Ed. Richard Allen Cave. Penguin Books, 2000.

——. *The Importance of Being Earnest*. Ed. Michael Patrick Gillespie, 'A Norton Critical Edition.' Norton, 2006.

——. *Lady Windermere's Fan*. In *The Importance of Being Earnest and Other Plays*. Ed. Richard Allen Cave. Penguin Books,

2000.
——. *A Woman of No Importance*. In *The Importance of Being Earnest and Other Plays*. Ed. Richard Allen Cave. Penguin Books, 2000.
Worth, Katharine. *Oscar Wilde*. Macmillan, 1983.
——. *Sheridan and Goldsmith*. Macmillan, 1992.

オスカー・ワイルド、西村孝次訳『サロメ・ウィンダミア卿夫人の扇』新潮文庫、二〇〇五年。

喜志哲雄監修、圓月勝博・佐々木和貴・末廣幹・南隆太編『イギリス王政復古演劇案内』松柏社、二〇〇九年。

笹山隆「解説」、笹山隆訳、コングリーヴ『世の習い』岩波文庫、二〇〇五年。

ジェイン・オースティン、中野康司訳『高慢と偏見』ちくま文庫、二〇一一年。

チャールズ・ラム、南條竹則訳『完訳　エリア随筆　Ⅱ正篇［下］』国書刊行会、二〇一四年。

富士川義之・玉井暲・河内恵子編著『オスカー・ワイルドの世界』開文社出版、二〇一三年。

二〇世紀・現代イギリス文学

戦時下の作法、あるいは無法
――イーヴリン・ウォー『もっと多くの旗を出せ』

小山　太一

一　はじめに

イーヴリン・ウォーの小説『もっと多くの旗を出せ』（一九四二年に出版）が背景としているのは、一九三九年九月の英国の対独宣戦布告から九ヶ月間にわたって西部戦線での非戦闘状態が続いた「まやかし戦争」期、そしてドイツのフランス侵攻直後の時期である。英国の社会的変動に直面した人々が右往左往する様子を、『もっと多くの旗を出せ』は喜劇的なトーンで活写する。

本作の特徴のひとつは、ウォーのデビュー作『大転落』に始まる戦前の諸作品の主役・脇役たちが再登場して重要な役割を演じることだ。『大転落』に寄宿学校の生徒として登場したピーター・パストマスターは青年時代の軍籍を利用して将校として軍に戻り、『大転落』の放蕩学生アラスター・トランピントンは二等兵として志願し、『黒いわるさ』でアフリカの小国アザニアを「近代化大臣」として思うさまひっかき回したバジル・シールは戦争という状況から最大の個人的利益を搾り取ろうと暗躍する。一方、本作が初登場の同性愛者で耽美主義の文人アンブローズ・シルクは、今こそ「芸術のための芸術」の復興のために新しい雑誌をと熱弁を振るう。物語はめまぐるしく舞台を移動しながら、抜け目ない悪漢バジルの策略と頼りない理想主義者アンブローズの企てを中心に、それぞれに愚かしさを抱えた人々の振る舞いを描き出してゆく。こうした群像劇的な行き方は『卑しい肉体』にもすでに見られたものだが、『もっと多くの旗を出せ』においては群像の構成要素がより有機的に絡み合っており、それまでの作品になかった社会的パースペクティヴの芽生えを感じさせる。

とはいうものの、『もっと多くの旗を出せ』は、ウォーの長篇中でこれまで論じられる機会が最も少なかったもの、軽量級扱いされてきたもののひとつだろう。しかし、本論ではあえてこの作品に注目したい。この作品を分析することは、コメディ・オヴ・マナーズにとって不可欠な要素である複数性という問題を考えるうえでヒントを与えてくれるとともに、ウォーの作品歴に新たな光を投げかけるものだと考えるからである。だが、『もっと多くの旗を出せ』の具体的な分析に取りかかるまえに、まずは一本の補助線を引いてみよう。

二 「数で判断するのは間違っている」のか

ウォーがキャリアの後期にものした作品に、第二次世界大戦を扱う『誉れの剣』がある。その第三部『無条件降伏』のオープニング近くに、第三部でライトモチーフのように何度も言及されることになるフレーズが現れる。いわく、「数で判断するのは間違っている ('Quantitative judgments don't apply')」(17)。

敬虔なカトリック教徒の主人公ガイ・クラウチバックが中年の身にもかかわらず英軍の士官となった動機は、ポーランド分割のために不可侵条約を結んだナチス・ドイツと共産主義ソ連に象徴される「武装した近代(モダン・エイジ)」(第一部『つわものども』12)と戦うということである。だがガイは、全三部を通じて、自分が軍隊と戦争に見出そうとした理想に裏切られつづける。第三部の初め、イタリア降伏とヴィットーリオ・エマヌエーレ三世の逃亡の報に接して幻滅からの一時の救いを得たように感じたガイは、思わず父に向かって、教皇庁がファシスト政権下のイタリア王国とラテラノ条約を結んだ過去に関していささか軽薄な批判の言辞を弄する。父クラウチバック氏はその場では「これはまた、おそろしく馬鹿げたことを言うじゃないか。教会とはそういうものじゃない」といさめるだけだが、後からよこした手紙の中で「数で判断するのは間違っている」と揚言する。

手紙におけるクラウチバック氏の論点は、妥協的なラテラノ条約の締結によって教皇庁の面子が損なわれたことなど、同条約によって教皇がヴァティカンの外に出られるようになったおかげで魂を救われる人間が一人でもいたという事実に比べれば問題にならない、ということである。この「数で判断するのは間違っている」というフレーズは、ガイの中でラテラノ条約という文脈から離れ、第二次世界大戦の成り行きに幻滅を覚えつつ軍務の日常に耐えてゆくための心の支えになってゆく――たとえそれが提供してくれるのが、精神の平衡を保つための引きこもりの場所でしかないとしても。個の倫理とアモラルで巨大なモダン・エイジの数の力との対立と交渉は、『誉れの剣』三部作を駆動する最も大きなテーマだといえる。

モダン・エイジのアモラルさは、ウォーが第二次世界大戦以前にものした喜劇的諸長篇においても、奇想に満ちたグロテスクな展開に欠くことのできないバックグラウンドだった。ただし、戦前の長篇の語りは、人々のアモラルな振る舞いからクールな距離を置いている。語りの特徴は、ひとことで言えば軽蔑的な高踏性だ。見る目のある読者は、わざと薄っぺらに造形された登場人物に対するよりも、無表情な語りを操ってコメディを構築してゆく作者に対して審美的なシンパシーを寄せることを期待されている。

倫理なきモダン・エイジと伝統的倫理の権威との対比をウォーが初めてはっきり打ち出したのは、彼が一人称の語りを用いて完成させた唯一の長篇『ブライズヘッド再訪』であり、この作品においては伝統的な権威への郷愁が語りの前面に押し出されている。伝統的・宗教的倫理をよりどころとする主人公の苦闘と挫折に読者がシンパシーを感じることが期待されているという点では、『誉れの剣』三部作は『ブライズヘッド再訪』によって本格的に開始された傾向――個人の信奉する伝統的価値とマスとしての現代社会のアモラルさの対置、そして前者への明らかな肩入れ――を継ぐものと言うことができよう。

こうして眺めてみると、ウォーの作品歴は戦前のモダニスティックなコミック・ディタッチメントから、第二次世界大戦の幻滅を経て、戦後の苦々しさ・現代に対する批判的な視線へと、分かりやすい変化を遂げているように見える。このスキームを当てはめるなら、『もっと多くの旗を出せ』は、戦前と戦後の作品傾向をつなぐ過渡期の作品として容易に位置を与えることができそうだ。戦前作品の登場人物たちを再利用し、「まやかし戦争」期の社会の混乱の中をコミックに泳ぎ回らせているという点ではこの作品はかつての喜劇性を受け継ぐものだし、戦争という大きな状況の中で居場所を失ってゆく脇役たちの内面が意外にもシンパセティックに描かれているという点では『ブライズヘッド再訪』や『誉れの剣』三部作の先駆けをなすものだとも言える――というわけである。

しかし実のところ、この作品は、ウォーという小説家の作品歴において、意外に特異な位置を占めているのではないだろうか。『もっと多くの旗を出せ』は、ウォーの長篇小説の中で珍しく、純粋なコメディ・オヴ・マナーズに傾斜した作品である。こう言うと、ウォーの喜劇小説はすべてコメディ・オヴ・マナーズだったのではという反論を受けそうだが、これは再考に値する問題ではあるまいか。

コメディ・オヴ・マナーズは、多数の人々の日常的振る舞いに社会的な標準ないし紋切型が存在することを前提とする文芸ジャンルである。ウォーの戦前五作品がそうした前提をある程度まで共有していることは確かだが、それらの作品はいずれも、全体としては、人々の振る舞いの様式(マナーズ)を相対的に些少な問題にしてしまうような意想外の設定(例えば『黒いわるさ』におけるアザニアの近代化プロセスの荒唐無稽さ)によって、日常的現実から独立したコメディの自律的な小宇宙を作り上げる方向に傾斜していた。それらの作品は、モダン・エイジにおける倫理の欠如へと読者の連想を間接的に誘導する寓話ではありえても、コメディ・オヴ・マナーズに不可欠の要素である社会的な類型（ソーシャル・ステレオタイプ）の批評を主目標としてはいなかったのである。

一方、『もっと多くの旗を出せ』で登場人物のソーニャ・トランピントン（アラスターの妻）が「どっちが勝つかとか、何のために戦うのかなんてことは聞いていないの。みんながこの戦争にどう対処するつもりか、それを教えて」とバジルに向かって言い、バジルが「このどさくさに加わろうって人間が多すぎるからね」と感想を洩らすとき(38)、二人が共有している複数性・一般性の意識（ソーニャの言う「みんな」、バジルの言う「人間が多すぎる」）は、「みんながこの戦争にどう対応するつもりか」を群像劇的に描くこの小説がまさにコメディ・オヴ・マナーズを志向していることを明らかにする。すべてが「数で判断される」総力戦の到来に向けて人々が社会的振る舞いをあたふたと修正せざるを得なくなることから起こる混乱の滑稽さこそが、この小説をコメディ・オヴ・マナーズたらしめているのだ。

戦争を題材に喜劇的小説を書こうとしたウォーは、戦前の諸作品とは違い、みずから作り上げたファンタスティックなコメディの小宇宙に登場人物たちを囲い込むことができなかった。なぜなら、人々は戦争という巨大な社会的状況によってすでに強力に包囲・束縛されているからだ。「まやかし戦争」の状況下、社会的状況による包囲・束縛を意識せずにはいられなくなった人々の右往左往をヒューモラスに描き出すのに最適なモードとして選び取られたのが、小説形式のコメディ・オヴ・マナーズだったのである。

三　切断された現代史と「凡人の世紀」

しかし、ここで考えなければならない要素がもうひとつある。ウォーがこの小説を執筆したのは一九四一年の半ばだが、そのころには「まやかし戦争」の状況はすでに過去のものとなっていたということだ。一九四〇年五月一〇日に西部戦線の静謐は破られ、六月末にフランスが降伏、ドイツの対ソ戦開始への対応として英ソ間に軍事同盟が結ばれる（『誉れの剣』で、ガイ・クラウチバックはこの出来事に深甚なショックを受けている）。一九四〇年の十一月にコマンド部隊に選抜されたウォー大尉は、四一年の五月末にクレタ島の戦いに参加したものの、英軍の戦いぶりのふがいなさと命からがらの退却に大いなる屈辱を覚えつつ、上官の命令に従って脱出用の舟艇に乗り込まざるを得なかった。

クレタ島における「てんでに逃げろ（ソーヴ・キ・プー）」的な撤退経験は、ウォーが軍隊組織での経験に寄せた期待を打ち砕いた。一九三九年八月の日記に「二等兵としてでも、とにかく入隊したい。……完全に生活習慣を変えることほど、［書き手としての］私を刺激してくれるものはないだろう。兵士として戦うことと文民として戦うことの間には象徴的な差がある、たとえ文民のほうがより役立つとしても」(438) と書いたウォーは、一九四三年の八月には「私は軍隊が嫌いだ。もう一度［物を書く］仕事にかかりたい。人生の経験など、これ以上したくない」(548) と吐き捨てることになるが、遅くとも一九四二年の初頭までに書かれたとおぼしい「レイフォース覚書」（『日記』に収録）の苦渋と怒りに満ちた記述は、クレタ島の撤退戦が軍隊という組織に対する幻滅の決定的な契機となったことを窺わせるに十分である。

だが、この撤退戦後、ケープタウン経由で大西洋を大回りして英国に帰還する船の中でウォーが一九四一年七月から九月にかけての一ヶ月少々で書き上げた『もっと多くの旗を出せ』には、クレタ島での屈辱は描かれていない。なるほど、バジルの愛人アンジェラ・ラインの夫にして上流階級のはぐれ者、軍隊に居場所のない耽美主義者の軍人であるセドリック・ラインは結末近くでノルウェイの戦い（これも連合軍の撤退に終わっている）に参加しているし、その下敷きとしてクレタ島の戦いが存在するのだとカルロス・ビラール・フロール(25) のように論じることは可能だろうが、セドリックがノルウェイの戦いで撤退を経験することはない。彼は爆撃下の戦場で伝令に出され、ただひとりで戦場を横切ってゆくという経験に組織生活からの不思議な解放感を覚えつつ「独りでいるかぎり自分は自由で安全だ、危険なのは数なのだ、我ら分断されれば立ち、団結すれば倒れるというわけだ」との考えに至るが、それもつかの間、「要するに、このろくでもない戦い全体がおっそろしく馬鹿げてるってことだ」という思いを最後に流れ弾によって即死し、撤退の屈辱を味わわないのである(208–11)。続く「エピローグ」が扱うのは、戦争が「より栄光に満ちた新段階」(213)に入った一九四〇年の夏であり、そこでの主要な出来事は、それまでの部分ではアモラルさの権化のごとく「まやかし戦争」下の社会的状況（前半では集団疎開、後半では陸軍省の防諜活動）を利用して個人的な利益を挙げ続けてきたバジルが、友人のピーター・パストマスターの率いるコマンド部隊に加わることだ。『もっと多くの旗を出せ』を絶讃する数少ない批評家の一人であるL・E・シスマンは「これはウォーの作品の中で、人々に歴史と直接の関わりを持たせる初めての作品である。……『誉れの剣』三部作がガイ・クラウチバックという一個人の主観的な、パラノイア的とさえ言える歴史であることを考えれば、最後の作品とも言えるかもしれない」と述べているが(Sissman 155)、『もっと多くの旗を出せ』で人々が関わる歴史からは撤退戦の屈辱が切除されており、主要登場人物の多くが総力戦の機構に組み込まれた時点をもって物語は終わっているのだ。

この組み込みに完了の感覚を与えるのが、他でもないバジルのコマンド部隊参加である。ジョン・ロッシが二〇〇二年の論文で『もっと多くの旗を出せ』が描いている社会状況がポスト九・一一の米国における愛国心の盛り上がりと似ているがゆえに「現今、『もっと多くの旗を出せ』は特別な意義を帯びている」(296)と――おそらく、いささかのアイロニーも交えずに――述べているのも、この文脈においては、まったくの誤読と片づけることができない。ウォー自身が、英国社会の戦争への適応をめぐるコメディ・オヴ・マナーズを、かつての遊蕩児（ブライト・ヤング・シングズ）たちの代表とも言うべきバジルの「更生」をもって締めくくる身振りを示しているのだから。

デイヴィッド・ワイクスは「一九四一年七月の時点で……ウォーがクレタの戦いについてコメディを書くことができないと自覚していたことに間違いはない」と論じている(136)。「一九四一年七月の時点で」という限定がついているのは、後に、一九五五年の『士官たちと紳士たち』で、クレタ島の戦いはハウンド少佐という臆病者を主役とする悲喜劇的シークエンスの背景として用いられることになるからだ（「覚書」の中でウォーは、シェル・ショック症状を呈していた先遣隊指揮官のコルヴィン中佐に「ハウンド」という偽名を与え、その振る舞いを冷ややかに書きとどめているが、「覚書」のほうは公開を意図したものでない）。しかし、ハウンド少佐が飢えと渇きと恐怖によって人間としての尊厳を失い、その名の通りみじめな一匹の犬と化して寄る辺を失ってゆく過程を実存的なヒューモアを交えて描くことは――たとえそのヒューモアからクレタ撤退直後の「覚書」におけるハウンド＝コルヴィンの描写に見られたあからさまな軽蔑が排除されているにしても――「みんながこの戦争にどう対応するつもりでいるのか」という複数性・社会的一般性の意識から生ずるコメディ・オヴ・マナーズの範疇に収まるものではなかった。ウォーは『もっと多くの旗を出せ』をコメディ・オヴ・マナーズとして仕上げるために――総力戦の準備体制下におけるコメディ・オヴ・マナーズという枠に収めるために――一九四〇年の夏以降の歴史を切除する処理を行なったのだ。

マーティン・スタナードは、『もっと多くの旗を出せ』が出版された時点では、この小説の前半がそうであるような「疎開小説」（後で述べるように、バジルは子供たちの集団疎開を利用して一儲けする）はすでに時流遅れになっていたと指摘しているが(55)、この小説は戦時下の用紙統制にもかかわらず、翌年初めまでに一八、〇〇〇部を売るヒットとなった。本作が「英国の国運が最低まで落ち込んでいた時期に、人々の近過去へのノスタルジアを刺激した」というのが、ポーラ・バーンの推測する理由(282)である。そのノスタルジアの中核は、ウォーが戦前のファンタスティックで残酷なコメディの登場人物たちをよりリアリスティックなコメディ・オヴ・マナーズに再登場させ、「平和と戦争に挟まれた奇妙に心地よい中間期」(108–09) と語り手が呼ぶ「まやかし戦争」の時代の社会をヒューモラスに再現してみせたことから来る親しみやすさではないか。言い換えれば、戦前にはモダニスティックでシュールレアルな志向を持っていたウォーの喜劇小説は、現実における社会的な振る舞いの標準を参照点とするコメディ・オヴ・マナーズに衣替えすることによって、ミドルブラウ層をも含むより広汎な読者層を獲得したのではないだろうか。この点について、ウォー自身が友人のランドルフ・チャーチルへの献呈の辞で述べていることを見てみよう。

> この本がもっぱら扱うのは、一群の幽霊たち、君と私が十年前に知っていた世界の生き残りたちだ。君はこの世界を置き去りに激動の政治のただ中へと飛翔していったが、私の想像力が今でも好んでとどまるのはこの世界なのだ。……これらの人物が共感するところはもはや同時代ではなく、彼らは戦争が始まる以前でさえすでに忘れ去られた存在だった。とはいえ、彼らはそれぞれの穴や片隅に引っ込んで愉快に生き続けていたし、他の誰もがそうであったように、現今の歴史が乱暴に侵入してきたことによって生活の習慣を中断されもしたのだ。(7)

ウィリアム・マイヤーズはこれを敷衍するように、歴史の侵入によって『もっと多くの旗を出せ』が戦前の諸作品と共有しているスタイリッシュなディタッチメントのトーンは変化を余儀なくされる、と述べている(59)。この説にそれ自体として異論はないが、先に見たとおり、『もっと多くの旗を出せ』で扱われる「乱暴に侵入してくる現今の歴史」から、コメディ・オヴ・マナーズの存立を危うくしかねないような危機的状況は切除されているのである。一九四一年七月時点、すでにクレタの屈辱を経験した作家ウォーにとっての「まやかし戦争」とは、自分たちもまた歴史の中に生きていることを認識せざるを得なくなったソーシャライトやボヘミアンたちが演じる社会的身振りを諷刺的に描出するのにちょうどいい程度のハードさ（あるいはソフトさ）を持って、歴史がそのプレゼンスを人々に感ぜしめた時期だったのではないか。

だが、この推測にとっていささか不都合なことに、ウォーは戦後すぐのエッセイ「ファン＝フェア」('Fan-Fare'、ファンファーレのもじり）でこう述べてもいるのである。

「あなたの著作は諷刺を意図しているのですか？」ノー。諷刺が成り立つかどうかは時代による。諷刺は安定した社会で栄えるものであり、均一な倫理的基準の存在を前提としている。……悪が善にリップサーヴィスをしない「凡人の世紀」において、諷刺に居場所はない。統一性を失った現今の社会に対して芸術家がなしうる唯一の奉仕は、小さくて独立した自分だけの秩序のシステムを作り出すことだ。(303–04)

「小さくて独立した自分だけの秩序のシステムを作り出すこと」だけがモダン・エイジの芸術家の務めだというウォーの言い分は、ほんの数年前に『もっと多くの旗を出せ』を書いたことをきれいさっぱり忘れたかのようである。新しい社会的状況に適応しようと右往左往する人々を喜劇的に描き出す『もっと多くの旗を出せ』において、「小さくて独立した自分だけの秩序のシステム」を守ろうとする人物たち――なかんずく、文人のアンブローズ・シルクと軍に復帰するセドリック・ラインという、二人の耽美主義者――は、戦争という巨大な公共的システムに巻き込まれ、押しつぶされてゆく。「自分だけの」という単数性が維持されえず、人々が単なる数字と化してゆく社会的状況をヒューモラスに描き出すためにコメディ・オヴ・マナーズという複数性を旨とする芸術形式をなぞってみせたのが、このエッセイにおいて無い物扱いされている『もっと多くの旗を出せ』だったのだ。

もっとも、「ファン＝フェア」というエッセイが、米国での『ブライズヘッド再訪』の大ヒットを受けて米国の雑誌『ライフ』に発表された、米国の読者からの質問に答える形式のエッセイであるという事情は斟酌すべきかもしれない。ドライかつ喜劇的たらんとする『もっと多くの旗を出せ』は、ロマンティックかつ悲劇的たらんとする『ブライズヘッド再訪』と正反対の方向を向いた作品であるがゆえに、主として『ブライズヘッド再訪』の読者に向けて書かれたこのエッセイでは存在を看過されねばならなかったのではないか。

「ファン＝フェア」においてウォーは、あなたは自分の描く人物たちを「類型的（ティピカル）」だと思いますか、という質問に対して激しい怒りを表明し、「小説家は『類型（タイプ）』などというものに用事はない」と言い切っている。では、『もっと多くの旗を出せ』における文人アンブローズの嘆きはどう読めばいいのか。

おかま（パンジー）。年を食ったホモ（クイーン）。服装の傾向、声のトーン、先達のお手本にのっとったヒューモラスな立ち居振る舞い、敏活で両性具有的な自由自在のウィット、自分が軽蔑する人間を面食らわせ煙に巻く技術――これらはかつて自分のものだったが、今ではコメディアンたちの定番ネタだ……。自分は時期に遅れて、自分をひとつの類型（タイプ）と化せしめる時代、ファースの登場人物として扱う時代に生まれてしまった。配偶者の母親や燻製ニシンと同じように、自分は今世紀の英国が貯め込んだお笑いの題材のひとつであって、シャフツベリ・アヴェニューの街灯の下で笑いさざめくコーラスボーイたちの同類なのだ。(41–42)

ウォーが認識する自己の姿は「典型などというものに用事はない」作家だったのだろう。だが、少なくとも

『もっと多くの旗を出せ』において、社会的な類型化（ティピフィケーション）の作用に対する作者の関心はプロットを駆動させる中心的な力となっている。

ゲイで耽美主義者の文人アンブローズ・シルクは、『もっと多くの旗を出せ』というコメディ・オヴ・マナーズ小説における、類型化あるいはマナー化の最大の犠牲者だと言える。「かつてディアギレフの時代には、身を持ち崩す快楽の道だった」(43) 典型的な〈耽美主義者〉の崇拝対象をフルコースで経巡ってきたアンブローズは、一方では〈左翼知識人〉のブラックリストに自分は載るのだろうかという不安を友人の編集者に打ち明けたとたんに「パースニップとピンパネル［一九三九年初頭にアメリカに移住したW・H・オーデンとクリストファー・イシャーウッドを明らかなモデルとする詩人コンビ］と並んで、リストのトップさ」と悪気なく返されてたじろぐことになる。これではいかんとばかりにアンブローズは、新設された情報省の宗教部門に〈無神論者〉のサンプルとして職を得つつ、戦争の時代にこそ「芸術のための芸術」と個人主義が擁護されるべきだという信念のもとに雑誌『象牙の塔』を創刊し、変名を使い分けてすべての記事を執筆する道を選ぶ。しかし、陸軍省の公安部門にもぐりこんだバジル（大学の同窓で腐れ縁）が部内での点数稼ぎのために仕組んだ、いかにもバジルらしくアモラルな罠にまんまと引っかかって官憲に〈ファシスト〉の烙印を押されたアンブローズは、バジルが用意したカトリック神父のパスポートでアイルランドへ逃亡することを余儀なくされる。そしてご丁寧にも、逼塞先の田舎宿の亭主によって〈スポイルト・プリースト〉（神学を学びながら聖職につかなかった挫折者）という社会的タイプに分類されてしまうのだ。「僕は［情報省を始めとする組織に］はめこまれたくない」(65) という言明にもかかわらず、彼はどこまでも、コメディ・オヴ・マナーズの登場人物らしくアイデンティティの類型化から逃れられないのである。

アンブローズは複数の批評家によって『ブライズヘッド再訪』のアントニー・ブランシュの原型と指摘され

ているが、アンブローズとアントニーが決定的に違うのは、アントニーの内面が決して描かれない点だ。アントニーは常に一家言ある人物、その一家言を他人に吹き込まずにいられない人物として、主人公チャールズ・ライダーの眼（と、何よりも耳）を通じて外部から描写され続ける。セバスチャン・フライトへのホモエロティックな感情をその妹ジュリア・フライトへのかなわぬ恋へと語りの中で転化させなければならないチャールズにとって、あからさまにゲイでキャンプなアントニーは外部化と切断の対象なのである。一方、『もっと多くの旗を出せ』においては、アンブローズの視点による世界の観察、および自由間接話法による彼の内面への寄り添いを通じて、世間によってタイプと化せしめられる人間の悲哀がはるかにシンパセティックに描き出されている。

もっとも、この点についてのウィリアム・クックの分析――語り手がアンブローズの内面に肉薄している一方でバジルは「ハードな精神の語り手によっていささか臨床的に眺められる、かなり底の浅い人物となる」(186)――ほど事態が明快に割り切れるのかどうかは、疑問なしとできない。何と言っても、『もっと多くの旗を出せ』はアンブローズの迫害を中心とした悲劇ではなく、アンブローズをも含む「かなり底の浅い」人間の地位に甘んじなければならない人々を群像として描く喜劇なのである。我々はここで、コメディ・オヴ・マナーズの複数性の中に閉じこめられた人物たちとしてのアンブローズとバジル、そして二人を取り巻く人物たちの関係を検討しなければならない。

四　交換可能な人々

アンブローズの雑誌『象牙の塔』第一号の目玉は、ベルリンにおけるドイツ人青年ハンスとの恋愛を題材とした回想記「あるスパルタ人への碑」である。ナチスのプロパガンダに陶酔したハンスはアンブローズとの関係のかたわら突撃隊員として活動していたが、突撃隊の仲間たちから（おそらくアンブローズとの関係が原因で）ユダヤ系だと指弾されて強制収容所に送られる、というのがそのプロットだ。アンブローズはこれを「シルク百パーセント」の「純粋な芸術作品」(186) として書いたのだが、バジルは旧友アンブローズを〈ファシスト〉に仕立て上げるため、ハンスの収容所送りをカットさせ、ナチスのイデオロギーに陶酔したままのハンスがポーランドに進軍してゆくところで作品が終わるよう書き改めさせる。バジルによる説得の理屈を見てみよう。

僕は思ったね――これは第一級の芸術作品だ、君だけしか書きえないものだ、と。それなのに、ある時点で急に単なるプロパガンダへ堕落してしまうんだ。もちろん、プロパガンダとしては実によくできている――君がいる情報省が生産している代物の半分でも、これと同じくらい上出来だといいんだがね――とはいえ、プロパガンダには違いない。非人道的行為を指弾する物語――アメリカのジャーナリストが一山いくらで書き飛ばすたぐいのものだ。いや、こいつはちょっと露骨だね、アンブローズ。だが、もちろん、戦時下には我々みんなが犠牲を払わなきゃならない。君の犠牲的精神を僕が尊敬していないなどとは思わないでくれ。しかしアンブローズ、芸術という観点からはショッキングだよ。(191)

言説市場における株価の上下を盾に取ったバジルのトリックに、アンブローズはころりとしてやられる。「戦争はあらゆる人間に新しい取引を持ちかけているが、この自分だけは独自性（シンギュラリティ）／単数性の重荷を背負っているのだ」(61) という自負にもかかわらず、彼は実のところ「取引」の世界――複数性と交換可能性の世界――の住人に他ならないのである（たとえ『象牙の塔』の創刊が、いわば言説市場における逆張りを試みるものであろうとも）。かくしてアンブローズの「単数性」の挫折は、本人が抱え込んでいる俗気——複数性へのひそかな欲望——によって悲劇から喜劇へと天秤が傾くことになる。

同時に、『もっと多くの旗を出せ』のプロットには、複数性・集団性への帰属を是認する——あるいは、少なくとも黙認する——ように読める側面があることもまた事実である。単数性を希求するアンブローズが追放される過程と並行するように描かれる、戦時の国民動員をわが身に受け止め、積極的に組織化されてゆくことを選ぶ人物たちの振る舞いがそれだ。

先に挙げたジョン・ロッシのように『もっと多くの旗を出せ』を戦時下における英国の国家再編成と国民動員を称揚する物語として読むなら、芸術至上主義を気取るアンブローズの言説の失敗はウォー自身の『もっと多くの旗を出せ』についてのアイロニカルな自己言及、小説家としての転向の弁明（アポロギア）と解釈することも可能だろう。かつて『大転落』のオープニングで酒に酔った不良学生たちの破壊活動を主導したボランジェ・クラブのアラスター・トランピントンはいまや二等兵として陸軍に志願し、同じ『大転落』のエンディングで先輩のアラスターが母親の愛人となったことを皮肉に語っていたボランジェ・クラブの新入りピーター・パストマスターはコマンド部隊の役職者となってアラスターとバジルをリクルートする。こうした組織化と動員のプロットは、アンブローズの「芸術のための芸術」と通底するエリート的・モダニスト的なアート指向を帯びていた戦前の喜劇小説の世界への訣別、歴史における集団的な正義への恭順の表明とも、たしかに受け取れるのである——とりわけ、スタナードが「ある意味でウォーの軍隊に関する態度は英国よりも日本を思わせるものだった」(32) と評する戦中日記の記述と重ね合わせるならば。

しかしながら、『もっと多くの旗を出せ』がそうしたかつての遊蕩児たちの戦時体制への順応による社会的

「更生」を眺める眼差しは、シニカルな距離感を保っている。二等兵として志願した連隊が前線に出られないことに失望していたところにピーターのコマンド隊への参加を打診されたアラスターが、かつて興奮しながら読んだ少年向け雑誌『チャムズ』の軍事冒険小説を思い出しながら「連中は脱出用に、胴体に縄梯子を巻きつけ、上着の縫い目にやすりを縫い込んでるんだ。僕が申し出を受けたら君は怒る?」と妊娠中の妻ソーニャに尋ね、ソーニャが「縄梯子だもの、止めようったって無駄よね」と答える場面(217)は最も示唆的だ。小説中盤でソーニャは、アラスターが二等兵を志願したのは放蕩者としての過去に対する償いの苦行だと述べているが(106)、アラスターの「苦行」が社会への償いではなく、これまでの自分の不活動(インアクション)を埋め合わせるアクションの場を提供してくれそうな組織——かつてのオックスフォードで、酒に酔って暴れ回ることを可能にしてくれたボランジェ・クラブに代わるような男性組織——への加入に他ならないことを、エピローグのこの場面はさりげなく明らかにしているのである。

第一章でアラスターは、かつて騎兵連隊に籍を置いたことがあるせいで軍にあっさり復帰できたピーターのカーキ色の戦闘用軍装を羨望の念と共に眺めつつ「英国は戦争をしている。だからこのアラスター・トランピントンも戦争をしている。自分がいつ、どのようにして戦うかということを、政治家なんかに指図はさせない」と考える。だが彼は、それを「言葉にすることは——少なくとも、バジルがおちゃらかせないような言葉にすることは」できない(46)。なぜなら、アラスターにとって戦うことは必然的に軍隊という組織への加入を意味するのに対し、バジルは一匹狼の悪漢であり、戦争を含むあらゆる状況をアウトサイダーの自分がひとり快楽を搾り取るための「どさくさ(ラケット)」としか考えない人間であるからだ。少なくとも、アラスターにとってのバジルは。

だが、本当にそうだろうか? 確かに、『黒いわるさ』のバジルはそうだったかもしれない。リタ・バーナードが述べるように、『黒いわるさ』はモダンと野蛮の二項対立に依拠するあからさまにコロニアルなファースに見えつつ、同時にその二項対立を解体して、英国を含むモダンの側もアザニアに負けず劣らず野蛮であることを示す残酷なファースでもあったわけだが(164–69)、このファースは、余人ではとうてい不可能な量の出鱈目を一人で采配するバジルの能力なくして成り立ちえなかった。しかし、戦争のための動員に取りかかった英国の混乱がバジルにアザニアと同質の活躍の場を与えた、とするロバート・R・ガーネットの意見(142–43)には賛同できない。『もっと多くの旗を出せ』というコメディ・オヴ・マナーズにおいて、バジルの悪漢としての独自性はしだいに否定されてゆくのだ。

『もっと多くの旗を出せ』の冒頭では、三人の女性が、戦争においてバジルが演じるべき役割をそれぞれ類型に当てはめて考える――バジルの妹であるバーバラ・ソットヒルは第一次世界大戦におけるジーグフリード・サスーンやルパート・ブルックやT・E・ロレンスのような悲劇的英雄として、バジルの母であるレイディ・シールは「オールド・ビル」(第一次大戦時の人気漫画に登場する、仏頂面で戦争を耐え抜く中年の兵士)として。そしてバジルのないがしろにされた愛人であるアンジェラ・ラインは、周囲から「病的」と呼ばれる自分たちの関係を終わらせてくれるバジルの戦死を夢み、無名戦士の墓に葬られるバジルを想像するのである。バジル自身はそうした戦時的な類型化を拒否するかのようにバーバラの屋敷に飄然と姿を現し、疎開児童の住宅割り当ての仕事をバーバラから肩代わりする。そして、コノリーきょうだいと呼ばれる誰も引き取りたがらない問題児三人組を近隣の家々に次々割り当てては、その家の人々からコノリーきょうだいを別の家に移動させるための袖の下をせしめるという新商売を開発するのである。

一見のところ、こうしたバジルの発明の才は、世界を「小さくて独立した自分だけの秩序のシステム」に変えてゆく一匹狼の悪漢としての健在を示すもののように思われる。ネイオウミ・ミルソープは、バジルがコノリーきょうだいを手榴弾に喩えて考える場面を引きつつ「これらのアウトサイダーたちは、バジルによって権力のための戦いの武器として動員される」と論じている (115)。この時点のバジルは、戦争に向けて動き出した英国社会にただひとりのゲリラ戦を仕掛けるているつもりなのだ。バーバラに向かってバジルが放つ「これは僕の戦争努力だからね」という言葉 (97) は、そのことを簡潔に示している。

だが、作戦を繰り返すうちにうっかり担当区域の限界を忘れ、区域外にある家の主人トッドハンター氏にきょうだいを押しつけようとしたことをきっかけに、バジルは独自性の幻想を失い、すでに複数性の領域に取り込まれている自分に気付くことになる。なぜなら、トッドハンター氏はバジルにそっくりの悪漢であるからだ。

> トッドハンター氏は黙ってバジルの言葉を聞いていた。そして、最後にこう言った。「なるほど、これがあんたのやり口なんですな。ありがとう。勉強になりましたよ、実にいい勉強になった。子供を『家の守り神』と呼ぶなんぞ、おつじゃありませんか」
>
> 自分が相手にしている人物の持っている共感力が、広範囲にわたる、いささか剣呑なものであることがバジルにも分かってきた。こいつは俺に似た人間だ。(138–39)

かくして、バジルは新商売に見切りをつけ、トッドハンター氏にコノリーきょうだいの使用権を譲り渡してロンドンの陸軍省に足を向ける。何か当てがあるわけではなく、「この巨大組織のどこかに、自分のために卵を産んでくれるガチョウがいるだろう」(144) と信じてのことだ。ところが、この巨大組織で彼が出会うのは、ガチョウならぬもうひとりのドッペルゲンガーなのである。バジルを部下として雇うことになる公安部門のプラム大佐は、バジルが自己紹介する前から、いきなり彼を「シール君」と呼ぶ。我々は会ったことがあるでしょうか、というバジルの問いに、大佐は、一九三六年にジブチ、一九三七年にサン＝ジャン＝ド＝リュズ、一九三八年にはプラハで、と答える。そこでバジルは、目の前の男と自分が同類であることを理解する。彼らはどちらも、外交とジャーナリズムのエスタブリッシュメントにたかることで「現代史の周縁部」(148) を生きてきた一群の怪しげな男女のサンプルに過ぎないのだ。自分もまた類型（タイプ）に属する人間であることを、バジルは思い知らされるのである。

その意味で、アンブローズを〈ファシスト〉として陥れるにあたってバジルがプラム大佐に「あいつは一番危険なタイプですよ。……戦前にはミュンヘンに住んでいたんです。党本部に入り浸りだ」(188) と吹き込むのは、理にかなった成り行きと言える。バジルは「まやかし戦争」期の英国社会を類型化の跋扈する空間と見きわめ、類型化を利用して生き延びようとするのだが、この作戦は彼自身にもはね返ってくるほかない。アンブローズを追放したばかりか彼のフラットにおさまり、ついでにプラムを蹴落としてプラムの愛人だった女性兵士まで手に入れたバジルは、彼女を使って、アンブローズが置いていったシルクの下着の縫い取りを「A（アンブローズ）」から「B（バジル）」に変えさせる。完璧な勝利だが、同時にこれは悪漢バジルの完膚なき敗北でもある。彼は「数による判断」が幅を利かせる社会に無条件降伏し、交換可能な類型としてコメディ・オヴ・マナーズを生きることを選んだのだ。しかし、モラルの持続的尊重という建前によって成り立つコメディ・オヴ・マナーズがこの徹頭徹尾アモラルな男の帰順を受け入れてしまったことで明らかになるのは、『もっと多くの旗を出せ』のコメディ・オヴ・マナーズが空洞化と立ち枯れの可能性をあらかじめ含んだ脆弱なものだったということでもある。

五　おわりに

そう考えると、どうしてウォーが『もっと多くの旗を出せ』の扱う「現代史」を一九四〇年の夏で切ることを選んだのかという問題に対する答えも見えてこないだろうか。決定的なヒントを与えてくれるのは、コマンド部隊に入る理由を説明するバジルの言葉だ。

「僕が仕掛けたどさくさも、本物の戦争が起こっていなかった冬の間はうまく行ったんだがね。しかし、もうダメだ。今じゃ、男がやれるシリアスな仕事はひとつしかない。ドイツ人を殺すことさ。で、思うんだが、僕はその仕事をだいぶ楽しめそうだ」(221)。これを、かつてのブライト・ヤング・シングズたちの「更生」と符節を合わせたバジルの「更生」と見なすのは、やはり無理筋ではあるまいか。

かつて、平時のバジルは「ナチスの外交政策と平行するような……圧力と宥和と煽動と脅迫のシステム」(49)によって世界から個人的な楽しみを搾り取ってきた。「自分はドイツ人を殺す仕事を楽しめる」というバジルの見通しは、そのアモラルさにおいて、戦前に彼が採用していた「ナチス的なシステム」と何ら変わっていない。だが、そこに起こった根本的な変化は、いまやバジルのアモラルさが総力戦体制の国家によって動員される死の装置のアモラルさと同期するようになったことだ。

この変化は、『もっと多くの旗を出せ』におけるコメディ・オヴ・マナーズというフレームの寿命が尽きたことを示し、『誉れの剣』三部作における、陰惨な実存的喜劇と何かが狂ったコメディ・オヴ・マナーズとの居心地悪いまだらな共存への方向を指示するものである。バジルがアウトサイダーとしての行動の自律性（エージェンシー）を失い、戦争つまり組織化された死の代理人（エージェント）となったとき、彼が外部から攻撃・搾取の対象としてきた戦争準備のコメディ・オヴ・マナーズの世界はそれまで辛うじて維持してきた中身を失い、抜け殻となってくたくたと頽れるしかないのだ。

マリーナ・マッケイは『もっと多くの旗を出せ』と『ブライズヘッド再訪』に関して、「これら二つの戦争小説は大きな意味でモダニズムについてのものであり、きわめて意識的にモダニズム後のものでもある。文化的・芸術的な喪失を埋め合わせるものは、そこには何もない」と述べている(126)。だが、クレタ島撤退戦を経験した直後のウォーは、かつての自分の喜劇小説群を支えていたモダニストとしての喪失を埋め合わせるものなしで総力戦の世界と対峙するすべを持たなかった。そこで選び取られたのが一九四一年の夏以降の同時代的現代史の切除であり、コメディ・オヴ・マナーズへの一時的な先祖返りであったのではないかという仮説を、小論の締めくくりとして提示しておきたい。

引用文献

Barnard, Rita. "'A Tangle of Modernism and Barbarity": Evelyn Waugh's *Black Mischief*.' Richard Begam and Michael Valdez Moses, eds. *Modernism and Colonialism: British and Irish Literature, 1899–1939*. Duke UP, 2007.

Byrne, Paula. *Mad World: Evelyn Waugh and the Secrets of Brideshead*. 2009. Harper, 2010.

Cook, William J. *Masks, Modes, and Morals: The Art of Evelyn Waugh*. Fairleigh Dickinson UP, 1971.

Davie, Michael, ed. *The Diaries of Evelyn Waugh*. Weidenfeld and Nicolson, 1976.

Garnett, Robert R. *From Grimes to Brideshead: The Early Novels of Evelyn Waugh*. Associated University Presses, 1990.

MacKay, Marina. *Modernism and World War II*. Cambridge UP, 2007.

Milthorpe, Naomi. *Evelyn Waugh's Satire: Texts and Contexts*. Fairleigh Dickinson UP, 2016.

Myers, William. *Evelyn Waugh and the Problem of Evil*. Faber, 1991.

Rossi, John. "Evelyn Waugh's Neglected Masterpiece." *Contemporary Review* 281, 2002, 296–300.

Sissman, L. E. "Evelyn Waugh: The Height of His Powers." James F. Carens, ed. *Critical Essays on Evelyn Waugh*. G. K. Hall, 1987.

Stannard, Martin. *Evelyn Waugh: The Later Years 1939–1966*. Norton, 1992.

Villar Flor, Carlos. "Happy Warriors in Arms: Aspects of Military Life in Evelyn Waugh's *Put Out More Flags* and *Sword of Honour*." *War, Literature and Arts* 27, 2015. 1–24.

Waugh, Evelyn. *Black Mischief*. 1938. Penguin, 1965.

——. *Decline and Fall*. 1928. Penguin, 1937.

——. *The Diaries of Evelyn Waugh*. Michael Davie, ed. Weidenfeld and Nicolson, 1976.

——. "Fan-Fare." Donat Gallagher, ed. *The Essays, Articles and Reviews of Evelyn Waugh*. Methuen, 1983.

——. *Men at Arms*. 1952. Penguin, 1964.

——. *Officers and Gentlemen*. 1955. Penguin, 1964.

——. *Put Out More Flags*. 1942. Penguin, 1991.

——. *Unconditional Surrender*. 1961. Penguin, 1964.

Wykes, David. *Evelyn Waugh: A Literary Life*. St. Martin's Press, 1999.

可動式プライベート時代のコメディ・オヴ・マナーズ
——ノーエル・カワードからハロルド・ピンターへ

山田　雄三

一　はじめに——可動式プライベート化 (mobile privatization) の時代を迎えて

マナーは英語では通常マナーズと複数形で使われ、かたちの上では複数形であっても意味の上では単数形のように扱われる。食事のマナーだとか接客マナーだとかさまざまなマナーを束にしているはずなのに、複数形となることで個別のマナーのことは忘れ去られ、「礼儀作法」「品行」といった抽象的な価値を表すことができる。似たような例に、複数形単数の「スタンダーズ (standards)」がある。これは初等教育の「学級」や「生活水準一般」などのような包括的なことばとして使われることが多い。こうした語法に最初に着目したのはレイモンド・ウィリアムズである。彼は複数形単数のかたちを「一九世紀型複数形」と呼び、複数形でありながら無数にあるはずの個別のマナーを超越して、「本質的にひとつのもの・ことのように機能する」と指摘した (McIlroy, 213)。この意味でのマナーズは社会の「価値」や「モラル」と同様の働きを得ることになる。そのため「マナーズ」をわきまえているかそうでないか、「スタンダーズ」に達しているか達していないかは、社会を階層に分別する物差しとなり、社会に分断と排除をもたらす用語になりがちである。そう考えれば、複数形単数は純然たるイデオロギーなのだが、「マナーズ」や「スタンダーズ」をもっていると自認する社会層では、その「所有」を確認するためのさまざまな文化的な営為が繰り返されてきた。そのひとつがコメディ・オヴ・マナーズ (comedy of manners) であり、王政復古期から二〇世紀半ばごろまで、英国社会の中上流層で広く支持されてきた。このように「マナーズ」が集団で確認される社会は比較的、均質で閉じた社会といえるだろう。

他方、一九世紀末から二〇世紀にかけて「均質で閉じた社会」を解体する力学が働いたことも事実である。一九二〇年代の労働者運動の高まりは労働者階級をもはや無視することのできない状況を生み、一九五〇年代の「アフルーエンス」の時期には多くの移民を受け入れることになった。そうなると労働者階級にも文化があることを承認するニューレフトや、ジェンターやエスニシティという点で少数者を承認する文化多元主義者にとって、「マナーズ」を確認する文化実践は時代遅れなもの（もしくは敵対すべきもの）となった。

とはいうもののコメディ・オヴ・マナーズはそのフォームを修正しながら、二〇世紀を生き延びる。フォーム修正の先駆けとなったのは、やはりイプセンの『人形の家』（一八七九）であった。バーナード＝ショーによる熱の込もった（偏向した）イプセン紹介のせいで、英国でのイプセン受容が遅れたことはあるが、彼が『人形の家』をまったく新しい「討論劇」と呼んだのにはそれなりの理由があった。それまでのコメディ・オヴ・マナーズではパブリックな世界とプライベートな空間にはマナーズにおいて相同の関係が想定されていた。両者のあいだで異なるマナーズが採用されることなど起こりえなかった。ところが『人形の家』の終幕でノラが次のように語るとき、マナーズをめぐる討論の口火が切られることになる。夫トルヴァルは家を出て行こうとするノラにたいし、彼女の「道徳心」に訴えて思い留まらせようとするのだが、ノラはこう答える。

そうね、トルヴァル、うまく言えないわ。どうしてもわからないのよ。そういうことは、何が何だか、それこそ、ごっちゃになっているの。ただ、わかっているのは、あたしの考えが、そういうことでは、あなたとまるきり違うっていうことね。法律も、あたしの思っていたのとは違うのがわかったわ。でも、そんな法律が正しいなんて、あたしにはどうしても納得できないの。女には、死にかけている父親に心配をかけずにすませるとか、夫の命を救う権利がないなんて！　そんなことはないはずよ。(82)

ノラはそう言い放ち、室内セットの第四の壁（したがって観客には見えている壁）から出て行く。この所作は観客にある重要な気づきを促す。ウィリアムズのことばを借りれば、「価値の中心は個人と家族なのだが、彼らを土台で支える生産様式―彼らが往還する世界―はまったく異なる領域を占めており、室内とは比べようもないほど広く複雑で、恣意的である」(*The Sociology of Culture*, 170–71) という気づきである。ひとたびこれに気づいてしまえば、それ以前の家庭劇でよく見られていた所作（窓から外を眺めるとか手紙を嬉々として受け取る）では物足りなくなる。外のパブリックな世界にたいして一種、物狂おしい所作が求められるようになる。このようにして、二〇世紀のコメディ・オヴ・マナーズは室外とのより緊密な連絡と頻繁な交通を戯曲内に取り込むこととなる。

二〇世紀のコメディ・オヴ・マナーズに緊張をもたらすのはなんらかの交通手段を使ってやってくる訪問者である。いわゆるテイラー・システムの導入によりT型フォード車が大量生産大量流通しはじめるのは一九二〇年代。あとで見ることになるノーエル・カワードの初期のコメディ・オヴ・マナーズでは、同時代のこの変化を劇中に巧く取り込むことになる。それ以前のコメディ・オヴ・マナーズは、訪問客はおもに鉄道を使ってやってきていた。そのため彼らが何時ごろに訪れ、何時ごろに出て行くかは汽車の時刻表でおおよそ定められ、それにもとづいて訪問の礼儀作法は出来上がっていた。ところがT型フォード車の普及のおかげで、劇中に予期せぬ訪問というプロットを織り込むことが可能となる。しかしこれはプロット上だけの変化ではなかった。自動車による訪問が舞台上でもリアルなこととして受け入れられるにつれて、コメディ・オヴ・マナーズの舞台となる「室内」そのものの意味も大きな変化を被ることになる。

この意味変化を理解するためにはウィリアムズの「可動式プライベート化」の概念が有効であろう。彼は『テレビジョン』（一九七四）のなかでこの概念を展開しているが、室内にテレビが置かれ、それを家庭で視聴する習慣は、ここまでの議論を踏まえれば必然の結果であった。二〇世紀の社会にあって家庭の団欒はだれもが重視する関心事ではあるが、それは複雑で恣意的な外の出来事によって、いつ壊されるかわからない。そのため家族はかつて窓から外界を不安げに眺めたように、画面に映るニュースや国会審議に注視するようになる。ウィリアムズはこれを「可動式プライベート化」と呼ぶわけだが、それは諸々のテクノロジーの開発と連動していた。オートバイ、自動車、箱型カメラ、家庭電化製品、ラジオそれにテレビの開発は、すべてこの「可動式プライベート化」の結果なのである。ウィリアムズは述べている。

社会的には、近代の産業都市の生活における二つの傾向、一見したところ逆説的だが、それぞれ深く結びついた二つの傾向が、この開発の複合体を特徴づけていた。すなわち、一方では社会の流動性、もう一方では、ますます自己充足性を深めつつあるかにみえる家庭の存在である。鉄道と街灯に代表されるパブリックなテクノロジーの時代に代わって、適切な呼び名がいまだにみつからないような種類のテクノロジーの時代がおとずれていたのだ。そのテクノロジーは、流動的な生活の営みだけでなく、家庭中心の生活様式に奉仕するようなものであり、いわば可動式プライベート化の様態をもつ。(19)

前近代的な村落共同体の日常とは様変わりした二〇世紀の都市生活。そこでは人と物資が寸刻みで移動を繰り返す。自動車というテクノロジーは、パブリックな世界の目眩く動静を車窓から眺めながら、それでも車内という閉じたプライベートな空間を維持する装置として現代人に奉仕するようになる。ウィリアムズが二〇世紀のライフスタイルのフォームとして挙げた「可動式プライベート化」を参照軸に、現代のコメディ・オヴ・マナーズを読みなおしてみたい。

二　パブリックとプライベートとの境界溶解

ノーエル・カワード初期の喜劇からして、汽車と自動車は訪問者の到来と出立を示す合図となり、プロットを動かす装置の役割を果たしていた。『ヘイ・フィーバー』(一九二四)では、マナーズを無視する手段として自動車が効果的に用いられている。ブリス家に招かれた四人の客は、この風変わりな家族が仕組んだ恋の「ゲーム」の罠に嵌り、恋のさやあて役から一目惚れの相手役など、物語めいた役回りをさせられる。その狂乱の夜が明けた翌朝、四人はこれがすべてブリス家のおふざけだと気づき、一刻も早く屋敷を出て行こうと話し合う。一番早い汽車は何時かと家政婦に尋ねると、汽車は先ほど出たばかりで二時間以上待たないと次の便はないという。そこに魔術のように登場するのが訪問客のひとり、サンディの自動車である。

サンディ　(ジャッキーに)　ねえ、きみが望むんなら今すぐにだってぼくの車で乗せて行くよ。
ジャッキー　まあすてき!　そうしてちょうだい。
マイラ　ああ、あなたには車があったわね。
サンディ　そうですよ。

マイラ　わたしたち全員乗れるかしら。
ジャッキー　揃いも揃って全員、出て行ったら失礼だっていってたじゃない。あなたとグレイサムさんは汽車を待つほうがよくなくって。
マイラ　それはだめよ。
リチャード（サンディに）　わたしたちが乗る余地があるなら、これ以上にありがたいことはないんだが。
サンディ　ぎゅうぎゅうにすればなんとかなると思います。（1: 64）

この例でも明らかなように、カワードはふたつの交通手段を使い分けていた。客の訪問と出立にかかるマナーを汽車の時刻表が下支えしていたとするならば、自動車はそうしたマナーを無視する装置となる。この異常な屋敷から一刻も早く逃げ去りたいという客たちの行動は理に適ったものであるが、ブリス家側の視点からすれば非常識なことである。そこに幕引きのブリス氏のセリフが効いてくる。「きょうび、ひどく異様なマナーがまかりとおるようになったもんだ」(1: 71)。このずれから生じる笑いをもたらしたのはマイカー使用という「可動式プライベート化」にほかならなかった。

そうはいってもマイカーが社会全般に普及するのは第二次世界大戦後のことである。戦時中は軍需産業が優先されて、自動車産業は低迷していたからである。一九三〇年代から四〇年代にかけてのカワードのコメディ・オヴ・マナーズは、鉄道から自動車へと転換する過渡期の戯曲としても読むことができる。とりわけ彼の短編ドラマ『平穏な生活』（一九三六）とこれをカワード自身が映画上映用に焼き直した『逢引き』（一九四五）とを比較すると、転換の軌跡がくっきりと浮かび上がる。『平穏な生活』は医師アレックと主婦のローラという、ともに既婚者の男女がパブリックな空間で出逢い、恋に落ち、懊悩の末、それぞれのプライベートな「平穏な生活」に戻るまでを描いたロマンス物語である。興味深いのは、ふたりの逢瀬の場所が汽車の乗客席と駅舎カフェの一隅というパブリックな空間であるということである。『平穏な生活』第三場は知り合って三ヶ月目、いつもの駅舎カフェで会うという設定である。ふたりは駅舎カフェの「いつものテーブル」につき、女給マートルや駅夫アルバートがほかのことに気を取られている瞬間を見計らって、なんとかプライベートな空間を作り出そうとする。

アルバートはティーカップ越しにマートルにウィンクを送る。マートルは若い男の客にコーヒーを一杯注ぎ、ガラス棚からサンドイッチを取り出す。

アレック　こんなふうに別れられないよ。
ローラ　そうするほうがいいと思うの。
アレック　もちろん本気じゃないよね。
ローラ　本気で言おうとしているの。とてもつらいのにあえて。
アレック　ねえ、愛しいローラ！
ローラ　お願いやめて。後生だから。
マートル　（若い男の客に）お客さん、四ペンスです。
若い男の客　ありがとう。（彼は支払い、コーヒーとサンドイッチをストーブ近くの席に運ぶ）
アルバート　なあ、今晩はだいじょうぶなんだろ。
マートル　考えておくわ。(3: 280)

アレックとローラの会話は他人に聞かれては困る内容であるため、自然とひそひそ声になりことばも短く、途切れがちである。それが周囲の明け透けな恋のおふざけと対比されて、ふたりの困難な状況が浮き彫りにされる。

この戯曲をとおして、ふたりだけのプライベートな空間が描かれることはない。留守中の友人のフラットで会おうという計画も、友人が予想外に早く帰宅したために台無しになる。そこではじめて自動車に言及される。アレックはローラにこう提案する。「自動車を借りるよ。一緒に田舎にドライブしよう」と(3: 291)。結局、舞台上でこのドライブが演じられることはないのだが、これが別れの話をする機会になるであろうことは観客に知らされる。というのもアレックはこの提案につづけて、二ヶ月後にヨハネスブルクに家族を連れて移住することを仄めかすからである。皮肉にも、『平穏な生活』で言及される自動車には、パブリックな視線やマナーズからの逃避とその失敗を印象づける効果しか与えられていない。

戦後になってカワードは『平穏な生活』を映画というメディア用に書き換える。それが『逢引き』(一九四五)である。ここでは映画に固有の「文法」つまり時制の自由な転換と瞬時の場面切替えを駆使して、原作のロマンス的要素が強調されている。場面はアレックとローラの最後の別れにはじまり、フラッシュバックで出会いからこの「物語の現在」までが描かれる。そのため物語全体がローラによる回想というかたちを取っており、各所で彼女のボイスオーバーが効果的に使われている。こうした枠組みがあるため、『平穏な生活』にぴりぴりした緊張感を与えていたパブリックとプライベートとの鬩ぎ合いは弱められている。原作では女給や駅夫は主人公ふたりの関係を口に出さないまでも熟知しており、現代の「ロミオとジュリエット」だと陰口を叩いていた。他方、『逢引き』のなかの脇役たちは、あくまでローラの回想のなかに登場するという枠組みがあるため、主人公ふたりの関係を知らないか、無関心なように描かれる。

その分、重要度を増すのがプライベートな空間の描き方である。そこにアレックが借りる自動車が特徴的な役割を果たす。車中での談笑や喫煙、ドライブ先の田舎の映像を背景にしての愛の語らい。これらはプロットを意識して二度、使われる。一度目は、自動車で遠出をすることでふたりがはじめてプライベートな空間を獲得する場面である。ただしこの空間は次のローラの語りが示すように明確な場所をもっていない。パブリックな視線にさらされなければよい、どこでもいい場所なのだ。

(ローラのボイスオーバー) わたしたちは自動車で田舎に入ると、そこはブレイフィールドを数マイル越えたところだったと思うけど、とある村の外れに車を止めて、外に出た。小川に橋が架かっていた。お日様は姿を現そうとしてたけど、うまくいかないようだった。わたしたちは欄干にもたれて水の流れを見下ろしたの。わたしは身震いし、アレックが腕をわたしの腰に回したわ。……

アレック　幸せ?

ローラ　いいえ、それほどでも。

アレック　なにがいいたいのかはよくわかってるよ。こんなこと意味ないってことだよね。ここそこ嘘つく毎日がわたしたちふたりの幸せに重くのしかかっている。そうだろ?

ローラ　そんなところね。

アレック　ひとつ聞いておきたいんだ。自分でも納得するためにね。

ローラ　なに?

アルバート　この愛はきみにとって真実だよね。このどうしようもない思いは、ぼくにとってもきみにとっても真実だよね。

ローラ　そうよ真実だわ。(317–18)

このあとラフマニノフのピアノ協奏曲第二番の甘い旋律をＢＧＭにして、ふたりが初めて口づけを交わす場面がつづく。二度目のドライブもこれの反復で、同じＢＧＭを背景に同じ光景が繰り返されるが、ローラのボイスオーバーによってこれが最後の密会であったことだけが告げられる。このように『逢引き』では、自動車はプライベートな空間を現出する装置として使われ、映画の構成上、ふたつのコントラストを作り出す。一方に一定の場所に固定化された家庭というプライベート世界と移動の上にしか成立しない不倫というプライベート世界のコントラストがある。他方に、どこにでも行けるがどこにも終着点をもたないプライベートなドライブと、目的地をもち、時間の上でも人を束縛するパブリックな鉄道というコントラストがある。カワードはふたつの交通手段を使い分けながら、パブリックなマナーズとプライベートな欲望との葛藤をドラマ化している。

こうして比較してみると、二〇世紀が進むにつれてコメディ・オヴ・マナーズ固有のセットである部屋は、自動車という移動するプライベート空間と並べられることで、括弧に入れられ意味深い相対化を受けるということができるだろう。それはとりもなおさず、それ以前のコメディ・オヴ・マナーズの慣習が変化しはじめたことを意味するかもしれない。つまりコメディ・オヴ・マナーズにはうわべばかりで形骸化したマナーを風刺しながら、複数形単数のマナーズのもとに秩序を回復する慣習があった。欲望がひしめき壊れそうになる部屋＝家庭も、予定調和的に安定を取り戻していた。じっさい『逢引き』のクライマックスは『平穏な生活』とはかなり異なっている。ローラの夫は最後の密会から帰宅した妻に、すべてわかっているよといった鷹揚な態度で「戻ってきてくれて、ありがとう」と言う (355)。そのため表面上は「平穏な生活」を取り戻して幕となるかにみえる。ところが、ボイスオーバー上でローラがアレックとのドライブをなんども回想するように、自動車による擬似プライベート体験は強制反復のように、彼女が戻っていった「平穏な生活」につきまとう。もはや複数形単数のマナーズはかつての回収力を失いつつあったのだろうか。

三　可動式プライベート化それ自体をドラマ化する

デイヴィッド・L・ハーストや喜志哲雄が指摘しているように、セリフ回しやことば遣いに注目すると、カワードとピンターとはじつによく似ている。じっさいカワードはピンターの『管理人』（一九六〇）をきわめて高く評価し、これが映画化される際にはみずからスポンサーにまでなっている。喜志は「ピンターは不条理劇作家ではない」ことを明快に示した著書『劇作家ハロルド・ピンター』のなかで、『管理人』についてこう述べている。「『管理人』は、人間存在や世界の不条理性を描いてもいなければ、難解でもない。この作品に登場するのは現実にいそうな人間ばかりであり、この劇で起るのは、すべて実際に起っても不思議ではない事件ばかりである」(134)。たしかにカワードもピンターも見慣れない世界の不気味さを題材に選ぶことなどなく、扱うのはごく見慣れた出来事であり、そのなかで起きていてもわたしたちはふだん気にも留めない不可解さである。わかりやすい例を挙げると、わたしたちは日々の会話のなかで数字を使うことが多々ある。ところがひとたび抽象的な数字が会話のなかに入り込むと、誤解や思い違い、的外れな連想を引き起こしかねない。カワードの『落ちた天使たち』（一九二五）では、女主人宅に掛かってきた長距離電話にそれを受けた親友が「こちらは八七二四番です」（じつはあとで八七二〇番と言い直す）と答え、間違い電話をしたと思った相手に電話を切られてしまう。そこから「八七二〇番」と言ったいや言わない、しまいに正しい番号はどっちなのかと混乱した会話に発展する。ピンターの『ヴィクトリア駅』（一九八二）のメインキャラクターはタクシー会社の指令係と車番二七四のドライバーなのだが、車番で応答し合う業界慣習のため、指令係が話している相手が車番二七四なのか車番一三五なのかで混乱する状況が作り出されている。このようにして、ごくありふれた会話であっても、ことばが身体性を伴わない数字のような観念になるとき、話者たちがいったいなにを伝えあっているのかさえわからなくなる状況が再現される。

カワードを受けて、現代の可動式プライベート化の異様さをよりリアルにドラマ化したのがハロルド・ピンターである。ピンターの『部屋』（一九五七）はその意味で、タイトルからして意味深長である。この戯曲に登場するのは、どうもアイデンティティが定まらない人物ばかりである。ヒロインの中老の女性（ローズという名前らしい）とその夫と思われるバート、部屋を探しにきた若夫婦と家主、それに最後に登場する黒人の訪問客（ローズとは旧知の仲らしい）と、すべての関係が曖昧なので観客としてはアイデンティティを見定めようもない。これといったアクションもなく、観客が目撃するのは部屋を訪れた人物たちによる要領を得ない会話と、訪問客にたいするバートの理不尽な暴力ぐらいである。

メインセットとなる部屋からしてアイデンティティが混乱している。ローズと家主のやりとりから判断すると、この部屋はローズとバートが長年借りている部屋のようだが、死んだ家主の妹が近年まで暮らした部屋でもある。このはっきりしない部屋＝家庭でバートは一切口をきかず、ローズだけが甲斐甲斐しく朝食の世話をしては優しく話しかけている。この状況で興味深いのは、バートが部屋の外にプライベートな空間をもっていることである。それは彼の「小さくかわいい軽トラック」で、彼は「冷えないようにシートで車体を包む」ほどにだいじにしている（1: 91）。いったんその軽トラックで出かけたバートだったが、このドラマの結末部に帰宅し、今度は堰を切ったように帰宅時の様子を語り出す。

おれはアクセル踏んで彼女をぶっ飛ばした。いい娘だった。それで戻ってきた。道路はようく見えてたさ。車は走っていなかった。いや一台あったたか。動こうとしないんだ。そいつにぶつけてやったさ。おれの道路だ。好きなようにやったさ。行きも帰りもさ。連中そこから一目散さ。おれは一本道を走りつづけた。うまくいかないはずはない。彼女と一緒ならな。いい娘だった。おれと一緒に行ったよ。彼女はおれに逆らったりしない。おれは手を使った。こんなふうにな。彼女を摑まえた。おれは行きたいところに行くんだ。彼女はおれをそこに連れていってくれた。そしてここへ送ってくれた。(1: 110)

軽トラック運転手のパートにとって、彼の軽トラックはかわいい従順な「彼女」であり、性のパートナーである。その倒錯的で暴力的な情事を妻に語り終えたあと、部屋で妻と打ち解けていた黒人の訪問客に突如襲いかかり、相手が半死の状態になるまで暴力の手を緩めない。ショックを受けたローズが失明するところで幕となる。このように『部屋』では屋内も屋外も、もはやプライベートでしかない均質的な空間のみが提示され、その世界で個人はパブリックなマナーズなど眼中になく、ただただ傍若無人に振舞うだけなのである。そこではプライベートの内実を解明する鍵(パブリックなもの)は与えられることはない。

『部屋』とは逆の角度から、パブリックな空間の不在を描いたのが『リクエスト・ストップ』(一九五九)である。乗客や停留所で待つ客の合図があるときだけバスが停まる停留所(=リクエスト・ストップ)がメインセットである。先頭に女性、つぎに移民らしき小柄な男、その後ろに三人がバスを待っている。先頭の女性が隣りの男に行先を確認したところ、侮辱めいた発言をされたといってひとり激昂している。(じっさいには男は一言も発していない)。挙げ句の果てに、女性はこの侮辱の証人になってくれと列の客たちに訴えはじめる。

〔婦人のところへ行く〕

女性　すみませんけど奥様。わたしこの男を警察署に引っ張っていきたいと思ってますの。この男がひどい侮辱をしてたのを聞いてらしたでしょ。証人になってくださらないかしら。

〔婦人は道路に踏み出す〕

婦人　タクシー――

〔婦人は姿を消す〕

女性　あの人、どんな素性の人か、みなさんおわかりよね。〔もとの場所に戻る〕わたしが最初にこの列に並んだのに。

〔ポーズ〕

ちょうどこの辺でわたしは生まれたんだから。生まれも育ちもここよ。あの国の人たちゃどう振舞うべきなんて考え、これっぽっちももってないんですもの。嫌なペルー人。あんたを告訴しないこと天に感謝でもしな。簡単なことを訊いただけなのに――　(2: 232–33)

この独白の途中でバスが過ぎ去っていく。先頭の女性以外、慌ててバスを追いかけるが、この女性はひとり泰然自若として、その場に残る。そして、あとに来た客に最初とはまったく異なる行先を告げて幕となる。たったこれだけのプロットだが、この短編ドラマでは、パブリックな交通から共通の利便を得るはずのロンドン市民たちは個々人に分断され、意思疎通を欠いたままどこにも行けずにいる。この女性はこの場所で「どう振舞うべき」か知っているというが、そのマナーはだれにも共有されず、独善的で排他的な（移民を理不尽に攻撃する）振る舞いになっている。喜志はこの女性を解釈し、「他人を攻撃するというかたちでしか他人とつながりをもつことができない」と述べているがそのとおりだろう (81)。『リクエスト・ストップ』はパブリックな交通とコミュニケーションとの不通状態を寓意的に描いている。（おそらくはコミュニケーションの原義が交通であることも意図されているだろう）。

『愛人』（一九六二）はカワードのコメディ・オヴ・マナーズの再来だとひとまず言うことができるだろう。生真面目なサラリーマンとその貞淑な妻の家庭（部屋）がメインセットとなる。幕開き早々、リチャードとセアラの夫婦の朝の会話で、その日の昼下がりに妻の愛人がいつものように家を訪ねてくることが知らされる。観客はすぐに、これはお互いを縛らない自由な性愛観をもつ夫婦の物語だと察知するだろう。ただしこのドラマは『逢引き』をパロディ風に転倒している。劇が進むにつれて、夫婦の愛人たちは現実には存在せず、じつは別人格を演じる本人たち自身で、ふたりはジゴロや娼婦などふだんとは違う人格になりきることで、単調な性生活に刺激を与えるゲームに耽っていたのだ。ひとたび観客がこのからくりを知ってしまうと、あとはふたりの妄想ゲームにつきあうだけになってしまい、劇の進行に飽きてしまいかねない。そこでピンターは夫のリチャードがこのゲームに冷めて、みずからの愚行に情けなくなる内省の瞬間を挟むことで、劇に緊張感を与える。次のような場面がある。「あなたの情婦は太ってきてる、それとも痩せてきてる」という妻の問いかけに、リチャードは「毎日、毎日痩せていってるよ」と答える。これはリチャードがゲームから降りる兆候である。なぜならルール上は、リチャードはセアラとは正反対の肉づきのよい女と関係しているべきであって、彼の答えは現実のセアラに言及しているからである。リチャードはつづける。

リチャード　もちろん、きみがテーブルに料理を出せないってことと、ここしばらくきみがどんな暮らしを送ってきたかは完全に一致するよ。そう思わないかい。

セアラ　そうかしら。

リチャード　まちがいないよ。

（少しのポーズ）

冷たくしすぎたようだね。ぼく冷たったかい。

セアラ　（彼を見つめる）わからないわ。

リチャード　そうさ、冷たくしたよ。つい今しがた橋の上で渋滞に出くわしたときにねえ、決心したよ。

（ポーズ）

セアラ　えっ？　なにを？

リチャード　止まんなきゃだめだ。

セアラ　なんのこと？

リチャード　きみの乱行だよ。(2: 176–77)

ここで興味深いことは、リチャードがここでパブリックな交通のことばをあえて使っている点である。しかも彼はこの狂気のゲームを終わらせるために、交通のルールを守ろうといいはじめている。それは『部屋』のバートがほかの車を押しのけてでも、道路を我が物顔で暴走したという話と好対照をなしている。このようにリチャードはプライベートな妄想空間にパブリックなルールをもちこむことで妄想ゲームを止めようとする。皮肉なことに、彼のこうした試みも、妻が主導権をもつこの家庭では新たな妄想（暴走）を刺激するカンフル剤にしかならない。結局幕切れで、リチャードはこの状況を受け入れ、妻にいつものように着替えるよう促し、「このかわいい娼婦め」と言う。

このようにみてくると、「アフルーエンスの時代」と呼ばれる一九五〇年代から一九六〇年代の比較的好景気の時代、ピンターは劇作家特有のアンテナを張って、可動式プライベート化の波を感知し、それがわたしたちの知らないうちに日常を覆い尽くしているさまを、ありふれた設定をとおして示していたように思える。裏を返せば、このように可動式プライベート化が「リアル」になってくるにつれて、十九世紀までのコメディ・オヴ・マナーズの生命線であったマナーズやパブリックな慣習がリアルに感じられなくなってきたこともまた事実だろう。

四　おわりに――ポスト可動式プライベート化の社会で

英国の戦後史を振り返ると、アトリー政権樹立による「階級なき社会」の理想と高等教育の門戸開放、それを基盤としたメリトクラシー（能力至上主義）への傾斜、「消費は美徳」を唱えるポピュラー・カルチャーの流行など、そのどれを取っても可動式プライベート化を妨げるものなどなかった。むしろ社会全体を束ねるはずのマナーズや慣習からの解放（＝リベラリズム）へと大きく舵を切っていた。この漠然と感じられていた動向に明確なことばを与えたのはマーガレット・サッチャーである。サッチャー主義の核心としてよく引き合いに出される彼女の発言を振り返ってみたい。

> あまりに多くの人々が、問題があったらそれに対処するのは政府の仕事だと理解するのが習い性になっている。――そんな時期をわたしたちは経てきたのだと思います。「わたしには問題があるので、補助金をもらう」「わたしはホームレスなので、政府はわたしに家を世話しなければならない」。彼らは自分の問題を社会に向けているのです。そして、いいですか、社会などというものはないのです。いるのは個人としての男女、それに家族だけです。そしてどんな政府であっても、人びとをとおして以外にはなにもできないのであり、人びとが第一にみずからの世話をしなければなりません。わたしたちの義務は、みずからの

世話をすること、そして次に隣人の世話もするということです。人びとは、義務を抜きにして、権利ばかり頭に置いています。まず義務を果たさないかぎりは、権利などというものはないのです。[1]

「社会などというものはないのです。いるのは個人としての男女、それに家族だけです」。このことばは、可動式プライベート化の到達点にほかならない。（この概念の生みの親であるウィリアムズは、そうなることを危惧して一九七四年に『テレビジョン』を書いたのだが、七九年にはサッチャー政権が誕生する）。ここで再定義されている「社会」とは、ある集団内の多くの個人や家族が生きるためにさまざま互恵関係を結び合う場所ではなく、自立した個人と家族があくまで自助を旨として動き回る場所なのである。しかも人と物資の移動を経済活動の基盤とする現代社会にあって、自助のために動き回ることは「義務」だとされる。しかも個人に課される「義務」である。そうなるとプライベートな欲望とパブリックな社会の義務との葛藤を扱うコメディ・オヴ・マナーズは行き場を失ってしまいはしないか。

じっさい、ピンターの作風も一九八〇年代を迎えるとかなり異なる様相を呈しはじめる。コメディー・オヴ・マナーズに特徴的なことばを駆使して、部屋と外の世界との交通／コミュニケーションを扱う機会も減っていくように思える。彼の後期のドラマは「社会派」と呼ばれることがよくあるが、そうした作品が「社会などない」という風潮のサッチャーの時代に作られたことには因果関係があるかもしれない。この時代の彼はありふれた日常ではなく、日常のなかで起こりえる緊迫した状況を好んで扱っている。『いわばアラスカ』（一九八二）の舞台はサナトリウムであり、病気を内部に抱えた人間存在を探求しているし、『景気づけに一杯』（一九八四）や『山のことば』（一九八八）はそれぞれ秘密警察署内と独裁政権下の監獄を舞台として、権力機構の末端で暴力がどのように行使されるかを探求している。

このサッチャーの時代にピンターが可動式プライベート化のテーマを扱った異色のラジオドラマがある。いやむしろ、可動式プライベート化を究極まで推し進めたらどうなるのかという問いに答えたかのようなドラマといったほうが正確だろうか。前述したが『ヴィクトリア駅』（一九八二）はタクシー会社の指令係と車番二七四のドライバーとの無線をとおした対話をドラマ化したものである。『リクエスト・ストップ』のバスとは異なり、この二七四番車はプライベート化されており、タクシーという公共交通機関の機能をまったくと言っていいほどもっていない。指令係はロンドン交通網のハブ駅といえるヴィクトリア駅へ配車しようとして二七四番車に呼びかけるのだが、次のように会話はちぐはぐである。

指令係　おまえさん、ヴィクトリア駅って名をただの一度も聞いたことがないのか。
運転手　ええ、ありません。
指令係　だれもが知ってるあの駅だぞ。
運転手　わたしはこれまでいったいなにやってたんでしょうねえ。
司令係　ほんとにおまえはこれまでなにやってきたんだい。
運転手　それがほんとにわかんないんです。(4: 201–02)

ヴィクトリア駅というハブ駅が運転手の記憶にない以上、彼の頭にはロンドンの地図はまったく入っていない。したがって彼には行き先などなく、どこに行ってもよいのだ。その点で『逢引き』でのふたりのドライブが目的地を定めていないことと共通しているが、彼らには少なくともパブリックな空間から逃避したいという目的があった。ところがこの運転手にはそれすらない。

そしてこのパブリック性を完全に喪失したタクシーの車内で、プライベートな恋愛、しかもどうやら反社会的な恋が繰り広げられている（らしい）。それは次のやりとりから判明する。

指令係　じゃあ、そのお客さんをこっちへ連れてこいよ。その男と一言話させてくれ。
運転手　できません。彼女、後部座席でぐっすり眠ってるんです。
指令係　彼女だって？
運転手　秘密を教えましょうか。
指令係　ああ、ぜひ頼むよ。
運転手　どうやら恋に落ちちゃったみたいなんです。人生で初めての経験なんです。
指令係　だれだい？　おまえさんが恋に落ちたって人は。
運転手　後ろの席の彼女ですよ。死ぬまでこの娘と一緒にいるつもりです。残りの人生、ずっとこの娘とふたりでこの車のなかにいるんです。車のなかでこの娘と結婚します。そしてこの車のなかでいっしょに最後を迎えるんです。(4: 208–09)

運転手が妄想を語っていないとすれば、後部座席で女が動けない状態でいる（おそらく死んでいるのかもしれない）。只事ではないと察知した指令係は、すぐそちらに向かうから待っていろと言って幕となる。しかしふたりが落ち合うことはないだろうことは、観客には容易に想像できる。運転手が今いる場所を正確に伝えることなど土台無理だからだ。こうして『ヴィクトリア駅』はポスト可動式プライベート化社会の悪夢を描き出す。そもそもコメディ・オヴ・マナーズはプライベートとパブリックとのネットワーク（交通網や無線などをとおした円滑な情報交換）を前提として成り立っていた。『ヴィクトリア駅』はこのネットワークを完全に欠いた世界を描くことで、コメディ・オヴ・マナーズの慣習に終止符を打っているように思えてならない。

プライベートな空間とそこで起る家族（夫婦）の物語を再現してきた二〇世紀のコメディ・オヴ・マナーズ。ハーストが定義を試みているように、この種のコメディは「洗練された社会 (civilized society)」の約束事と、その社会に生きる人間たちの振る舞いを検証してきた (116)。一九五〇年代に「洗練された社会」というもの言いに疎外を感じた集団（「怒れる若者たち」など）の激烈なことば遣いが現れると、この種の喜劇は勢いを失ったことは事実であろう。それでも比較的「洗練された社会」の内部には（ハーストのことばを借りるならば）「スタイルと育ちに根本的な関心があった」(116)。カワードの『生活設計』（一九三二）のタイトルのように、パブリックな空間の制約と折り合いをつけながら個別的な生活設計を示してきたのが二〇世紀のコメディ・オヴ・マナーズだったと言えるかもしれない。同時にそれはこの時代のパブリックな空間の変化を逆方向から照射してきたとも言える。本論でみてきたように、二〇世紀のコメディ・オヴ・マナーズは可動式プライベート化が不可逆的に社会に浸透していく軌跡を記録している。二〇世紀の日常と深く結びついた可動式プライベート化という現象を、観客や視聴者がリアルタイムに擬似経験し、確認したことの意味は大きい。その共通の（パブリックな）体験が未来の生活設計のリソースになるからだ。わたしたちにとって「パブリックなもの」や「社会」ひいては演劇そのものが不用なものにならないためにも、コメディ・オヴ・マナーズには新たなフォームが求められている。

注

1　このサッチャーの発言は最初、英国の女性雑誌『ウーマンズ・オウン』（一九八七年十月三十一日号）に掲載されたものであり、この引用はこれを調査した川端康雄氏の次のページから借りてきている。(http://d.hatena.ne.jp/acropotamia/20110810)

引用文献

Coward, Noel. *Collected Plays*. Vol. 1. Bloomsbury Methuen Drama, 1999.
——. *Collected Plays*. Vol. 3. Bloomsbury Methuen Drama, 1999.
——. *Screenplays*. Bloomsbury Methuen Drama, 2015.
Hirst, L. David. *Comedy of Manners*. Methuen, 1979.
McIlroy, John and Sallie Westwood, ed. *Border Country: Raymond Williams in Adult Education*. NIACE, 1993.
Pinter, Harold. *Plays*. Vol. 1. 1991. Faber and Faber, 1996.
——. *Plays*. Vol. 2. 1991. Faber and Faber, 1996.
——. *Plays*. Vol. 4. 1991. Faber and Faber, 1996.
Williams, Raymond. *Television: Technology and Cultural Form*. Routledge, 1990.
——. *The Sociology of Culture*. The U of Chicago Press, 1981.
『イプセン戯曲全集』第四巻、原千代海訳、未来社、一九八九年。
『ハロルド・ピンター全集』、全三巻、喜志哲雄・小田島雄志・沼澤洽治訳、新潮社、二〇〇五年。
喜志哲雄『劇作家ハロルド・ピンター』、研究社、二〇一〇年。

『ブリジット・ジョーンズの日記』と風俗小説（ノヴェル・オヴ・マナーズ）

高桑　晴子

一　チック・リットというジャンル

ヘレン・フィールディングの『ブリジット・ジョーンズの日記』（一九九六）は世界三〇か国以上で読まれるミリオンセラーとなった。[1] その成功は、二〇代から三〇代の人々への恋愛小説の売上減退に悩み、若い読者を惹きつける新しい定式を求めていた出版業界に大きな影響を及ぼした (Gill and Herdieckerhoff 489)。それもそのはずで、この小説が一九九五年にイギリスの『インディペンデント』紙のコラムとして始まった際、『インディペンデント』紙自身も「若い、プロないしセミ・プロとして職業に従事する女性の読者層」の獲得を目指しており、特集記事編集長のチャーリー・レドビーターは「[労働党国会議員の]ゴードン・ブラウンの話をしていたかと思うと、次の瞬間は自分たちの化粧について話している」ような女性たちの思考を反映させたコラムを目標としていた (Kirby)。かくて『ブリジット・ジョーンズの日記』は現代の独身女性の恋愛事情を描く大衆小説の一ジャンル、チック・リット (Chick Lit) の確立に寄与し、このジャンルの代名詞となった。

チック・リットは、二〇〇〇年代に入ると批評的関心を呼ぶようになり、とりわけ、二〇世紀末のポストフェミニズム的感性を端的に示すものととらえられるようになる。ポストフェミニズムはフェミニズムの過去性を前提としており、その根幹には「織り込み済みという態度 (taken into accountness)」、すなわち、フェミニズムを自然化しながらも、同時にそれを否定し打ち消してしまうという屈折した反動があることをアンジェラ・マクロビーは指摘する (12)。フィールディングが生み出したブリジット・ジョーンズは、大学出のマスコミ勤務の女性として、女性の教育および職業の機会の拡大の恩恵を受けており、自分自身がライフスタイルの選択権を持っていると信じているからこそ、恋に仕事に悩んでいる。まさにフェミニズム後の世代として第二派フェミニズムの成果を享受しているのだが、にもかかわらず「けたたましいフェミニズムほど男にとって魅力のないものはない」(*BJD* 20)[2] とフェミニズムに対して懐疑的だ——まさにこの点がポストフェミニズム的だといえる。フェミニズムの諸側面を大衆文化に組み込む一方で、フェミニズムを「極端で、難しくて、不快なものとして「他者化」する」(Tasker and Negra 4) ポストフェミニズム文化の特徴を『ブリジット・ジョーンズの日記』は如実に示している。

ポストフェミニズムは、「連帯による社会運動の価値を認めずに、個人主義的で市場原理にのっとった自己実現を目標とする」(45) と『批評キーワード辞典』にあるように、二〇世紀末の後期資本主義社会と強く結びついている。職業を持つ未婚女性であるチック・リットのヒロインたちは、その消費行為を通してライフスタイルを選択する権限を持つ。『ブリジット・ジョーンズの日記』においても、セルフリッジズやハーヴィ・ニコルズといった店名、ラルフローレン、ピエダテール、ザボディショップなどのブランド名がちりばめられており、それらによってブリジットたちの生活が形作られていく。こうして、女性たちには消費者として自由が与えられ、そこに自己責任に基づく選択の論理が働く。他方、女性が自由なライフスタイルの選択などではなく、経済的必要性に迫られて賃金労働に従事していることや、経済格差の問題は覆い隠されてしまう (Tasker and Negra 2)。チック・リットの典型的なヒロイン像も「二〇代または三〇代の、白人で、中産階級（ミドル・クラス）あるいは上流中産階級（アッパー・ミドル・クラス）に属し、未婚で、子供がいない、イギリス人もしくはアメリカ人で、都会人で、大学を出ている、異性愛のキャリア女性」(Harzewski, *Chick Lit* 29) を標準化し、階級、人種、教育、経済力、性的指向など様々な形で存在している社会的格差を不可視にしてしまうといえる。[3] こうして、チック・リットはポストフェミニズム社会の様相を表現するジャンルとしてカルチュラル・スタディーズやジェンダー研究の対象となってきた。

チック・リットは文字通り若い娘(チック)向けの読みもの(リット)として軽んじられることも多いが、ステファニー・ハーツェウスキやジュリエット・ウェルズはチック・リットを女性文学の系譜に位置付けることでその意義を見出そうとする。[4] 彼女らは、ジェイン・オースティンをはじめとする古典作品(キャノン)を引き合いに出しつつ、小説の誕生以来、女性作家の作品が軽視されてきた伝統にチック・リットを重ね合わせる。ハーツェウスキは、とりわけ散文ロマンス、大衆恋愛小説(ポピュラー・ロマンス)そして風俗小説(ノヴェル・オヴ・マナーズ)をチック・リットにとって重要な文学伝統ととらえ("Tradition" 31)、チック・リットは新しい風俗小説であると主張する。すでにこの論集が明らかにしてきたようにマナーズへの関心は、人間の外見と内面の齟齬を示すものとしてイギリス文学にとって重要な要素の一つだ。ライオネル・トリリングは、マナーズを「ある文化の含蓄のざわめき」と定義し (206)、「小説とは現実の絶え間ない探求である。その探求の場は常に世間であり、その分析の材料は常に人の心の傾向を示すものとしてのマナーズである」と述べている (212)。『ブリジット・ジョーンズの日記』においても、登場人物たちの本音と建て前の葛藤は大きなテーマの一つであり、俗物根性や気取りは現代社会のマナーズと強く結びついている。本稿では、『ブリジット・ジョーンズの日記』にみられる風俗小説的な要素を確認し、それがどのように作用しているかを見ていく。それはポストフェミニズム時代をどのように映し出すのであろうか。チック・リットを現代の風俗小説として読むことの意義を改めて考えてみたい。

二　『ブリジット・ジョーンズの日記』とオースティン小説

チック・リットが現代の風俗小説とみなされるようになった大きな理由の一つは、『ブリジット・ジョーンズの日記』があからさまにジェイン・オースティンの『高慢と偏見』（一八一三）を下敷きにしたことにある。ブリジットは、そのモデルであるエリザベス・ベネット同様に、母親をはじめとする周囲から結婚せよという圧力を受け、焦りを覚えている。ブリジットがはじめはエリート弁護士のマーク・ダーシーに悪印象を抱き、プレイボーイの上司ダニエル・クリーヴァーに惹かれるのも、紆余曲折を経てマークがブリジットの家族の窮地を救い、二人が結ばれるのも、フィールディング自身が認めるように、『高慢と偏見』の筋書きを踏襲している。[5] フィールディングはさらに一九九九年に刊行された続編『ブリジット・ジョーンズの日記──キレそうなわたしの一二か月』（以下、『キレそうなわたしの一二か月』と記す）でも、周囲の忠告に惑わされて一度は別れてしまうブリジットとマークの和解という形で、オースティンの『説得』（一八一八）の主人公アン・エリオットとウェントワース大佐のモチーフを応用している。

オースティンの世界は、結婚に絡んでお金と階級が問題となる世界だ。それは、一九世紀初頭の女性の財産等の権利は制限されていたため、女性たちにとって財産と地位のある男性と結婚できるかどうかは死活問題であったことと関係している。それから二〇〇年近く経ったブリジット・ジョーンズの世界でも、財力や職業、住居や持ち物に現れる微妙な格差や力関係は厳然と存在している。『キレそうなわたしの一二か月』におけるブリジットのライバル、レベッカが吐露するように、階級差はさほど問題ではなくなっている現代においても、「知性、姿形、学歴、地位」が釣り合う相手と巡り会えるか、「ふさわしくない相手」と結婚してしまわないか（*ER* 404）という不安が、恋愛ドラマの駆動力となっている。つまり、チック・リットにおいても、一万ポンドの年収を持つ名門出身のダーシーに相当するエリート性をヒーローに付与することが必須となる。マーク・ダーシーのエリート性は、単に国際的人権派弁護士という職業だけでなく、ケンブリッジ大学卒という学歴、そしてノッティング・ヒルの一等地に一戸建てを構えていることで強調されている。これが、イングランド中部の典型的な中産階級の家庭に育ち、ロンドンのアパート暮らしで銀行口座はしょっちゅう引き出し超過、名門マンチェスター大学をあきらめてバンガー大学に行かなくてはならなかったことがちょっとしたコンプレックスになっているブリジットの平凡さとの対比となる。このヒロインとヒーローの格差を軸にして、『ブリジット・ジョーンズ』の世界でもオースティンの小説同様に「ヒロインの結婚市場での運命を記録し、時代の求愛の振舞い、衣服や社会的動機を値踏みする」(Harzewski, "Tradition" 41) 風俗小説の世界が展開する。

このことを端的に示すのが、ブリジットの周囲で繰り広げられる女性間の序列競争だろう。エリザベスがロンドンの有数の寄宿学校で教養を身につけたミス・ビングリーと張り合わなくてはならないように、ブリジットの周りには、競争相手として、金持ちの恋人を持ち先輩風を吹かせるパーペチュアや、背が高くほっそりとしたトップ弁護士のナターシャ、イングランド南西部に両親の豪邸があるレベッカがいる。ここに、俗物根性や気取りが入り込み、マナーズのドラマが展開する。例えば、『高慢と偏見』には、ダーシーの気を引きたいミス・ビングリーとの間で繰り広げられる〈教養ある女性〉についての有名な談義がある。「楽器、声楽、絵画、舞踊に外国語の完璧な素養」に加えて、「品格のある歩きぶり、声音、話しぶり」が必要だと畳みかけるミス・ビングリー、それに「読書による内面の充実」と条件をさらに積み重ねるダーシーに対して、エリザベスは、「教養ある女性を六人しかご存知ないと伺っても、もう驚きません。むしろ一人でもご存知だということのほうが驚きです」と切り返す (*PP* 43)。ここではダーシーの高慢な理想主義、そしてミス・ビングリーのひけらかしとおもねりをエリザベスの機知が暴露する。これが『ブリジット・ジョーンズの日記』の中では大衆文化談義となって現れる。パーペチュアたちは、文学作品のテレビドラマ版について原作を読破していない者は視聴すべきではないなどと、教養至上主義をひとしきり振りかざし、ナターシャに至っては、「ポストモダン」「脱構築」「道徳相対主義」など、いかにも文化人が使いそうな用語を駆使して長広舌を披露する。彼女たちの「ブリジットはテレビで『ブラインド・デート』［バラエティ番組］が再開される瞬間は、『オセロー』の「おれの魂は天国から投げ落とされ」という独白に匹敵すると考えるくちなんですから」(*BJD* 101)、「もしもあの手のかわい子ぶった道徳相対主義の、『ブラインド・デート』は素晴らしい、なんていう立場をとるんだったら……」(*BJD* 102) という発言からは、ブリジットの凡庸さをあてこすり、自らの趣味のよさ、知的優位をマークにアピールしたいという思惑が透けて見える。それに対してブリジットは「わたし、ほんとうに『ブラインド・デート』が好きなんです」(*BJD* 103) と彼女たちの競争から降りてしまい、肩透かしを喰らわせる。[6]『キレそうなわたしの一二か月』では、マークがブリジットに愛想を尽かすようにと、レベッカがスキー旅行や実家での週末パーティーを画策する。彼女は、若く活発なだけの『説得』のルイーザ・マスグローヴよりもはるかに腹黒く、「クラゲ」とあだ名されるように、さりげなく周りの女友達の痛いところを突いては自らの優位を確立するのが好きな女性だ。フィールディングはここで、『説得』で最も有名なルイーザのライム・リジスでの転落と負傷というエピソードを、レベッカの下心を暴露するものとして再編成する。ブリジットの自己啓発本好きと彼女の親友たちの干渉に辟易しているマークの心に沿うように、レベッカは「わたしは誰かを愛すると決めたら何ものにも邪魔させない、何ものにも。友だちにも、いろんな理論にも。わたしは自分の本能に、自分の心に従うだけよ」(*ER* 253) と、自分の意思の強さ、説得されにくさを誇示する。その後、レベッカは周りの忠告も聞かずに橋から小川に飛び込んで怪我をし、ブリジットが冷静に彼女の主治医に電話をかけてその大騒ぎを鎮めることになる。[7]「僕が知っている他の女性たちは、外見をあまりにも飾りすぎている

(so lacquered over)」(*BJD* 237) と言って、ブリジットを初めてのデートに誘うマークは、エリザベスの「生き生きとした心」(もしくは「生意気さ」) (*PP* 421) に心奪われるダーシー、アンの行動から「堅固な主義と強情なわがままさ」の違い (*P* 263) を学ぶウェントワースと重なる。『ブリジット・ジョーンズ』の世界でも、周りの女性たちのまやかしや気取りの中で、ヒロインの飾らなさ、自然体の価値が輝くという風俗小説の論理が働いている。

マナーズが問題となるのは、もちろん女性たちだけではない。オースティン小説において、男性たちのマナーズを正しく読み解くこともヒロインにとっての重要な課題となる。エリザベスは不愛想さの背後にあるダーシーの真摯な好意に気づかなければならないし、アンはウェントワースの冷たい態度の中にほの見える思いやりや気遣いの真意を見定めなければならない。また、気さくさを装い完璧なまでのマナーズを持つウィッカムやミスター・エリオットの欲得ずくの卑劣さも見破らなければならない。一九世紀のウィッカムたちの本音は財産や家柄の獲得にあるが、ダニエル・クリーヴァーをはじめブリジットを取り巻く二〇世紀末の男性たちを支配するものは、〈心理的ろくでなし行為〉(emotional fuckwittage) とシャロンが呼ぶ、交際相手に性的なものは求めながらも、それに伴う精神的、社会的責任からは逃れたいという欲望だ。ブリジットに二股をかけるダニエル、職場の女性と浮気をするマグダの夫ジェレミー、ジュードをはぐらかしてばかりいる悪党(ヴァイル)リチャードなど、ブリジットたちは自分たちがつき合っている男性たちが単に自分たちを弄んでいるだけなのかどうか、と疑心暗鬼にならざるを得ない。『キレそうなわたしの一二か月』のタイ旅行で出会うジェッドに至っては、ブリジットたちを麻薬の運び屋として利用するために、紳士的な男として親切そうに振る舞う。そのような中でブリジットは不愉快な出会い方をしたマークの本当の思いに気づいていかなければならない。この点でも、『ブリジット・ジョーンズの日記』はオースティン小説の公式を踏襲している。オースティン的な風俗小説では、偽りのマナーズと本心に裏打ちされたマナーズをめぐって、登場人物たちの道徳的美徳が評価される。そしてその美徳には、望ましい相手との結婚が社会的な報酬として与えられることになる。

三　二〇世紀末の風俗小説（ノヴェル・オヴ・マナーズ）

このように『ブリジット・ジョーンズの日記』は、その基本の部分にオースティン的な風俗小説の論理をもっている。その一方で、この小説は、第一節で触れたように、当時の職業をもつ二〇代から三〇代の女性たちの思考を反映しようとしており、一九九〇年代のマナーズを抉り出してもいる。イメルダ・ウィラハンが指摘するように、「『ブリジット・ジョーンズの日記』が図らずも気づかせてくれるのは、我々が他人の意見に左右されており、我々のほとんどがその他人に自分の価値を肯定してもらいたがっているということだ」(28)。二〇世紀末の中産階級の女性たちにとって、出自や財産はオースティンの時代ほど決定的な問題ではないが、その代わりに、結婚・こども・キャリアというライフスタイルの選択をめぐる問題があり、どのようなライフスタイルを選ぶかで分断されていくさまが見える。最も顕著なのは、〈独善的既婚者〉(Smug Marrieds) 対〈おひとりさま〉(Singletons) という分断だろう。異性愛の夫婦の下での核家族を標準とする社会において、既婚者は独身者に対する優位を意識している。ブリジットの親世代の知人たちは、彼女に「普通の人生」を歩ませようと、「君の恋愛生活はどうだい」(*BJD* 11) と問い、「ブリジット！　いったい、どうすればいいんでしょうねぇ、あなたって人は！　……あなたたち、キャリア・ガールと来たら！　いつまでも先延ばしってわけにはいかないのよ、チクタク、チクタク」(*BJD* 11) とタイムリミットを意識させる。同世代の既婚者たちは、「どうしていつまでも結婚しないのよ」(*BJD* 40) とおためごかしに心配したり、「うちの会社にもうじゃうじゃいるよ、三十路の女たちがさ。身をもって証明してるよ、男を捕まえられないのさ」(*BJD* 41) などとしたり顔で言ったりと、明らかに自分たちを勝ち組と意識している。ブリジットが心の中で指摘するように、既婚者はそれが、「結婚生活はどう？　いまだにセックスしてるの？」(*BJD* 11) とか、「コズモウのご飯を作って、そのあと彼と同じベッドにもぐりこむなんて、一晩でもたまらないのにそれが毎晩だなんて考えたら、自分の頭を取って食べちゃいたくなる」(*BJD* 40) などと言うのと同等に不躾な人格攻撃であるということには無自覚だ。重要なのは、ブリジットがこれらの〈独善的既婚者〉たちの言動に憤りを覚えながらも、その抗議の言葉を飲み込んでしまうことだろう。曖昧な愛想笑いで誤魔化すブリジットからは独身者自身が既婚者たちに対する劣位を意識していることが見て取れる。ブリジットたち自身が、このままでは「独り寂しく死に、三週間後シェパード犬に半分喰われた状態で見つかるのではないか」(*BJD* 20) と不安に思っているのだ。ブリジットたちは、ポストフェミニズム社会が発する、結婚と出産を経てこその女性の人生という極めて本質主義的なメッセージや、女性の自立は結果として女性の孤立を生むことになるのではないかという露骨な疑念 (Tasker and Negra 4) に苛まれている。

このように、独身の女性たちが自らの人生に自信が持てない一方で、結婚し子供を持った女性たちも、自分たちの人生には何かが欠けていると不満を覚えている。大きな家に住み、キッチンに八種類のパスタの瓶を並べるブリジットの友人マグダはこうこぼす。

「独身でいられる間はせいぜい楽しんだほうがいいわよ。……いったん子供ができて仕事をやめちゃうと、信じられないくらい立場が弱くなるわ。ジェレミーがわたしの毎日は長い休暇みたいなものだと思っているのはわかってる。でも、よちよち歩きの子と赤ん坊の世話を一日中するのって、実のところとても重労働よ。しかも終わりがないの。ジェレミーは家に帰ってくれば、すっかりくつろいで、あれこれ世話してもらえるものと思っていて、そのくせ頭の中ではハーバー・クラブ［スポーツクラブ］で会ったレオタード姿の女の子たちのことばかり考えているに決まってるんだから。」(*BJD* 132)

マグダは、仕事を持っていたころのほうがずっと自由で楽しかったと懐かしむと同時に、家事労働が正当に評価されない理不尽や、夫と妻の間の不均衡を嘆く。結婚して家庭を持てばそれでめでたし、では決してない。就職、結婚、出産と現代の女性たちは各ライフステージで選択を迫られる。結婚もこどももキャリアもすべてをクリアしなければならない上に、それぞれにはさらに細かくクリアすべきステージが設定されており（例えば、マグダは目下ジェレミーの浮気に悩み、「ママ友」と子供の発育について競争中だ）、どのような生き方をしようとも十全感を手に入れることはできない。痛切なのは、そのような不安や不満を、マグダがあきらめ顔で言うように、「自分で蒔いた種だもの。自分で刈り取らなくちゃいけないのよね」(*BJD* 133)、と女性たちが自分の選択の結果として引き受けることを余儀なくされていることだ。「わたしたち女子にとっていったい何が正しいのだろう」(*BJD* 132) というブリジットの疑問は、そのまま現代の女性たち一般の切実な問いかけだ。ブリジット自身が喝破するように、現代女性は〈〝すべてを手に入れよ〟症候群〉("Having It All" syndrome) に罹っており (*BJD* 71)、正答などない中で、自己責任でライフスタイルの選択を迫られている。〈独善的既婚者〉対〈おひとりさま〉という対立の先に見えるのは、立場によって分断され、生きづらくなっている現代の女性たちの姿といえる。[8]

この点で、ブリジットの母親パムことパメラが示す「熟年の危機」は注目に値する。「なに？・(What?)」「なに？　じゃないでしょ、もう一度言ってください、でしょ (Don't say "what", Bridget, say "pardon")」(*BJD* 152)

というやり取りが示すように、ブリジットと母親の間には、言葉遣いや振舞いにおける世代の差が存在する。夫が地元のロータリークラブに属すような人々と家族ぐるみでつき合い、読書クラブやホーム・パーティを開く――そのような典型的な中産階級の価値観に従って、パメラは、正月恒例のカレー・ビュッフェ・パーティで、ブリジットにマークを引き合わせ、「超一流の弁護士さんなの。お金持ちで」(*BJD* 9) と交際を促す。しかし、その母親が、ポルトガル旅行を経て、自分の人生に焦りと空虚さを覚えるようになる――「夏のあいだじゅう遊びほうけたキリギリスみたいな気がするのよ……そしてもう人生の冬を迎えているというのに、自分のものといえるものは何一つ蓄えていないのよ」(*BJD* 71)。〈〝すべてを手に入れよ〟症候群〉は決してブリジットの世代だけの問題ではない。失われた人生を取り戻そうと、パメラは、『突然シングル』というバラエティ番組のパーソナリティとなりフリオという恋人をもつことで、キャリアを追及し自由恋愛を実践しはじめる。しかし、その結果、知らないうちにフリオの不動産詐欺の片棒を担がされることになり、騒ぎを巻き起こす。『高慢と偏見』との相似関係に戻るならば、パメラは、規範的な家族制度に則って露骨に娘の結婚を推し進めようとするミセス・ベネットであり、無思慮に自分の欲望を充足させようとして顰蹙を買うリディアでもあるということになる。これは、マクロビーが「二重の巻き込み状況 (double entanglement)」という言葉で説明するポストフェミニズム社会が女性に課すダブル・バインドを象徴しているといえる。「二重の巻き込み状況」とは「ジェンダー、セクシュアリティそして家族をめぐる新保守主義的な価値観……と、家庭、性そして親族関係の多様な選択肢をめぐる解放の動き……とが共存する」(12) ことであり、その中で女性は〈自由〉を謳歌する存在であらねばならないし、伝統的な女性の役割から逸脱してもいけないというジレンマに陥る。結婚をはじめとする制度が女性にもたらす圧迫感は、今も、もしかしたらより厄介な形で、存在していることを、『ブリジット・ジョーンズの日記』はマナーズを通して私たちに突きつけている。

こうして、越智博美が指摘するように「ポストフェミニズムの英国に生きる彼女［ブリジット］の自己評価は、逆説的だが、ヘテロセクシュアルの女としてイケているのかということに限定されてしまう」(186)。実際、ブリジットのマナーズの多くの部分は、自分を男性に魅力的に見せたい、〈デキる女〉と思わせたいという動機に支配されている。そのために、デートの前日は一日中かけて脱毛やらなにやら身づくろいをし、充実した生活を送る女性として内面の安定を図り、慣れない手の込んだ手料理でホーム・パーティを開こうとする。しばしば指摘されることではあるが、ブリジットの日記は、体重、摂取カロリー、摂取アルコール単位数、喫煙本数などの記録で始まり、そこに自らを数値化して管理・評価しようとする後期資本主義社会の様相を見ることができる。現代社会では「〝ライフスタイル〟という言葉そのものが個人の生き方を意味するものから、正しいアクセサリーを付け、正しい商標や銘柄を知っていることで利用することができる商品」になってしまっている(Whelehan 41)。ブリジットも、『コスモポリタン』や『マリ・クレール』などの女性ファッション誌、そして自己啓発本やデート攻略本を生きる指針とし、それらが提示する〈イケてる女〉になるべく、カロリー制限や情緒の安定など自己管理に勤しんでは、失敗する。〈すべてを手に入れた女性〉とはそもそもなり得ないものなのだから失敗は当然なのだが、「企業文化（エンタープライズ・カルチャー）」と「治療文化（セラピー・カルチャー）」が蔓延した現代イギリス社会（清水 271）は、あたかもそれが正しい消費／自己投資によって入手可能なものであるかのように見せ、果てることのない自己管理にブリジットたちを駆り立てている。[9]

そう考えてくると、第二節で風俗小説の基本構造としてみた、〈ブリジットの飾らなさ〉対〈周囲の女性たちの気取り〉というマナーズをめぐる対立図はもう少し複雑なものになってくる。ブリジットのよさは、全く気取りがないことではない。むしろ、彼女は〈デキる女〉〈イケてる女〉として自分を作り上げたいと邁進しているが、そつなく化けることができないのだ。つまり、気取りきれないこと、そしてそこに現れる本音が自然体とされ、是とされている。

賢人なら、ダニエルはありのままのきみが好きなはずだ、というだろうけれど、あいにくわたしは『コスモポリタン』文化の申し子。スーパーモデルやらクイズ番組の見過ぎやらで、劣等感をいいように刺激され、自然に任せといいたんじゃ、自分の性格も体型もあるべき水準に達しないと思い込んでいるくちだ。ああ、プレッシャーに耐えきれない。デートはキャンセルして、今晩は卵のしみがついたカーディガンを着てドーナッツ食べて過ごしちゃおうかな。(*BJD* 59)

ここには、ファッション誌やマニュアル本の「水準」に合わせて〈すべてを手に入れた自分〉を作り上げようとしては失敗するブリジットの悲哀が見えると同時に、そのような〈企業文化〉と〈治療文化〉に自分が踊らされていることへの自覚も見て取れる。小川公代は、ブリジットは「消費文化に靡（なび）」きながらも「自己参照的」な思考が可能なヒロインであることを指摘し (78)、その批判精神を評価している。現代女性の理想と現実の裂け目が彼女の日記の記述や失敗行為の中に批判的に見えること、そこに〈飾りすぎた〉ナターシャやレベッカにはないブリジットの強みがあるといえる。

四　『ブリジット・ジョーンズの日記』の可能性と限界

このように『ブリジット・ジョーンズの日記』はマナーズを通してポストフェミニズム社会が女性にもたらす隘路を示しているが、それに対してブリジットたちは完全に無抵抗なわけではない。“Singleton” というシャロンによる造語自体に、独身女性をめぐる価値転換を図りたいという意図は十分にある。

「言ってやればよかったのよ、『わたしが結婚しないのは、独りで立派に生きていける(シングルトン)からよ、したり顔の、歳より老け込んだ、狭量なお馬鹿さんたち……それに生き方はたった一つじゃないからよ。この国の四世帯に一つは一人暮らしだし、ロイヤル・ファミリーのほとんども独身。それにいくつかの調査によればこの国の若い男性は完全なる結婚不適格者よ。その結果、わたしのように収入があって自分の家を持つ独身女性がまるまる一世代分生まれている。独身でもみんな大いに楽しくやっていて、他人の靴下を洗う必要もない。あんたたちみたいな人が、やっかんでこっちを貶めるようなことをしなければ、わたしたちはうんと幸せにやっていけるんだから』って。」(*BJD* 42)

亀井よし子が邦訳で「独りで立派に生きていける」という訳を“Singleton”に充てたことに示されるように、ここにはそれまで“spinster”という呼称に付きまとっていた否定的な意味合いを払拭しようとする試みがある。“Spinster”つまり「オールド・ミス」は〈余った女〉とみなされ、経済的・社会的なお荷物とみなされてきた。あるいは、フェミニズム運動の展開の中で、過激なフェミニズムやレズビアニズムと結びつけられ、危険視され嘲りの対象となってきた (Taylor 81)。それをシャロンは、既婚者の「やっかみ」の対象となる、家庭のくびきを逃れた自由で独立した存在、「一つではない人生」の象徴として定義しなおそうとする。彼女らは家族の代わりに「電話でつながった友達のネットワーク」(*BJD* 245) を築き上げ、誰かが精神的打撃を受ければカフェやバーで緊急会合を開き、誰かが音信不通になれば友達のネットワークを駆使して無事を確認する。さらに、男女の性愛に固執するメディア文化に対して、現代の「禁欲主義 (celibacy)」を取り扱うべきだと提言する (*ER*

346) など、異性愛の規範に収まりきらない生き方を肯定しようとする。実際、ブリジットの〈おひとりさま（シングルトン）〉サークルには、ボーイフレンドとの腐れ縁が続くジュードもいれば、しばしば好戦的に男性に噛みつくフェミニストのシャロンやゲイのトムもいる。時に既婚のマグダが仲間に加わることも拒まない。このような意味で〈おひとりさま（シングルトン）〉の世界は多様で開かれている。「共有、やさしさ、ゲイ、シングルマザー、ネルソン・マンデラ」といったものが象徴する寛容さがブリジット自身の信条でもあり (*ER* 58)、〈おひとりさま（シングルトン）〉は、異性愛の規範を押し付けてくる社会に対する異議申し立て、多様な選択肢を示す契機となる。

しかし、『ブリジット・ジョーンズの日記』においては、そのような女性のあり方についての問い掛けが、結局は、望ましい男性との恋愛成就という形で丸く収まってしまう。これは、『ブリジット・ジョーンズの日記』がオースティン小説に倣った風俗小説の流れを汲んでいる以上、当然のことではある。風俗小説の根幹には喜劇の論理があり、古典的な喜劇の本質は「安定」と「新たな調和の回復」だ (Weld 8)。オースティンの世界においても、マナーズのせめぎあいを通して、支配層（エスタブリッシュメント）が新興の中産階級を吸収しつつ、秩序を保ち調和を回復させる様が描かれている。主人公の結婚はそのような安定性の象徴だ。『高慢と偏見』においては、商売人の叔父を持つエリザベスが名門の家柄のダーシーやその叔母レディ・キャサリンに向かって〈ジェントルマン〉という概念を問い直し、結婚を通して〈ジェントルマン〉の定義と範囲を押し広げている。『説得』では、一七世紀以来の準男爵家の娘アンが、武勲を挙げて立身出世を果たしたウェントワース大佐を選び取ることで、能力主義に基づく新たなエリート層の形成が約束される。このような喜劇の論理に基づいて、『ブリジット・ジョーンズの日記』でも、〈おひとりさま（シングルトン）〉をめぐる議論は、異性愛のカップル主義の世界観にいくらかの幅を与えつつ、最終的にはその社会秩序を肯定する働きをしている。

「今日、わたしは〝シングルトン〟に別れを告げます。わたしは既婚者になりますが、〝独善的既婚者〟にはならないことを誓います。わたしは世のシングルトンに、なぜ結婚しないの？　とか、あなたの恋愛生活はどうなってるの？　とか質問して、悩ませることは決していたしません。それは、わたしが夫とまだセックスしているかどうかということと同じく、各自の個人的な問題であることを認め尊重します。……わたしは、シングルトンでいることが間違いであるとか、誰それはシングルトンだから変だとか示唆するような発言は決してしないことを誓います。皆さんご存知のように、シングルトンでいることは現代社会では極めて普通のことで、わたしたちは誰しも人生のある時期独りなのですし、独りでいることは〝聖なる婚姻生活〟と同様、あらゆる点で価値あることなのですから。」(*ER* 401–02)

『キレそうなわたしの一二か月』の最後に、ジュードは結婚披露宴でこのように宣言し、〈おひとりさま（シングルトン）〉という生き方を擁護する。ここでジュードは、カップル主義の社会に独身女性として感じてきた理不尽と疎外感を指摘し、より包括的なあり方を提案している。結婚という「最も規範的な制度」(Taylor 83) に与するその瞬間にそれ以外の女性の生き方が肯定されるところに、オースティン小説の終幕と同じように、より寛容で調和のとれた社会への先ぶれを感じることはできる。

だがその一方で、ここにはポストフェミニズムの文脈における〈おひとりさま（シングルトン）〉という言説のアンビヴァレンスも浮かび上がってくる。そもそも、ブリジットたちの〈おひとりさま（シングルトン）〉擁護は、常に異性愛的規範の浸食を受けている。ブリジットの目標は、「中身の充実した女性で、彼氏なんかいなくても完璧なのだという自己認識を持つこと」だが、「それが彼氏を獲得するための最短の道」だから (*BJD* 2) という一言が付け足されることで、その自立心は無効になってしまう。一番威勢のよい先のシャロンの主張でさえ、男性が「完全なる結婚不適格者」だから女性たちは独りでいるしかないのだ、と独身でいることに対してどこか言い訳がましさがある。アンシア・テイラーの言を借りるならば、「ブリジットと仲間たちはカップル主義のヘゲモニーと対置されながらも、このヘゲモニーに情動的に強く引き付けられ続けている」(92)。先ほどのジュードの宣言を取り巻く状況はそれを象徴的に表している。この発言が力を持つのは、皮肉なことに、結婚披露宴というまさに「〝シングルトン〟に別れを告げ」る場で、ふさわしい男性を見つけた花嫁によって語られるからだ。さらに言えば、このとき、「血のつながり」に勝るとも劣らぬ「〝都会派独身者の家族(アーバン・シングルトン・ファミリー)〟の絆」を体現するとジュードが主張する(*ER* 402)ブリジットもシャロンもボーイフレンドと縒(よ)りを戻しており、厳密な意味では〈おひとりさま(シングルトン)〉ではない。女性の単身生活の擁護は、それを擁護する者がその状態を脱却する能力があることを証明してはじめて有効となるのだ。ジュードの宣言の内容とは裏腹に、披露宴での宣言は現代イギリス社会の異性愛規範の強さを改めて感じさせることになる。

このことは、『キレそうなわたしの一二か月』において、ブリジットの〈おひとりさま(シングルトン)〉としての葛藤が、結局は母親パメラの忠告で解消されることにもみられる。

「ほんと、あなたたち若い娘にボーイフレンドができないのも当たり前よ。外じゃ、わたしは超一流のスーパーウーマンなんだから、ジェイムズ・ボンドでもなけりゃ男なんかいらないって顔をしているくせに、家に帰ると、わたしは男に関してはまるでダメな女なの、なんてうじうじしてるんだもの。」

(*ER* 373–74)

パメラの発言からは、独身女性たちの〈おひとりさま(シングルトン)〉称揚は煎じ詰めればやせ我慢であり、自分に素直になって男性を欲すれば、ものごとは丸く収まるのである、というポストフェミニズムの棄却の論理が見て取れる。パメラは最後に〈分別のある母親〉という伝統的な役割に立ち返り、昔ながらの常識的な助言を与える。そして、ブリジットはその助言通りマークと素直に話し合い、二人は互いに愛し合っていることを確認し和解することができるのだ。ウィラハンはポストフェミニズム社会の問題を「消費社会の輝きの中で職業を持つ女性の成功が喧伝され、女性の社会的自立がほめたたえられる一方で、親密な異性間の関係は再構築されることなく、人々は私的な生活を職業生活に見合うように変化させるすべを持たない」(42-43) ことにあると要約したが、『キレそうなわたしの一二か月』における恋愛ドラマの「結局お母さんは正しい」という極めて保守的な決着の仕方は、必ずしも「職業生活に見合う私的な生活」の再構築を約束してはくれない。むしろ、最終的には、『ブリジット・ジョーンズ』の世界を中産階級の異性愛中心の価値観へと強く回収していく。[10]

ただし、ブリジットがブリジットであるためには、彼女は〈おひとりさま(シングルトン)〉でいなくてはならない。二〇〇五年にブリジットが『インディペンデント』紙のコラムの形で再び読者の前に登場したとき、彼女はまだ独身でまたぞろマークとダニエルの間で揺れ動いている。[11] そして、第三作『ブリジット・ジョーンズの日記——恋に仕事にSNSにてんやわんやの一二か月』(二〇一三) では、五一歳のブリジットは、マークは四年前に事故死しており、ブリジットは二人の子供を抱えたシングルマザーとなっている。[12] ブリジットは、悲しみに暮れる未亡人生活から脱すべく、体重管理に励み、ツイッターを始め、デートに身を投じていく。ブリジットはポストフェミニズム的葛藤を繰り返す存在でなければならず、彼女は相変わらずなかなかうまくいかない恋愛関係に悩み、自己管理を試みては失敗する。『ブリジット・ジョーンズの日記』巻末の一年の総決算が示すように、新年に目標を立てようともブリジットは大して成長することはない。ブリジットは「世代を代表する女子らしい原我(イド)」を永遠に保つ必要があるのだ (Kingston)。『ブリジット・ジョーンズ』シリーズがポストフェミニズム時代の風俗小説(ノヴェル・オヴ・マナーズ)

として機能するためには、そのヒロインは〈おひとりさま(シングルトン)〉という不安定な状態に居続け、現代社会の異性愛規範の圧力のもと右往左往し続けなければならない。

注

1 二〇〇四年現在、『ブリジット・ジョーンズの日記』の売り上げは三五か国で一千万冊程度とされている (Kirby)。また、二〇〇六年の論文では、五百万冊以上を売り上げ、三〇か国語に翻訳されているとある (Gill and Herdieckerhoff 488)。

2 『ブリジット・ジョーンズの日記』および『ブリジット・ジョーンズの日記――キレそうなわたしの一二か月』の翻訳は亀井よし子訳を参考にしている。なお、作品からの引用についてはカッコ内では以下のように表記する。

BJD 『ブリジット・ジョーンズの日記』
ER 『ブリジット・ジョーンズの日記――キレそうなわたしの一二か月』
PP 『高慢と偏見』
P 『説得』

3 清水知子はここに「「社会的公正」を求める「政治的自由」が……市場と貿易の「自由」、個人の「選択的自由」置き換えられて」いくという新自由主義社会における根源的な問題を指摘する (270)。

4 ウェルズは、恋愛プロット、ヒロインの成長、消費といったチック・リットのテーマがファニー・バーニー、オースティン、シャーロット・ブロンテ、ジョージ・エリオット、イーディス・ウォートンらと共通していることを示し、さらに、チック・リット自身の戦略としてこれらの作家を想起させようとしていると指摘している (57)。また、チック・リットの一人称の語りについても、書簡体小説に始まり、ヴァージニア・ウルフやドロシー・リチャードソンの意識の流れに至る女性の内面を語る手法の中に位置付けている (Wells 67; Benstock 255)。『ブリジット・ジョーンズの日記』の日記形式は、ときに数分刻みで日記が記録されたり、ブリジットが酔っぱらって帰ってくるとその呂律の回らない様子がそのまま転記されたり、本当の日記らしさよりもブリジットの心のつぶやきの生々しさを

5 優先させて (Case)、ブリジットの声の迫真性と喜劇性とを確保している。フィールディングはある取材に対して、「ジェイン・オースティンのプロットは優れているし、何世紀もの市場調査に耐えているんだから、いただいちゃえと思ったのです」と述べている (qtd. in Ferris 71)。さらには、ブリジットの日記が一九九五年当時放送されていたBBCドラマ『高慢と偏見』に意識的に言及することで、オースティンの小説との結び付きを強化している。

6 ヴィヴィアン・ジョーンズはこれをオースティンと、チック・リットそしてポストフェミニズムとの親和性として読み解いている。ジョーンズは、オースティンもまたポスト・ウルストンクラフトとでも呼べる時代に小説を書いていることに注目し、〈教養〉やエリート主義的なもの、特に女性が醸し出すエリート臭への敵対感をオースティン小説と『ブリジット・ジョーンズの日記』に共通するフェミニズムへの揺り戻しとしてみている (73-78)。

7 このほかにも、ブリジットが親友マグダの子供たちを世話する様子や、妻と別れて傷心のマークの同僚ジャイルズ・ベニックとブリジットが親しくなりその睡眠薬自殺を防ぐエピソード、さらにはブリジットが女性の変わらぬ愛情をマークの父親ダーシー提督に訴える場面など、『説得』のアン・エリオットとのパラレルは随所に見られ、ブリジットの真価の指標となっている。ただし、映画版（二〇〇四）では、この『説得』との相関関係は採用されておらず、むしろ前作の映画（二〇〇一）以来のブリジットをめぐるマークとダニエルのライバル関係に焦点が当たる。

8 この点で、『キレそうなわたしの一二か月』が、時代を象徴する出来事としてダイアナ妃の事故死（一九九七）を大きく取り上げるのは示唆的だ。ダイアナは、「典型的なおとぎ話のヒロインらしく、わたしたち女の夢――ハンサムな王子様との結婚――を実現し、その後、人生はそんなものじゃないと正直に告白した」ことで「〝シングルトン〟女性の守護聖人」とブリジットたちにとらえられ (*ER* 326)、〈〝すべてを手に入れよ〟症候群〉に苦しむ現代女性のアイコンとなっている。

9 越智は、カロリー制限をしては反動でしばしば食べ過ぎるブリジットを「摂食障害すれすれ」と評し、彼女が「病気すれすれの自己コントロール」に陥っていると指摘している (187)。

10 別の観点からも、『ブリジット・ジョーンズ』の世界が、風俗小説として昔ながらの安定的で均質な世界を希求していることが見えてくる。『ブリジット・ジョーンズの日記』でパメラの恋人となるポルトガル人のフリオや、『キレそうなわたしの一二か月』でパメラがケニア旅行から連れ帰るウェリントンは、イングランド中部の中産階級の夫婦生活を切り裂く契機となるものだが、それぞれに無害化されて小説の世界から退場する。また、ブリジットはタイで収監された際、イギリス人の不屈の精神を詠ったラドヤード・キプリングの詩「もしも」("If") をそらんじることで立ち向かい、その苦境をマークが救ってくれることで、小説は安定的でイギリス的な世界へと戻っていく。恋愛コメディ色を小説以上に強めた映画版では、そもそもこのような非イギリス的な要素は排除され、『ブリジット・ジョーンズ』シリーズは、『フォー・ウェディング』(一九九四) 以来のブリティッシュネスを売りにする恋愛コメディ映画の中に位置付けられる。

11 二〇〇五年から二〇〇六年にかけての『インディペンデント』紙のコラムでは、ブリジットは妊娠騒動の末、ダニエルの息子を産み、彼と同棲して終わる。一方、そのコラムを部分的に利用しつつ、映画『ブリジット・ジョーンズの日記――ダメな私の最後のモテ期』(二〇一六) とのタイアップで出された小説版 (二〇一六) では、ブリジットはマークの息子を産み、マークと結ばれることで従来の恋愛コメディの型を踏襲している。

12 このとき重要なのは、シングルマザーといっても、ブリジットは自分と子供たちのために生計を立てなければならない労働者ではないということだ。彼女はマークが遺したもので悠々自適にやっていくことができ、チック・リットのヒロインに必要な中産階級の自由な消費者という立場を保てている。

引用文献

Austen, Jane. *Pride and Prejudice*. Edited by Pat Rogers, Cambridge UP, 2006.

——. *Persuasion*. Edited by Janet Todd and Antje Blank, Cambridge UP, 2006.

Benstock, Shari. "Afterword: The New Woman's Fiction." Ferris and Young, pp. 253–56.

Case, Alison. "Authenticity, Convention, and *Bridget Jones's Diary.*" *Narrative*, vol. 9, 2001. *Bridget Jones Online Archive*, 16 Jun. 2006, bridgetarchive.altervista.org/authenticity.htm. Accessed 27 Mar. 2019.

Ferris, Suzanne. "Narrative and Cinematic Doubleness: *Pride and Prejudice* and *Bridget Jones's Diary*." Ferris and Young, pp. 71–84.

Ferris, Suzanne, and Mallory Young, editors. *Chick Lit: The New Woman's Fiction*. Routledge, 2006.

Fielding, Helen. *Bridget Jones's Diary: A Novel*. 1996. Picador, 2001.

——. *Bridget Jones: The Edge of Reason*. 1999. Picador, 2000.

——. *Bridget Jones: Mad about the Boy*. 2013. Vintage, 2014.

——. *Bridget Jones's Baby*. 2016. Vintage, 2017.

——. The *Independent* Columns, 2005. *Bridget Jones Online Archive*, 16 Jun. 2006, bridgetarchive.altervista.org/index2005.htm. Accessed 27 Mar. 2019.

——. The *Independent* Columns, 2006. *Bridget Jones Online Archive*, 16 Jun. 2006, bridgetarchive.altervista.org/index2006.htm. Accessed 27 Mar. 2019.

Gill, Rosalind, and Elena Herdieckerhoff. "Rewriting the Romance: New Femininities in Chick Lit?" *Feminist Media Studies*, vol. 6, no. 4, 2006, pp. 487–504, *Taylor & Francis*, doi: 10.1080/14680770600989947.

Harzewski, Stephanie. *Chick Lit and Postfeminism*. U of Virginia P, 2011.

——. "Tradition and Displacement in the New Novel of Manners." Ferris and Young, pp. 29–46.

Jones, Vivien. "Post-Feminist Austen." *Critical Quarterly*, vol. 52, no.4, 2010, pp. 65–82.

Kingston, Anne. "Bridget Jones Grows Up, Sort of." *Maclean's*, 17 Oct. 2013, www.macleans.ca/culture/bridget-jones-grows-up-sort-of/. Accessed 29 Mar. 2019.

Kirby, Terry. "The True Story of Bridget Jones." *The Independent*, 13 Nov. 2004, www.independent.co.uk/arts-entertainment/books/news/the-true-story-of-bridget-jones-533042.html. Accessed 12 Feb. 2019.

McRobbie, Angela. *The Aftermath of Feminism: Gender, Culture and Social Change*. Sage, 2009.

Tasker, Yvonne, and Diane Negra. "Introduction: Feminist Politics and Postfeminist Culture." *Interrogating Postfeminism: Gender and the Politics of Popular Culture*, edited by Yvonne Tasker and Diane Negra, Duke UP, 2007, pp. 1–25.

Taylor, Anthea. *Single Women in Popular Culture: The Limits of Postfeminism*. Palgrave Macmillan, 2012.

Trilling, Lionel. *The Liberal Imagination*. 1950. New York Review Books, 2008.

Weld, Annette. *Barbara Pym and the Novel of Manners*. Macmillan, 1992.

Wells, Juliette. "Mothers of Chick Lit? Women Writers, Readers, and Literary History." Ferris and Young, pp. 47–70.

Whelehan, Imelda. *Helen Fielding's* Bridget Jones's Diary: *A Reader's Guide*. Continuum, 2002.

大貫隆史他編著『文化と社会を読む　批評キーワード辞典』研究社、二〇一三年。

小川公代「〝ポスト〟フェミニズム理論：「バックラッシュ」とヒロインたちの批判精神」『文学理論をひらく』木谷巌編著、北樹出版、二〇一四年。六四―八六頁。

越智博美「うつ」大貫他編著、一八二―九〇頁。

亀井よし子訳『ブリジット・ジョーンズの日記』ヘレン・フィールディング著、ソニー・マガジンズ、二〇〇一年。

――『ブリジット・ジョーンズの日記――キレそうなわたしの一二か月』ヘレン・フィールディング著、角川文庫、二〇一五年。上・下巻。

清水知子「ブリジット・ジョーンズの「自由」――サッチャリズムとポスト・フォーディズムの行方」『愛と戦いのイギリス文化史　一九五一―二〇一〇年』川端康雄他編著、慶應義塾大学出版会、二〇一一年。二六九―八三頁。

『ブリジット・ジョーンズの日記』監督シャロン・マグワイア、ユニバーサル・スタジオ、二〇〇一年、ジェネオン・ユニバーサル・エンターテイメント、二〇〇九年。

『ブリジット・ジョーンズの日記――きれそうなわたしの一二か月』監督ビーバン・キドロン、ユニバーサル・スタジオ、二〇〇四年、ユニバーサル・ピクチャーズ・ジャパン、二〇〇五年。

あとがき

本書『コメディ・オヴ・マナーズの系譜——王政復古期から現代イギリス文学まで——』は、二〇一七年五月二〇日（於静岡大学）に開催された日本英文学会第八九回大会におけるシンポジウム「Comedy of Manners の系譜——王政復古期から Wilde まで」が機縁となって企画され、出来上がったものである。

このシンポジウムは、末廣幹、岩田美喜、向井秀忠の皆さんと、それに司会を仰せつかった私、玉井暲を加えて、計四名の講師からなるチームであった。「コメディ・オヴ・マナーズ」というテーマは、それに関わる個別の作家については研究がすでに盛んになされているにしても、それらの作家や作品を「系譜」という視点から総体的に検討する研究があまり見られないこともあって、当日のシンポジウムは、数多くのフロア参加者を迎えて、予想以上の好評を博した。この感激と興奮が冷めやらないうちに、ささやかながらも開かれた打ち上げの会において、このシンポジウムの研究発表の成果を是非とも何らかのかたちにして残しておこうよと気炎が挙がったのは、ある意味で自然な展開であった。

テーマ「コメディ・オヴ・マナーズの系譜」を中心にすえて、一冊の本に仕上げるためには、まず、このシンポジウムにおけるテーマの発案者である日本英文学会大会準備委員の久野陽一さんと市川千恵子さんの協力が必要であると思い、お願いをしたところご快諾をいただいた。さらに、本テーマの研究をより一層充実させるために、最適任と思われる佐々木和貴、小山太一、山田雄三、高桑晴子の各皆さんに助力をお願いすると、これまた嬉しいことにご快諾をいただいた。こうして、一〇名からなるメンバーによって、イギリス文学におけるコメディ・オヴ・マナーズの系譜を王政復古期から現代二〇・二一世紀にいたる作家・作品を取り上げ総体的に研究する態勢が整ったのであった。

本書は、イギリス文学における伝統的なジャンルのひとつと考えられるコメディ・オヴ・マナーズについて、その本質的な特徴とその変容・変奏・発展をめぐって劇と小説の両面から考察した研究である。日本の学界におけるコメディ・オヴ・マナーズの研究については、イギリス文学のきわめて興味深いテーマでありながら、たとえば日本英文学会大会のシンポジウムで取り上げられたことがかつてあったとは、私は寡聞にして知らない。また、英米においても、このテーマを総体的に論じた最近のめぼしい研究は見られない。その意味からも、本書は、日本におけるコメディ・オヴ・マナーズの研究にいささかでも貢献できたのではあるまいかと、私たちは密かに自負しているところである。そして、本書がひとつのきっかけとなって、今後、コメディ・オヴ・マナーズの総体的な研究が発展することがあれば、それに勝る喜びはない。

本書の完成にあたっては、執筆者の皆さんには、昨今の大学における繁忙を極めるなかにあって、滞りなくご論考をご準備いただき、脱稿していただいた。にもかかわらず、すべてコロナ禍のせいにするわけではないが、編集の進行がいくらか遅れ気味となったのは、申し訳なく思う。

最後に、本書の出版にあたっては、音羽書房鶴見書店の社主、山口隆史さんには全面的にお世話になった。心よりお礼を申し上げたい。また、同社の編集部の方々にも感謝いたしたい。ありがとうございました。

二〇二二年三月

編者を代表して、　玉井　暲

執筆者紹介（目次掲載順）

玉井　暲（たまい　あきら）

一九四六年生まれ。武庫川女子大学教授、大阪大学名誉教授。大阪大学大学院文学研究科修士課程修了。博士（文学）。主な業績に、J・ヒリス・ミラー『小説と反復――七つのイギリス小説』（共訳、英宝社、一九九一）、「『まじめが肝心』とファルス――ワイルド論」『演劇とパフォーマンス』（岩波講座文学第五巻、二〇〇四）、二一七―四七、『魅力ある英語英米文学――その多様な豊饒性を探して』（編著、大阪教育図書、二〇二二）など。

末廣　幹（すえひろ　みき）

一九六五年生まれ。専修大学教授。筑波大学大学院文芸言語研究科博士課程単位取得退学。主な業績に、『国家身体はアンドロイドの夢を見るか――初期近代イギリス表象文化アーカイヴⅠ』（編著、ありな書房、二〇〇一）、『イギリス王政復古演劇案内』（共編著、松柏社、二〇〇九）、「トマス・デッカーとフィリップ・マッシンジャーによる悲劇『処女殉教者』に見られる〈ずらし〉の戦略」、*Shakespeare Journal* 第三巻（二〇一七）、三六―四五など。

佐々木　和貴（ささき　かずき）

一九五五年生まれ。秋田大学名誉教授。北海道大学大学院文学研究科博士後期課程中退。主な業績に、『イギリス王政復古演劇案内』（共編著、松柏社、二〇〇九）、『名誉革命とイギリス文学――新しい言説空間の誕生』（共著、春風社、二〇一四）、「感傷喜劇のなかの大英帝国――『西インド諸島人』試論」『十八世紀イギリス文学研究』第六号（開拓社、二〇一八）、一四八―六五など。

久野　陽一（くの　よういち）

一九六四年生まれ。青山学院大学教授。名古屋大学大学院文学研究科博士後期課程単位取得満期退学。主な業績に、ヘンリー・マッケンジー『感情の人』（共訳、音羽書房鶴見書店、二〇〇八）、オラウダ・イクイアーノ『アフリカ人、イクイアーノの生涯の興味深い物語』（翻訳、研究社、二〇一二）、『ローレンス・スターンの世界』（共著、開文社出版、二〇一八）など。

岩田　美喜（いわた　みき）

一九七三年生まれ。立教大学教授。東北大学大学院文学研究科博士後期課程修了。博士（文学）。主な業績に、『ライオンとハムレット――W・B・イェイツ演劇作品の研究』（松柏社、二〇〇二）、『兄弟で読むイギリス・アイルランド演劇』（松柏社、二〇一七）、『イギリス文学と映画』（共編、三修社、二〇一九）など。

向井　秀忠（むかい　ひでただ）

一九六四年生まれ。フェリス女学院大学教授。明治学院大学大学院文学研究科博士後期課程満期退学。主な業績に、ポール・ポプラウスキー『ジェイン・オースティン事典』（監訳、鷹書房弓プレス、二〇〇三）、「然り、われ速やかに到らん！――『ジェイン・エア』における宣教と帝国主義」『帝国と文化――シェイクスピアからアントニオ・ネグリまで』（共著、春風社、二〇一六）、「エドワード・ウェイヴァリーの読書と教育――「歴史小説」における想像力とハイランド表象」『スコットランド文学の深層』（共著、二〇二〇）など。

市川　千恵子（いちかわ　ちえこ）

奈良女子大学教授。お茶の水女子大学大学院人間文化研究科（比較文化学専攻）博士課程単位取得満期退学。博士（人文科学）。主な業績に、"Writing as Female National and Imperial Responsibility: Florence Nightingale's Scheme for Social and Cultural Reforms in England and India" (*Victorian Literature and Culture*, vol. 39, no. 1, 2011)、『ヴィク

トリア朝文化とセクシュアリティ』（共著、彩流社、二〇一六）、『めぐり会うテクストたち――ブロンテ文学の遺産と影響』（共著、春風社、二〇一九）など。

小山　太一（こやま　たいち）

一九七四年生まれ。立教大学教授。東京大学大学院人文社会系研究科（欧米系文化研究専攻）博士課程単位取得退学。英国 University of Kent (Ph. D. in English)。主な業績に、*The Novels of Anthony Powell: A Critical Study*（北星堂、二〇〇六）、「ゲームの規則――『自負と偏見』再読」『一九世紀「英国」小説の展開』（松柏社、二〇一四）、一一四―三五、イーヴリン・ウォー『誉れの剣』（三分冊）（翻訳、白水社、二〇二二―、刊行中）など。

山田　雄三（やまだ　ゆうぞう）

一九六八年生まれ。大阪大学文学研究科教授。大阪大学大学院文学研究科博士後期課程修了。博士（文学）。主な業績に、『感情のカルチュラル・スタディーズ』（単著、開文社出版、二〇〇五）、ロバート・アッカーマン『評伝J・G・フレイザー――その生涯と業績』（共訳、法藏館、二〇〇九）、『ニューレフトと呼ばれたモダニストたち』（単著、松柏社、二〇一三）など。

高桑　晴子（たかくわ　はるこ）

一九七四年生まれ。お茶の水女子大学准教授。東京大学大学院人文社会系研究科博士課程修了。トリニティ・カレッジ・ダブリン (M.Phil.)。博士（文学）。主な業績に、「土地に魅入られて――ビッグ・ハウス小説にみる所有の正当性への不安」『近現代イギリス小説と「所有」』（英宝社、二〇一四）、四一―八五、「スコットランドの風俗小説――スーザン・フェリアとブリテンの家庭／故郷（ホーム）」『一九世紀「英国」小説の展開』（松柏社、二〇一四）、四五―六六、「ポストフェミニズム時代の文芸ドラマ――ジェイン・オースティン『高慢と偏見』と一九九五年版ＢＢＣドラマ」『イギリス文学と映画』（三修社、二〇一九）、七六―九〇など。

持って考え行動すべきかに関しても指導する』(*Letters written to and for particular friends, on the most important occasions, directing not only the requisite style and forms to be observed in writing familiar letters; but how to think and act justly and prudently, in the common concerns of human life*)　82
『国の認可を得ることなく建てられた劇場の経営者および出資者による嘆願と要求に関する適切な考察』(*A Seasonable Examination of the Pleas and Pretensions of the Projectors of, and Subscribers to, Play-Houses, Erected in Defiance of the Royal Licence* [sic])　88
『クラリッサ』(*Clarissa, or, the History of a Young Lady*)　102
『上流階級のパミラ』(*Pamela in Her Exalted Condition*)　94–95
『徒弟人必携』(*The Apprentice's Vade Mecum*)　88
『パミラ、あるいは美徳の報い』(*Pamela; or, Virtue Rewarded*)　74–87, 89, 91, 93–94, 96n, 105
リチャードソン、ドロシー Dorothy Richardson (1873–1959)　262n
リベルタン　Libertine　7, 22–25, 27–28, 31–33, 35–36, 39, 45, 46n, 51–52, 169, 177, 181, 187
『両舞台の比較』(*A Comparison between the Two Stages*)　55
レイク・ヒーロー　Rake Hero　50, 169
ロマーノ、ジュリオ　Giulio Romano (1499–1546)　30
ロレンス、T・E　T. E. Lawrence　216
『ロンドン・ガゼット』(*The London Gazette*)　27, 98

ワイルド、オスカー　Oscar Wilde (1854–1900)　14, 146, 167–94, 195n
『ウィンダミア卿夫人の扇』(*Lady Windermere's Fan*)　180–82, 195n
『つまらぬ女』(*A Woman of No Importance*)　180
『まじめが肝心』(*The Importance of Being Earnest*)　14, 167–94, 195n
『理想の夫』(*An Ideal Husband*)　180

ホッブズ、トマス Thomas Hobbes (1588–1679) 23, 110
ホランド、ノーマン・N Norman N. Holland 3

マ

マーリントン、マルグリット Marguerite Merington (1857–1951) 164, 165n
　『クランフォード』(戯曲) (*Cranford: A Play*) 164
マクロビー、アンジェラ Angela McRobbie (1951–) 244–45, 254
マコーリー、トマス Thomas Macaulay (1800–1859) 8–13
　「王政復古期の喜劇作家たち」"Comic Dramatists of the Restoration" 8–10
　『文学歴史評論集』(*Critical and Historical Essays*) 8–10
マッカーシー、メアリー Mary McCarthy (1912–1989) 174
　「オスカーなんてつまらない」"The Unimportance of Being Oscar" 174
ミュア、ケネス Kenneth Muir 3
　『コメディ・オヴ・マナーズ』(*Comedy of Manners*) 3, 172
ミラー、J. ヒリス J. Hillis Miller (1928–2021) 147, 156–57
『娘たちの学校』(*L'Escole des Filles*) 30
メレディス、ジョージ George Meredith (1828–1909) 163
メロドラマ Melodrama 65, 173, 175–83
問題劇 Problem Drama 173, 179

ヤ・ラ・ワ

『ヨハネ黙示録』(*Book of Revelation*) 156

ライマー、トマス Thomas Rymer (1643?–1713) 59–60, 69n
　『悲劇管見』(*A Short View of Tragedy*) 69n
ライモンディ、マルカントニオ Marcantonio Raimondi (1470, 1482–1534?) 30
ラトレル、ナーシサス Narcissus Luttrell (1657–1732) 57
　『国事に関する簡略な歴史陳述』(*A Brief Historical Relation of State Affairs*) 57
ラパン、ルネ René Rapin (1621–87) 59
ラム、チャールズ Charles Lamb (1775–1834) 4–14, 49, 172, 195n
　『エリア随筆』(*The Essays of Elia*) 4–8, 172, 195n
　「前世紀の技巧的喜劇について」"On the Artificial Comedy of the Last Century" 5–8, 172, 195n
リチャードソン、サミュエル Samuel Richardson (1689–1761) 15, 74, 82, 84–90, 93–94, 102, 105
　『きわめて重要な時に特に親しい人へ送る書簡集、日用的な書簡を書く上で遵守すべき不可欠な文体と形式だけでなく、世間一般的な事例において、いかに適切に分別を

ハント、リー　Leigh Hunt (1784–1859)　8
『ウィッチャリー、コングリーヴ、ヴァンブラ、ファーカーの劇作品集』(*The Dramatic Works of Wycherley, Congreve, Vanbrugh, and Farquhar*)　8
ピープス、サミュエル　Samuel Pepys (1633–1703)　30
ピネロ、アーサー・ウイング　Arthur Wing Pinero (1855–1934)　180, 195n
『タンカレー氏の後妻』(*The Second Mrs. Tanqueray*)　180, 195n
ピンター、ハロルド　Harold Pinter (1930–2008)　14, 232–42
『愛人』(*The Lover*)　236–37
『いわばアラスカ』(*A Kind of Alaska*)　239
『ヴィクトリア駅』(*Victoria Station*)　232–33, 240–42
『管理人』(*The Caretaker*)　232
『景気づけに一杯』(*One for the Road*)　239
『部屋』(*The Room*)　233–34
『山のことば』(*Mountain Language*)　239
『リクエスト・ストップ』(*Request Stop*)　234–35, 240
ファーカー、ジョージ　George Farquhar (1678–1707)　6, 8, 64–65, 101, 104
『伊達男の策略』(*The Beaux' Stratagem*)　101, 114
『双子のライヴァル』(*The Twin-Rivals*)　64–65, 68
ファルス　Farce　172
フィールディング、ヘレン　Helen Fielding (1958–)　17, 244–45, 247, 249, 263n
『ブリジット・ジョーンズの日記』(*Bridget Jones's Diary*)　244–59, 261, 262n, 263n
『ブリジット・ジョーンズの日記――キレそうなわたしの 12 か月』(*Bridget Jones: The Edge of Reason*)　247, 249–50, 257–61, 263n, 264n
『ブリジット・ジョーンズの日記――恋に仕事にSNSにてんやわんやの 12 か月』(*Bridget Jones: Mad about the Boy*)　261, 264n
『ブリジット・ジョーンズの日記――ダメな私の最後のモテ期』(*Bridget Jones's Baby*)　264n
フィールディング、ヘンリー　Henry Fielding (1707–54)　87
『シャミラ』(*An Apology for the Life of Mrs. Shamela Andrews*)　87
フィリップス、アンブローズ　Ambrose Philips (1674–1749)　94
『嘆きの母』(*Distress'd [Distrest] Mother*)　94
風俗小説［ノヴェル・オヴ・マナーズ］novel of manners　244–62, 262n, 263n, 264n
ブラックモア、リチャード　Richard Blackmore (1654–1729)　57
『アーサー王子』(*Prince Arthur*)　57
ブルック、ルパート　Rupert Brooke　216
ブロンテ、シャーロット Charlotte Brontë (1816–1855)　160, 262n
『ジェイン・エア』(*Jane Eyre*)　160
ヘイウッド、イライザ　Eliza Haywood (1693?–1756)　87
『アンチ=パミラ』(*Anti-Pamela: or, Feign'd Innocence Detected*)　87
ボウテル、エリザベス　Elizabeth Boutell, née Davenport (1648?–1715)　36

『チェスターフィールド卿の書簡集』(*The Letters of Phillip Dormer Stanhope, 4th Earl of Chesterfield*)　152–53
チャールズ二世　Charles II (1630–85)　28, 98
チョーサー、ジェフリー Geoffrey Chaucer c.1340–1400)　105
　『トロイラスとクリセイデ』(*Troilus and Criseyde*)　105
ディケンズ、チャールズ　Charles Dickens (1812–70)　154–55
　『クリスマス・キャロル』(*Christmas Carol*)　154
　『ピックウィック・ペーパーズ』(*Pickwick Papers*)　154
ディドロ、ドゥニ Denis Diderot (1713–84)　138, 145
　『ブーガンヴィル航海記補遺』(*Supplément au voyage de Bougainville*)　138, 145
ティルソ・デ・モリーナ　Tirso de Molina (1579–1648)　22
　『セビリャの色事師と石の招客』(*El burlador de Sevilla y convidado de piedra*)　22
デニス、ジョン　John Dennis (1657–1734)　60, 62
　『舞台の有用性』(*The Usefulness of the Stage*)　62
テニソン、トマス　Thomas Tenison (1636–1715)　57
デュマ・フィス、アレクサンドル　Alexandre Dumas fils (1824–95)　179
　『椿姫』(*La Dame aux camélias*)　179
トムソン、ヒュー　Hugh Thomson (1860–1920)　163
ドライデン、ジョン　John Dryden (1631–1700)　22, 35, 56, 58, 62–63
　『あらし、あるいは魔法の島』(*The Tempest, or The Enchanted Island*)　22
　『古代・近代寓話』(*Fables, Ancient and Modern*)　62
　『サー・マーティン・マーオールあるいは装われた無垢』(*Sir Martin Mar-all, or The Feign'd Innocence*)　35
トリリング、ライオネル Lionel Trilling (1905–75)　246

ナ

ノヴェル・オヴ・マナーズ　novel of manners　14–17, 189, 244–62, 263n

ハ

ハースト、デイヴィッド・L　David L. Hirst　4, 171, 177, 232, 242
　『コメディ・オヴ・マナーズ』(*Comedy of Manners*)　4, 171, 177, 232, 242
パーセル、ヘンリー　Henry Purcell (1659–95)　23
バーニー、ファニー Fanny Burney (1752–1840)　262n
バーネット、ギルバート　Gilbert Burnet (1643–1715)　53–54, 57
　『セント・ジェイムズ宮殿チャペルでの説教、オレンジ公の御前にて』(*A sermon preached in the Chappel of St.James's before His Highness the Prince of Orange*)　53
ハッチ、ベアトリス　Beatrice Hatch (1866–1947)　164, 165n
　『クランフォードからの場面』(*Scenes from Cranford*)　164
『パミラの生涯』(*The Life of Pamela*)　94

104, 106, 112–14, 117
『悪口学校』(*The School for Scandal*) 13, 26, 100–07, 109, 111, 115-17
シバー、コリー Colley Cibber (1671–1757) 51, 56, 65, 89, 98
『愛の最後の策略』(*Love's Last Shift*) 51
『コリー・シバーの生涯に対する弁明』(*An Apology for the Life of Colley Cibber*) 56
『リチャード三世』(*Richard III*) 65, 89
シャドウェル、トマス Thomas Shadwell (1642?–92) 22–23, 45
『リベルタン』(*The Libertine*) 22–23
ショー、ジョージ・バーナード George Bernard Shaw (1856–1950) 173–74, 223
「オスカー・ワイルドの思い出」“My Memories of Oscar Wilde” 174
ジョーンズ、ヘンリー・アーサー Henry Arthur Jones (1851–1925) 180
ジョンソン、サミュエル Samuel Johnson (1709–84) 154
『ラセラス』(*The History of Rasselas, Prince of Abissinia*) 154
ジョンソン、ベン Ben Jonson (1572–1637) 43, 55
『錬金術師』(*The Alchemist*) 43
スティール、リチャード Richard Steele (1672–1729) 66—68, 95, 98–99, 101, 115–16
『嘘つきの恋人、または淑女たちの友情』(*The Lying Lover;or The Ladies Friendship*) 66–67
『気配りの恋人たち』(*The Conscious Lovers*) 68, 99–100, 117
『自身とその著作のためのスティール氏の弁明』(*Mr. Steele's Apology for Himself and his Writings*) 66
『スペクテイター』(*The Spectator*) 66, 95, 98, 101–02
『葬式』(*The Funeral*) 98
『優しき夫』(*The Tender Husband*) 95, 98
ステイシー、エドマンド Edmund Stacy、生没年不詳 35
『郷紳必携』(*The Country Gentleman's Vade Mecum, or his Companion for the Town*) 35
ステイプルトン、サー・ロバート Sir Robert Stapylton、生年不明 –1669) 37
『軽んじられた女』(*The Slighted Woman*) 37
セジウィック、イヴ・コソフスキー Eve Kosofsky Sedgwick (1950–2009) 46n
セントサーフ、サー・トマス Sir Thomas St.Serfe、生没年不詳 37
『タルゴの策略、あるいはコーヒーハウス』(*Tarugo's Wiles, or the Coffee-House*) 37

タ

ターナー、ウィリアム William Turner (1651–1740) 23
ダイアナ妃 Diana, Princess of Wales (1961–97) 263n
ダヴェナント、サー・ウィリアム Sir William D'Avenant (1606–68) 22
タナー、トニー Tony Tanner 16
『ジェイン・オースティン』(*Jane Austen*) 16

ギャリック、デイヴィッド David Garrick (1717–79) 89–90
キャロル、ルイス Lewis Carroll (1832–98) 164–65
　『不思議の国のアリス』(*Alice's Adventures in Wonderland*) 163
キリグルー、チャールズ Charles Killigrew (1655–1725) 58
ギルドン、チャールズ Charles Gildon (1665–1724) 59–60
ギルマン、シャーロット・パーキンス Charlotte Perkins Gilman (1860–1935) 148
　『フェミニジア』(*Herland*) 148
ケリー、ジョン John Kelly (1680?–1751) 94
　『パミラの上流生活』(*Pamela's Conduct in High Life*) 94
『コヴェント・ガーデン戯れ歌集』(*Covent Garden Drollery*) 37
ゴーティエ、テオフィル Theophile Gautier (1811–72) 174
ゴールドスミス、オリヴァー Oliver Goldsmith (1730–74) 13, 102–04, 117
　「演劇論」'An Essay on the Theatre: Or, a Comparison between Sentimental and Laughing Comedy' 102
　『お人好し』(*The Good-Natur'd Man*) 103
　『負けるが勝ち』(*She Stoops to Conquer*) 13, 103, 117
　『国家の風儀改善のための提案』(*Proposals for a national reformation of manners*) 54
コリアー、ジェレミー Jeremy Collier (1650–1726) 56–69
　『英国の舞台の不道徳と冒瀆管見』(*A short view of the immorality, and profaneness of the English stage*) 56, 62
コルネイユ、ピエール Pierre Corneille (1606–84) 66–67
コングリーヴ、ウィリアム William Congreve (1670–1729) 2–3, 6–9, 12, 49, 56, 60–62, 69n, 100, 104, 195n
　『愛には愛を』(*Love for Love*) 49, 51, 69n, 100–01, 114
　『コリアー氏の誤った不正確な引用の修正』(*Amendments of Mr. Collier's false and imperfect citations*) 60
　『世の習い』(*The Way of the World*) 3, 7, 12, 69n, 195n

サ

笹山隆 12–14, 172, 195n
　「解説——笹山隆訳、コングリーヴ『世の習い』」12–14, 172, 195n
サスーン、ジーグフリード Siegfried Sassoon 216
サッチャー、マーガレット Margaret Thatcher (1925–2013) 238–40, 243
シェイクスピア、ウィリアム William Shakespeare (1564–1616) 2, 22, 38, 43
　『あらし』(*The Tempest*) 22
　『から騒ぎ』(*Much Ado about Nothing*) 38
ジェイムズ二世 James II of England (1633–1701) 52–53, 56
ジェネスト、ジョン John Genest (1764–1839) 67
シェリダン、リチャード・ブリンズリー Richard Brinsley Sheridan (1751–1816) 13, 26, 100,

ウルフ、ヴァージニア Virginia Woolf (1882–1941) 262n
エサリッジ、サー・ジョージ Sir George Etherege (1635–92) 2, 7, 23–24, 49, 98
　『当世伊達男、あるいはサー・フォップリング・フラッター』(*The Man of Mode: or, Sir Fopling Flutter*) 7, 23, 28, 36, 49, 51, 98–99, 101, 115
エリオット、ジョージ George Eliot (1819–80) 262n
オースティン、ジェイン Jane Austen (1775–1817) 15–17, 122–43, 143n, 144n, 189, 195n, 246–48, 250–51, 258–59, 262n, 263n
　『高慢と偏見』(*Pride and Prejudice*) 15–16, 122–24, 126, 132, 139, 141–42, 144n, 189, 195n, 247–48, 250, 254, 258, 263n
　『説得』(*Persuasion*) 15–16, 247, 249–50, 258, 263n
オーデン、W・H W. H. Auden (1907–73) 173, 211
　「奇想天外な人生」"An Improbable Life" 173
『オックスフォード・ガゼット』(*The Oxford Gazette*) 27
『オックスフォード英語辞典』(*The Oxford English Dictionary* (*OED*)) 4–5, 11, 15, 24, 105, 176
オトウェイ、トマス Thomas Otway (1652–85) 96n
　『孤児』(*The Orphan*) 96n

カ

カワード、ノーエル Noel Coward (1899–1973) 14, 224, 226–33, 236, 242
　『逢引き』(*Brief Encounter*) 229–31
　『落ちた天使たち』(*Fallen Angels*) 232
　『生活設計』(*Design for Living*) 242
　『平穏な生活』(*Still Life*) 227–29
　『ヘイ・フィーバー』(*Hay Fever*) 226–27
カント、イマニュエル Immanuel Kant (1724–1804) 138, 143
　『啓蒙とは何か』(*Beantwortung der Frage: Was ist Aufklärung?*) 138, 143
喜志哲雄 49, 232, 235
　『劇作家ハロルド・ピンター』232
ギファード、ヘンリー Henry Giffard (1694–1772) 89–90, 92
　『喜劇パミラ』(*Pamela, a Comedy*) 88–95
キプリング、ラドヤード Rudyard Kipling (1865–1936) 264n
ギャスケル、エリザベス Elizabeth Gaskell (1810–65) 17, 146–66
　「おもてなしの仕方」"Company Manners" 146
　『クランフォード』(*Cranford*) 146–66
　「将来への不安」"Fear for the Future" 146
　『妻たちと娘たち』(*Wives and Daughters*) 146
　「フランス日記」"French Life" 146
　「まがいもの」"Shams" 146

索　引

ア

アディソン、ジョゼフ Joseph Addison (1672–1719)　95, 98–101, 122–23
　『スペクテイター』(*The Spectator*)　95, 98, 101–02, 123
アレストリー、リチャード Richard Allestree (1619–1681)　83
　『もろびとの務め』(*The Whole Duty of Man*)　83–84
アレティーノ、ピエトロ　Pietro Aretino (1492–1556)　30
　『淫蕩ソネット集』(*Sonetti Lussuriosi*)　30
イシャーウッド、クリストファー Christopher Isherwood　211
イプセン、ヘンリク Henrik Ibsen (1828–1906)　173, 223
　『人形の家』(*A Doll's House*)　173, 223
　『ヘッダ・ガーブラー』(*Hedda Gabler*)　173
『インディペンデント』紙 (*The Independent*)　244, 261, 264n
ヴァンブラ、ジョン　John Vanbrugh (1664–1726)　8, 56, 59, 61, 64
　『ぶり返し』(*The Relapse*)　59, 64
ウィッチャリー、ウィリアム　William Wycherley (1640?–1716)　2–3, 7–9, 22, 24, 28, 36, 45, 49
　『田舎女房』(*The Country Wife*)　3, 24–25, 27, 34, 36–37, 41, 46, 49–50
　『ジェントルマンのダンス教師』(*The Gentleman Dancing-Master*)　28
ヴィットーリオ・エマヌレーレ三世　Vittorio Emanuele III of Italy　201
ウィリアム三世　William III of England (1650–1702)　52–58, 62–63, 68
　『神に庇護されたるオレンジ公ウィリアム・ヘンリー陛下の第一宣言』(*The First Declaration of His Highness William Henry, by the Grace of God Prince of Orang*)　52–53
ウィリアムズ、レイモンド　Raymond Williams (1921–88)　222–26, 239
ウィルクス、ロバート　Robert Wilks (1665–1732)　98
ウィルモット、ジョン（第二代ロチェスター伯）John Wilmot, 2nd Earl of Rochester (1647–80)　24, 98
『ウェストミンスター・マガジン』(*The Westminster Magazine*)　102
ウォー、イーヴリン　Evelyn Waugh (1903–66)　17, 200–20
　『卑しい肉体』(*Vile Bodies*)　201
　『黒いわるさ』(*Black Mischief*)　200
　『士官たちと紳士たち』(*Officers and Gentlemen*)　207
　『大転落』(*Decline and Fall*)　200, 204
　『つわものども』(*Men at Arms*)　201
　『ブライズヘッド再訪』(*Brideshead Revisited*)　202–03, 210–11, 220
　『誉れの剣』三部作 (*The Sword of Honour* trilogy)　203
　『もっと多くの旗を出せ』(*Put Out More Flags*)　200–21
ウォートン、イーディス　Edith Wharton (1862–1937)　262n

コメディ・オヴ・マナーズの系譜
王政復古期から現代イギリス文学まで

2022年5月20日　初版発行

編著者　玉井　暲　末廣　幹
　　　　岩田美喜　向井秀忠
発行者　山口隆史
印　刷　シナノ印刷株式会社

発行所　株式会社 音羽書房鶴見書店
〒113-0033 東京都文京区本郷 3-26-13
TEL　03-3814-0491
FAX　03-3814-9250
URL: http://www.otowatsurumi.com
email: info@otowatsurumi.com

Printed in Japan
ISBN978-4-7553-0431-6 C3098
組版 ほんのしろ／装幀 熊谷有紗（オセロ）
製本 シナノ印刷株式会社